更远之地

Farther Away

Jonathan Franzen

[美] 乔纳森·弗兰岑 著
潘泓 译

文汇出版社

新经典文化股份有限公司
www.readinglife.com
出 品

献给汤姆·耶尔姆[1],

为他所给予的写作方面的教益,

献给约兰·埃克斯特伦[2],

为他所给予的旅游方面的教益。

---

[1] 弗兰岑上大学时在学生报社编辑部的好友。
[2] 弗兰岑的大学室友,瑞典人,大学毕业后去哈佛大学攻读地理学博士学位,并介绍弗兰岑进哈佛地震中心担任了五年助理研究员,其间弗兰岑完成并出版了第一部长篇小说《第二十七座城市》。

目 录
Contents

要实话实说的责任感——中文版特别访谈 / i

痛苦毁不了你的人生 / 1

远方 / 12

伟大家庭流芳传奇 / 55

马蜂窝 / 69

丑陋的地中海 / 72

谷神 / 113

论自传体小说 / 120

手机诉衷情 / 144

大卫·福斯特·华莱士 / 166

中国海鹦 / 173

评《大笑的警察》 / 216

逗号－然后 / 221

真实可信但又恐怖可怕 / 226

纽约州访谈 / 238

情书 / 266

我们这个小小的星球 / 272

放纵过后 / 276

你凭什么如此确信你自己就不是魔鬼？ / 281

亲属关系简史 / 298

穿灰色法兰绒套装的男人 / 302

无有穷尽时 / 310

要实话实说的责任感
——中文版特别访谈①

问：这本散文集里收录了《论自传体小说》等表达你文学创作思想的文章，同时又有一半的篇目是你写的各种书评。你对自己的文学创作负有使命感和责任感吗？如果有，它的原动力是什么，从何时开始你觉得你想要坦诚直白地与公众对话的呢？

答：我那份过分的责任感真让我受罪不浅——在某种程度上，我大概还在试图向我父母证明，写作是一项对社会有益的工作。不过，更中肯地讲，是因为我很固执己见。我喜爱艾丽丝·门罗和克里斯蒂娜·斯特德的作品，我就想要其他人也去喜爱。我关心鸟类的境况，我就想要其他人也去关心。这本书里有许多文章不是文学评论就是纪实报道——都是在直接呼吁读者去关注那些引起我关注的事情。我觉得这样的文章跟纯粹的散文是

---

① 此次访谈提问者是本书译者潘泓。

有区别的，纯散文的出发点就是要和读者找到共通之处，期望读者读后能减轻一份孤独感。有趣的是，倒是写纯散文时我所感到的责任感最为强烈——要实话实说的责任感。我阅读时其他作家能给予我的最珍贵的馈赠就是诚实、各种各样的诚实，因为少了诚实就无法找到共通之处。

问：在《痛苦毁不了你的人生》《远方》等文章中，你分享了你如何走出孤独境况、与真实世界发生联系的个人经历。对于这个历程，你能给予在疾速发展飞快变化的社会里有类似渴求的中文读者进一步的建议吗？你觉得是（人类在这几百年间面临的）现代性加剧了个体的孤独感，还是孤独原本就是人之常情、是人性里历来固有的、在任何时代每个人都得面对的？

答：你列举的这两篇文章里表达我对消费科技的不满比谈及我个人的孤独要来得多。（《远方》还论及其他许多事情。）因为我是个作家，因为写作的目的是要说一些有意义的事情，我一直关注的问题就是怎样理解我们人生的意义。我发觉由现代性造成的麻烦，尤其是技术带来的令人担忧之处，就是所有的事情都变化太快，分散了我们思考人生根本问题的注意力。我们喜欢消遣分神，或至少我们觉得是如此，因为探究人生的意义是一桩很艰难的事情，因为我们找到人生意义的那些地方（跟我们所爱之人、物之间的真实关系）要比浏览脸书照片或玩新版电子游戏要来得可怕和危险。你越是去做一个消费者，你的人生故事就越是缺乏个性。至多你的人生故事也就是跟其他每个消费者一模一样的故事。如果有人开口以"我有个新的……"起始、又以"男朋友"结尾,我就很想再听下去。"我刚生了小孩""我新找了个工作""我对美国政治有个新理论":这样的话让我感兴趣。但是如果有人说"我新买了个智能手机",我就不想再听下去了,因为下文总会是一模一样的。

问:你的两部长篇小说《纠正》和《自由》中,家庭看来是核心主题;在本书的许多文章里,你通过回忆自己的家庭生活和个人经历,表述了爱这个核心主题。请问是否可以认为家庭和爱是你写作的主要题材?为何这个主题让你抱有如此强烈的兴趣?面对当今这个"科技消费主义的世道",你觉得家庭要健康明智地生存而面临的挑战会有什么新的特点呢?

答:我吃不准在我的上两部小说里家庭该算是一个主题还是一种便利——一种让我想要讲的故事背景语境更加充实丰满的快捷利索的写作手法。我不认为我自己对家庭有多了解,因为我自己没有孩子。我觉得家庭非常奇妙,因为有关家庭生活几乎每个人都有精彩的故事可讲,我跟我父母和两个哥哥的关系对我极为重要。不过当下在我自己的生活里,我的实际生活群落是由我的朋友们组成的。我确实留意到了"爱"这个词在本书的许多文章里不断地出现,其频繁的程度足以让人觉得那是贯穿本书的主导原则了。众多让我感兴趣的有关爱、有关家庭的事情里头有一桩,就是它们和消费主义是背道而驰的,跟我们的经济体系希望我们每个人都会变成的个人主义、自私自利、精于理财、追求享乐的那种人是相对立的。消费主义的实质就是选择权，但你对出身于什么家庭、爱谁或爱什么是没有任何选择权的。

问：本书中的文章发表之后的这几年间，全球的社交媒体以及互联网上诸如自出版那样的新的出版模式又有了更快的发展。对于这些疾速变化给个人和社会带来的影响，你有何新的见解？面对近十年来人们阅读严肃文学的时间越来越少的趋势，你觉得这对文学所起的作用和作家所担负的使命会有什么样的影响？

答：我对大多数人如何去过他们的日子并不关心。我的唯一职责就是为读者服务，而且总是会有读者的——总是会有少数人跟多数人的生活方式格格不入的。随着人世间变得愈加错综复杂、愈加被消费科技所主宰，这确实让小说家更难写出有意义的故事来了，但与此同时对这样的故事的需求也在增长。在我看来，互联网时代给予了小说家们巨大的机遇。任何一个对自己诚实的人都看得出使用手机和社交媒体是会上瘾的。就像抽烟那样，它们会先引发焦虑然后再舒缓焦虑，但只是暂时的舒缓。人们因而不断地加大剂量，直到他们都无法跟一个朋友好好吃饭而不掏出他们的手机来看，直到他们无法专注于任何事情，因为他们已经对那种刺激上了瘾。我不知道这对未来意味着什么。但我的确知道，历来总有一定百分比的人口拒绝被奴役，我预期在未来也会有一部分人口拒绝被这种成瘾癖好所奴役的。

问：作为小说家，你已经出版过两本德译英文学作品（德国剧作家弗兰克·魏德金的话剧《春情萌动》(*Spring Awakening*,

2007），本书收录了译序《真实可信但又恐怖可怕》；奥地利作家卡尔·克劳斯的五篇散文《克劳斯计划》(The Kraus Project, 2013)，是什么因素触动你想要做这些文学翻译的？你做翻译时遵循什么样的原则让你的译作有别于他人？做翻译对你自己的文学创作有何影响？

答：老实说，这两部翻译作品纯属偶然。我本科主修德语纯属偶然，我答应一位大学戏剧专业的教授给他翻译《春情萌动》也纯属偶然，碰到了卡尔·克劳斯的两位崇拜者、鼓励我完成我先前做过的一些翻译、再以此为核心扩展成一本书也纯属偶然。不过我早年翻译克劳斯倒真是不计回报的那种爱的奉献——我二十三岁时觉得克劳斯简直太棒了，我想让美国读者也能认识到他有多伟大。做翻译也是保持我德语能力的一条途径。进而，一旦我开始翻译一篇文字，我那要命的责任感就会较起真来——我得对得起原作者才行。不过做翻译和我自己的"写作过程"倒是没有多大联系。更像是我一边在等待那个"过程"开花结果，一边让自己保持颇有成效的忙碌状态的一条途径。我写一部长篇小说要耗时多年，非虚构类作品的好构思也得来不易，但我又不喜欢闲着什么事都不做。再者，我大概又在那里想要向我父母证明什么东西了。

问：本书于二〇一二年在美国出版时有数篇评论认为，这本书让读者尤其是你的小说读者，对你本人和你的文学思想有了更深的理解，拉近了你和读者的距离。在本书中译本出版之际，你有什么想法和期许想要告诉中文读者的吗?

答: 我很高兴我的非虚构作品能在中国出版,我对译者和编辑在翻译本书过程中所付出的非凡努力深表谢意。在我为本书中的一篇纪实报道(《中国海鹦》)来中国调研期间,我了解到的一件大事就是,中国人是令人难以置信地多元多样化的。美国人很容易忘记这一点,而去想象"中国人"都是这样的,或都是那样的。我对本书中文版的期望是,这本书也许能提醒中国读者,美国人也是各种各样的都有。

痛苦毁不了你的人生 ①

[肯扬学院毕业典礼演讲，二〇一一年五月]

早安，二〇一一届的同学们。早安，各位亲属，各位老师。今天来到贵校，我深感荣幸。

我不多客套，你们既然挑了一位文学作家来做毕业演讲，想必早就知道会是个什么结果。我将履行我作家的义务，也就是谈论谈论自己，期望我的经历能与你们产生些共鸣。我的这番闲话漫谈终离不开"爱"这个话题，它跟我自己生活的关系，以及跟你们所继承的这个光怪陆离的科技资本主义世界的关系。

几周之前，我把用了三年的第八代黑莓智能手机换成了更高效的第九代，配有五百万像素镜头和3G功能。不用说，我真佩

---

① 本文是作者于 2011 年 5 月 11 日在肯扬学院毕业典礼上的演讲词，略经删节修改的版本曾以《懦夫才要凡事合意，痛苦才是正道》(Liking Caps for Cowards. Go for What Hurts.) 为标题于 2011 年 5 月 28 日在《纽约时报》刊出。——若无特殊说明，均为译者注

服这三年间科技发展的速度。就是不打电话、不发短信、不发电邮,我也爱把玩我那台新黑莓智能手机,去感受显示屏那非凡的清晰度、微小触控板那流畅的操控性能、执行各种操作时那令人惊叹的响应速度,以及那些诱人而又简练优雅的图形设计。一句话,我被这台新手机迷住了。当然,我的旧手机也曾同样令我着迷,只是我俩之间的那股子新鲜劲儿在几年间慢慢消退了。我和它之间有了信任问题、责任问题、兼容问题,最终我甚至有些怀疑它神志是否还正常,于是我自认我不想再继续那段情了。

我需要刻意挑明——用不着动用多少有点儿离谱的拟人化手法,说什么我那旧黑莓手机因我对它日渐消退的爱意而感伤云云——我们之间的关系完全是单相思吗?总之还是挑明吧。我要进一步指出的是,怎么现在不管什么新型电器都要用*性感*[①]一词来形容?现如今我们能用这些小玩意儿来做的事是多么绝妙啊——对着它们念念有词它们就按令行事,在苹果手机上手指一分开就能把图像放大——要是让活在一百年前的人看到了,还以为是魔术师口念咒语,用手上功夫迷惑人呢;而当我们想说某段性爱关系如何完美时,的确又总是用*魔幻*一词来形容。索性由我来抛出如下拙见吧,按照科技消费主义的逻辑,即由市场来发现消费者最想要的是什么并对此做出回应,我们的技术已变得极为精于打造符合我们幻想的理想性爱关系的产品,我们的恋爱对象

---

① 文中的仿宋字体对应原文斜体。——编者注

对我们一无所求、有求必应、从不怠慢，让我们觉得自己无所不能，哪怕我们代之以更性感的新欢，将它打发进抽屉里，它也不会吵闹撒野：（更宽泛地说）技术的终极目标，即工艺的极致，就是要造就一个有呼必应的世界，简直可以成为我们自身的一种延伸，以此来取代那个对人类所想无动于衷的自然世界——那个充满着疾风骤雨、困苦艰辛、脆弱心碎的世界，那个充满艰难险阻的世界。最后我想提出的是，科技消费主义的世界总是被真爱所恼，于是只能反过来与真爱为敌。

它的第一道防线就是设法把它的敌方商品化。大家都能依据自己的偏好，举出几个最令人作呕的把爱情商品化的例子。我会举这些例子：婚礼服务产业、以可爱小孩为主角的或是买辆轿车做圣诞礼物的那些电视广告，尤其荒诞的是把钻石珠宝跟忠贞不渝画上等号。每个例子里隐含的讯息就是，你若钟爱某人，你就得给那人买东西。

与此相关的一个现象是，托脸书网站的福，现下点赞这个动词正在逐渐从一种心态的表达转变成一个用电脑鼠标完成的动作：从一种情感转变成一种消费选择。概而言之，点赞成了商业文化中用来替代爱意的东西。所有消费品——尤其是家用电器和应用软件——的特征就是，它们都被设计得极为讨人喜欢。事实上，这也符合消费品的定义，区别于其他产品，如喷气发动机、实验室设备、严肃艺术和文学，后者就是它们自己，其制造者并没有刻意去讨你喜欢。

不过，如果你用拟人化的方式来考虑这个现象，想象某人总是拼命想要讨别人的喜欢，你会产生什么想法呢？你会觉得那是个不正直的人，没有主心骨的人。在某些更为病态的情况下，那就是个自恋狂——无法容忍自己的形象不被人喜欢，觉得会因此名声受损，于是要么躲避见人，要么就走极端，丧失诚实操守，刻意去讨别人的喜欢。

但是，如果你活着的目的就是要讨人喜欢，如果你为此不加选择地戴上炫酷的人格面具，这只能说明你对真实的自我能否被他人所爱毫无信心。如果你靠耍手段让别人喜欢上了你，你在某种程度上多半会瞧不起那些人，只因他们轻信了你的伎俩。那些人存在的意义就是为了让你自我感觉良好，但是如果无法得到你的尊重，你的自我感觉又能有多好呢？你大概会变得郁郁寡欢，或借酒消愁，或者如果你是唐纳德·特朗普，那你就会去竞选总统（然后再半路退选）。

科技消费品当然绝对做不出如此令人反感的事情，只因它们不是人。但它们是自恋狂的强大同盟军和推动者。伴随它们被内置的想要招人喜欢的那一面而来的，是它们固有的想要为我们粉饰的那一面。经过脸书网站性感的用户界面过滤之后，我们的日常生活看上去有趣多了。我们在自制的电影里过明星瘾，我们忙不迭地给自己拍照，我们只需点一下鼠标，电脑就会马上印证我们的主宰感。由于我们的科技成了我们自我的延伸，我们不必像对待现实中的人那样，为它们的可操纵性而去鄙视它们。那是个巨大的、没完没了的循环。我们喜爱这面镜子，这面镜子也喜爱我们。认某人为友，只不过是将其纳入我们私藏的众多自我恭维镜像之列而已。

　　我有可能夸张了一点儿。我们这些五十一岁的怪老头诋毁社交媒体这样的事，你们很可能已经听得烦死了。我主要是想在科技产品的自恋狂倾向与实际生活中的爱的问题之间做一个对比。我的朋友艾丽斯·西伯德①总爱说什么"就算上刀山下火海也要去爱它一回"。爱恋最终不可避免地会让我们的自尊镜像蒙尘纳垢，对此她可是有清醒认识的。这其中的一个简单事实就是，想要无懈可击地讨人喜欢与实际的恋爱关系是不兼容的。比如迟早你会与恋人恶语相向大吵一场，从你自己嘴里冒出来的话会让你自己都讨厌，那些恶言詈辞会将你公道、善良、沉着、动人、果断、风趣、招人喜爱的自我形象打碎。你身上比招人喜爱更为真实的那一面暴露出来了，忽然间你在过真实的生活了。忽然间你真的得有所抉择了，不是一个消费者在黑莓手机和苹果手机之间得做出的虚假选择，而是直面这个难题：我爱这个人吗？同样，你的恋人也在自问：眼前这个人爱我吗？这世上根本就不可能有那种人，其真实自我的每一点每一滴你全都喜欢。这就是为何一个只有点赞的世界归根结底是个弥天大谎。但是这世上确有其事的是，你会爱上一个人真实自我的一点一滴。这就是为什么爱是

---

① 艾丽斯·西伯德（Alice Sebold, 1962—　），美国作家，曾将自己大学时代遭受强暴的经历写成自传出版。

技术消费主义秩序的一个致命威胁：是爱揭露了这个弥天大谎。

在我曼哈顿住处的四周，手机瘟疫肆意蔓延，人行道上满是忙着收发短信的行尸走肉和为策划派对而对着手机喋喋不休的人，在这场瘟疫里仍能令我振奋的事情之一就是，我偶尔会在路边听到某个人真的在跟爱人吵架。我相信他们并不想在大庭广众之下大吵大闹的，但彼时他们恰好就吵起来了，行为非常非常粗野。他们冲着对方吼叫、责备、央求、辱骂。正是这种事让我对这个世界还抱有希望。

当然这并不意味着爱就总是与吵架有关，也不意味着凡事只考虑自己的人不会去责备辱骂别人。爱的真谛是毫无止境的同感共情，是发自内心地意识到他人身上的点点滴滴跟你自身是同样真实的。这就是为什么在我看来每一种爱都是特殊的。试图去爱人性之全部，可能是一个值得去做的尝试，不过有趣的是，这种努力到头来总是会让人回过头来专注于自我，专注于自我道德上的或精神上的操守。而要去爱某个具体的人，要去和他人同甘共苦，你就得牺牲自我的某些部分。

我念大四的时候，参加了我们学院首次开办的文学理论研讨班，而且爱上了班里最聪明的同学。我俩都喜欢上了文学理论能顿时让我们平添力量的那种感觉——这一点跟现代科技产品类似——我俩沾沾自喜地以为我们比其他那些还在做枯燥乏味的老式文本分析的学生要高妙得多。基于多种理论上的理由，我俩还觉得，我们要是结了婚，那感觉一定很棒。我母亲花了二十年时间把我塑造成一个渴望全身心投入爱情的人，此刻却转过身，建议我"无拘无束、天真无邪"地度过我的二十几岁。我觉得她凡事皆错，自然，我想这一回她也错了。我得尝到苦头以后才能体会到履行承诺有多难。

我俩首先抛弃的就是那些理论。有一回在床上闹了别扭以后，当时还是未婚妻的她说过一句令人难以忘怀的话："你在一丝不挂的时候是无法进行解构的。"我俩有一年时间分处两大洲，并且很快发现，尽管在往来书信里写些理论段子会让写的人觉得妙趣横生，但读起来就没么有趣了。不过我真的抛弃理论的原因是我爱上了小说——总体来说，这也开始纠正我过分在意他人怎么看我的毛病。或许从表面上看，修改小说中的某一段和修改你自己的网页或脸书网站的简介之间有某些相似之处，但一纸文章可没有那些漂亮的图案来衬托你的自我形象。如果你被他人写的小说打动，想要试着回馈这份赠礼，那么最终你会无法容忍自己笔下写出的那些过于虚假、模仿痕迹过重的字句。这些文字也是一面镜子，如果你真爱小说的话，你会发现值得保留的段落恰好就是那些反映你真实自我的部分。

要冒的风险当然就是会遭到拒绝。我们都能应对有时不被他人喜欢的感觉，因为还会有更多的人来喜欢我们。可是把你的整个自我暴露出来，而不只是那招人喜欢的表面，要是遭到了拒绝，那可是会让你感到痛不欲生的。正是这种会承受痛苦的可能性——失落之痛、分离之痛、死亡之痛，使得我们想要逃避爱、逃到只需点赞的世界里去。我的前妻和我，我们结婚过早，最终做出了太多妥协，给对方造成了过多的痛苦，我们各自都有理由对那段婚姻感到后悔。

然而我却无法真的让自己对此感到后悔。理由之一，我们为履行承诺做出的努力，最终造就了真实的我们；我们并非氦气分子，彼此毫无反应作用地飘浮过一生；我们曾亲密无间，然后，我们都改变了。理由之二——这一点有可能是我今天想要向在座各位传达的主要信息——痛苦会带来疼痛，但毁不了你的人生。想一想你的备选项——由科技产品助长的那种自给自足的麻痹梦幻之境——相比之下，痛苦就成了生活于艰难人世的一个自然产物和自然指示器。毫无痛苦地度过一生，就等于没有真正活过。就算你只是暗自许诺"噢，让我之后再去面对恋爱和痛苦之类的东西吧，也许等到三十岁"，你也只是让自己白白浪费十年时光，在地球上白占着地儿、白耗着资源罢了。你只是在做一名消费者（此处我有意使用该词最具谴责性的词义）而已。

我前面谈到，跟你所爱之物许下亲密承诺会促使你直面真我，这一点或许尤其适用于小说写作，但几乎所有你满怀爱意潜心投入的工作都会是如此。我下面想谈谈我的另一项所爱之物，并以此来结束我的演讲。

在上大学以及毕业以后的多年间，我都喜欢大自然。算不上爱，但确实喜欢。大自然可以是非常美妙的。由于当时热衷于批评理论，我专门挑世上的毛病，专门找理由去痛恨主宰这个世界的那些人。我自然倾心于环境保护主义，因为我们的环境确实有很多问题。而且我发现越关注这些问题——人口爆炸、自然资源消耗激增、全球变暖、海洋污染、对最后几处原始森林的滥砍滥伐——就越令我激愤，令我去恨更多的人。最终，在我的婚姻行将结束之时，在我确定了痛苦是一回事，让自己余生变得更加激愤和不快乐完全是另一回事的时候，我做了一个清醒的抉择：不再去为环境问题发愁。我个人是无力拯救地球的，我想要全心全意去做我爱做的事情。我继续践行自己的低碳生活，但也至多只能做到这些了，再多要求什么我可能又会回到激愤和沮丧的状态里去了。

可随后一桩有趣的事发生在了我身上。说来话长，简言之，我爱上了鸟类。我是克服了重重阻力才有了这么个爱好的，因为做一名观鸟者是非常冒傻气的事，因为做任何泄露自己真情实感的事情本身就是在犯傻。可是尽管内心曾有所保留，我还是逐渐有了这种激情，尽管激情的一半是痴迷，另一半才是爱。于是就这样，我开始悉心把见到的鸟儿一一记录下来，是的，我也会长途跋涉去观赏新鸟种。不过，同样重要的是，无论何时我看到一只鸟，无论什么鸟，即使是一只鸽子或麻雀，我都会感到爱意顿时盈满我的胸怀。可就像我今天一直想要告诉大家的，爱是烦恼的根源。

由于现在我不光是喜欢大自然，并且还爱着她某个至关重要的特定部分，我只能再次对环保问题忧心忡忡起来。这时有关环

9

境的新闻报道可不比我当初决定不再为环保担心的时候要好——实际上，要糟得多——而且现在这些濒危森林、湿地、海洋于我不再只是赏心悦目的观景之地了，它们是我所珍爱的动物的家园。这样就出现了一个奇特的自相矛盾的境地。我对野生鸟类的关切本该只会加重我对环保问题的激愤、痛心和失望，可是，奇怪的是，在我开始参与鸟类保护活动、开始了解到鸟类所面临的种种威胁以后，要去适应容忍我的激愤、失望和痛苦，似乎变得更容易，而不是更难了。

这究竟是怎么回事呢？我想，首先，我对鸟类的热爱打开了通向自我心灵的一扇窗户，揭示了我自己从未意识到其存在的、不太以自我为中心的那重要一面。我不再只是作为一名地球公民虚度我的一生——只是点赞、不点赞，以及拖延做出承诺的时间，现在我被迫去直面那个自我，要么全盘接受，要么完全拒绝。这正是爱会迫使一个人去做的事情，因为我们每个人都要面对这样一个事实：生命有限，终有一死。这一事实是让我们愤懑、痛苦和失望的真正根源。你要么选择逃避这个事实，要么就得用爱来全盘接受它。

正如我前面提到的，成为观鸟者这件事非常出乎我自己的预料。我之前大半辈子从来没有考虑过动物的问题。对我来说，年纪一大把才走上爱鸟之道，或许挺不幸的，但这或许也是一件幸事，因为我到底还是有了这个爱好。不过一旦你坠入这样的爱河，无论是早是晚，它都会改变你跟这个世界的关系。比如就我自己而言，年轻时有过几次尝试之后，我放弃了纪实写作，因为虚构的世界要比真实的世界更令我感兴趣。但自从投身爱鸟族的经历教导了我应该去直面，而不是回避我的痛苦、愤怒和失望后，我给自己制订了一个新的纪实写作任务。某一特定时期最令我痛恨的东西，成了我想要书写的对象。二〇〇三年夏天，当共和党的内政举措令我激愤的时候，我去了首都华盛顿。几年以后我又去了中国，因为那里有些地方环境遭到人们的肆意破坏，令我愤慨，让我晚上难以入眠。我去过地中海沿岸国家，去采访屠杀迁徙鸣鸟的狩猎者和偷猎者。每一次面对"敌人"的时候，我总会遇见真的令我喜欢的人——有的时候我甚至会彻底爱上他们。有风趣逗乐、大度聪明的同性恋共和党工作人员。有无畏的、热爱大自然的中国青年。有嗜枪如命但眼生柔情、给我引述动物保护运动倡导者彼得·辛格语录的意大利国会议员。每一次，原先我很容易就产生的单一反感情绪，也变得没那么容易出现了。

如果你只是窝在家里动怒、讥讽、耸耸肩作无可奈何状，就像我多年以前那样，这个世界及其面临的问题就会永远让你望而却步。但是如果你走出家门，跟真实的人甚或动物建立真实的关系，你将面临一个非常真实的危险：你有可能会爱上其中的某些人和事。谁知道这将在你身上引发怎样的变化呢？

谢谢大家。

远方[1]

在距智利中部五百英里左右的南太平洋里，矗立着一座令人望而生畏的火山岛，七英里长、四英里宽；岛上栖息着数以千计的海狗和数以百万计的海鸟，但人迹罕至；每到暖季，只有零星几个渔民来此捕龙虾。要去这座名叫亚历山大·塞尔柯克的岛，得从圣地亚哥坐飞机——那种只有八个座位的小飞机，每周只有两班——先到位于其东面一百英里的另一座岛[2]，再从岛上的停机坪乘敞篷小船才能到达整个群岛[3]里唯一的村落，然后在那儿等，等着搭乘偶尔出海的船，从那儿去塞尔柯克岛单程就得花十二个小时，就算到了跟前通常还得再等，有时一等就是几

---

[1] 本文于2011年4月18日在《纽约客》首发，并入选由戴维·布鲁克斯编辑的《二〇一二年度最佳美国散文》。

[2] 即鲁滨逊·克鲁索岛（智利）。

[3] 胡安·费尔南德斯群岛（智利），1574年被西班牙水手胡安·费尔南德斯发现。群岛由三座火山岛组成：鲁滨逊·克鲁索岛、圣塔克拉拉岛和亚历山大·塞尔柯克岛。

天，得等到天公作美才能登上那座岛的岩岸。该岛是在上个世纪六十年代由智利旅游官员更名为亚历山大·塞尔柯克岛的，丹尼尔·笛福的《鲁滨逊漂流记》多半就是根据这位苏格兰水手在这群岛上的孤独漂流生活写成，不过当地人还是用原名来称呼它——马萨弗拉[①]，意即更远的地方。

去年秋末时，我起念要到某个更远的地方去。当时我已马不停蹄地参与一本小说的推广活动达四个月之久，每天都是按安排好的行程度日，觉得自己简直就像媒体播放器进度条上那个往前挪动着的菱形标志。我不断复述自己的人生，结果是大段大段重要的个人经历在内心殒殁。每天早晨都是从相同剂量的尼古丁和咖啡因开始；每天晚上我的电子邮箱都受到同样的狂轰滥炸；每天夜里都是同样用酒精来麻痹大脑换得一时的欢愉。其间，在某一时刻读到了马萨弗拉的相关信息后，我开始想着逃离，独自逃到那岛上去，像塞尔柯克那样藏身于全年杳无人迹的内岛腹地。

我还在想去那岛上待着时，把《鲁滨逊漂流记》重读一遍应该感觉挺不错的，那可是公认的第一部英文小说。这本书是对极端个人主义的伟大的早期记录，讲述了一个与世隔绝的普通人以全副身心拼搏、挣扎求生的故事。接下来的三百年间，这种以现实主义叙述手法来探索生命意义、以个人主义为题材的小说创

---

① 原文为西班牙语。

作，在我们的文化里成了占统治地位的文学形式。我们可以从后来的简·爱、地下室人①、隐形人②以及萨特笔下的洛根丁③嘴里听到鲁滨逊的声音。这些故事都曾让我激动不已，难以忘记年轻时静静一坐就是几个钟头，被小说顾名思义的新奇④所吸引而孜孜不倦、全神贯注的经历。伊恩·瓦特⑤在他的经典著作《小说的兴起》里指出，十八世纪小说出版的迅猛发展，跟家庭妇女居家娱乐需求的增长紧密相关——那时的妇女已经从传统的家务活里解脱了出来，有太多的闲暇要打发。按瓦特的说法，英文小说完全是从穷极无聊的灰烬里诞生的。而无聊至极正是我眼下在经受的折磨。越是想着要分散注意力、散心消遣，这些散心的招数就越是没用，我因此只得加大剂量，等我省悟过来之后，我已是每十分钟就查看一次电子邮件，烟也抽得越来越多，我每天晚上也从喝两杯酒加码到四杯酒了；我玩电脑纸牌接龙游戏已是造诣极深，玩牌的目标早就不是赢一盘，而是连赢数盘——变成了在玩某种"大"游戏，令人着迷的已不再是玩纸牌本身，而是在试自己输赢的运气。迄今为止我最长的连

---

① 陀思妥耶夫斯基于 1864 年发表的中篇小说《地下室手记》中的主角。
② 英国小说家赫伯特·乔治·威尔斯于 1897 年发表的科幻小说《隐形人》中的主角。
③ 让-保罗·萨特于 1938 年发表的小说《恶心》中的主角。——编者注
④ 英文里"小说"(novel)一词原意是"新奇"。
⑤ 伊恩·瓦特 (Ian Watt, 1917—1999)，美国文学评论家、文学史学者、斯坦福大学英文教授。其于 1957 年出版的《小说的兴起：笛福、理查逊、菲尔丁研究》一书至今仍被文学研究者视作研究现代小说起源和现实主义文学的重要著作。

赢纪录已达八盘之多。

我跟几位热爱探险的植物学家商量好，搭乘他们的小船去马萨弗拉岛。然后我就到户外用品店 REI 稍稍放开手脚消费了一通。REI 的货架上各种超轻便野营用具琳琅满目，洋溢着鲁滨逊式的浪漫气息，最特别的可算是不锈钢马天尼鸡尾酒杯，酒盏跟杯脚可以拆开来的那种，在荒野里可充作人类文明的某种标识。除了背包、帐篷和刀具以外，我还给自己配备了一些时新的特色商品：一个塑料碟子，碟边是用硅胶做的，翻起来就可以变成一只碗；一些维生素 C 片，用来中和用碘消过毒的水的味道；一条装在极小袋子里的超细纤维毛巾，有机素食者会用的冷冻干燥红辣椒，还有一把坚不可摧的叉勺。有人告诉我，天公不作美的话，我就有可能无限期地滞留在岛上，因此我还储备了大量的坚果、金枪鱼罐头和蛋白能量棒。

启程去圣地亚哥的前夜，我去拜访了作家大卫·福斯特·华莱士[①]的遗孀、我的朋友凯伦。我起身告别时，她出乎意料地突然问我是否愿意带一些大卫的骨灰去撒在马萨弗拉岛上。我回答说愿意，她就寻出一方做成微型书本模样的带小抽屉的古董木制火柴盒，盛了些骨灰进去，说她深感欣慰，因为大卫的一部分将安息在那座荒无人烟、偏僻遥远的岛上了。直到驱车离开她家以

[①] 大卫·福斯特·华莱士（David Foster Wallace，1962—2008），美国小说家、散文家，也是弗兰岑的好友。华莱士长期患有抑郁症，在停止服用已用了二十年的抗抑郁药的一年后，即 2008 年，在加利福尼亚州的家中上吊自杀，年仅 46 岁。

后，我才意识到，她把这些骨灰托付于我，对她或对大卫都是一种慰藉，当然也是在为我考虑。她知道（是我告诉她的），我眼下逃避自我的情形是从两年前大卫死后开始的。当时我下了决心，不去直面心爱朋友自杀这个令人难以承受的事实，而是逃遁于愤怒与工作中。现在，我已完成了我的创作任务，就更难对这件事视而不见了，更何况他自杀的一个可能原因是他感到无聊、乏味，且对他未来的小说创作心怀绝望。我自己近来也感觉无聊到了极点：难道这是由于我没有履行自己许下的诺言吗？我曾对自己许诺，完成眼下这本书以后，我就让自己把对大卫之死的悲伤愤懑之情宣泄出来。

不久之后，一月底的那个早晨，在大雾弥漫之中，我终于抵达了马萨弗拉岛上一处海拔三千英尺、名叫勺子①的地方。我随身携带的只有一个笔记本、一副望远镜、一本简装版《鲁滨逊漂流记》、那本盛有大卫骨灰的微型书、一个装满野营用品的背包和一张无比粗糙的岛屿地图，没带烟酒和电脑。当然，我并不是独自爬上山的，有位年轻守林人为我领路，还有一头驴子驮着我的背包；在好几个人的坚持下，我最终还带了一部收发报机、一个已经用了十年的GPS、一部卫星电话以及一些备用电池。除此以外，我孤身一人，与世隔绝。

---

① 原文为西班牙语。

***

我首次接触到《鲁滨逊漂流记》，是小时候父亲念给我听的。这本书加上《悲惨世界》，是仅有的两部他喜欢的小说。从他读给我听时那陶醉的神情中看得出来，他对鲁滨逊和冉阿让产生了同等的深切认同感（不过他把冉阿让读成了"金发吉"，这是他自己琢磨的发音）。和鲁滨逊一样，我父亲与他人之间的关系很疏离，生活起居克己简朴，深信西方文明比其他"野蛮"文化优越得多，认为大自然应该是人类征服和开发的对象，无论遇上什么事情他都坚持自力更生、自己动手去做。这个独自栖身于荒岛、被食人族包围的人自律拼搏求生存的故事，对他来说实在是再浪漫不过了。他是在他父亲和叔伯们亲手开垦建立的一个相对原始的小镇上出生的，小时候会在北部沼泽地带的一个筑路工地上干活。在圣路易斯我们家的地下室里，父亲辟了一间布置得井然有序的作坊，用来保养他的工具，缝补他的衣衫（他可是个好裁缝），把木材、金属和皮革材料组合起来即兴做出结实耐用的家居用品以应房屋维护之需。每年他会带我和我的朋友们外出野营好几次，我们这些小孩子到林子里去玩的时候他会独自一人在营地收拾布置；我们都睡在合成棉制成的睡袋里，而他则用破旧的毯子当床铺。我觉得是他自己想去野营，在某种程度上他只是拿我当借口罢了。

我哥哥汤姆自力更生的能力绝不亚于父亲，上大学以后更是实实在在地成了个徒步背包客。我事事仿效汤姆，我听他讲述独自一人到科罗拉多和怀俄明作远足十日行的经历，就一直渴望着自己也能做一个徒步背包客。我十六岁的那个夏天，机会终于来临，父母答应了我的央求，让我去参加一门名叫"西部野营"的暑期课程。我和朋友魏德曼就这样跟一车同龄少年以及几位指导老师一起去落基山脉"调研"了两个星期。我背着汤姆用过的格里牌红色旧背包，随身带着汤姆也有的那种笔记本，用来做研究苔藓的笔记，那课题是我胡乱挑的。

我们到爱达荷州锯齿荒原的第二天，就被要求到野外独自度过二十四小时。我的指导老师把我带到一片稀疏的西黄松树林里，然后就让我一个人留在那儿；没过多久我就蜷缩在我的帐篷里，尽管外面风和日丽。显然，短短几个钟头没人做伴，就使我完全感受到了生命之空虚，存在之恐怖。第二天我才得知，比我大八个月的魏德曼不堪忍受如此孤独，自己提前回到了大本营附近。而能让我坚持下来，甚至能让我觉得我可以孤身一人度过一天以上时光的原因，就是写作：

七月三号，星期四：

　　今晚我开始记笔记。如果以后有谁读到这本笔记的话，我相信他们会原谅我过度使用了"我"这个字。我不得不这样做。是我在记这本笔记。

　　今天下午我吃完晚饭回到篝火边时，恍惚间我把放在石头上的铝制水杯当成了朋友,那朋友正坐在那儿想着我……

今天下午有只苍蝇(至少我觉得是同一只苍蝇)在我头上嗡嗡作响了好长时间。被吵了一阵以后,我不再把它想成是一只肮脏讨厌的昆虫,而是逐渐下意识地把它当成一个敌人,一个让我感兴趣的敌人,我们只是在玩游戏而已。

也是在今天下午(这是我活动的主要时间段),我坐在一块突起的岩石上试着写一首十四行诗,记述我在不同时期(以观点算,共有三种)对生命意义的不同认识。当然啦,现在我意识到那是徒劳的,就是用散文体来写都是不可能的。不过在我试图写那篇东西的时候,我逐渐相信,生命就是浪费时间,即使不是也和这差不多。我脑子里充满了绝望的想法,我是如此伤心,又是如此沮丧。但当我开始观察苔藓,做起笔记,静下心来,我便想清楚了,我之所以伤悲,并不是因为没有生活目标,而是因为事实上我还不清楚自己是什么样的人、自己为何是这样的,以及没能表达我对父母的爱。当时,我的思绪已越来越接近第三个观点了,但接下来我的思绪有点乱了。我想,之所以有上述种种思考,是因为时间(生命)太短暂了。是的,这当然没错,只不过我的悲伤并非源于此。我顿悟到:我是想家了。

意识到自己患的是思乡病之后,我就开始用写家信来应对了。在余下的远足旅程里,我坚持每天写日记,发觉自己跟魏德曼逐渐疏远，倒是与女营员们越来越亲密了，在人际交往方面我还从来没有如此成功过。以前我的问题是，对自我的身份认同连一半的把握都没有，这种认同感是靠独自一人在纸上写下许多第一人称的文字得到的。

那次远足后有好些年我一直很想再去过一下做徒步背包客的瘾，不过内心并没那么热切，也就一直没能成行。我通过写作找到的那个本我，其实跟汤姆一点都不像。我一直留着他的格里牌旧背包，尽管那不是平时能用的行李包；我会去买一些可有可无的便宜野营用品，帮我维系只身荒野的美梦，譬如汤姆时常大谈其好处的布朗纳牌特大瓶装薄荷液体肥皂。大四开学时，我搭长途汽车回校，把那瓶布朗纳牌液皂放在了那个背包里，途中瓶子破裂，浸湿了我的衣物和书本。等我到宿舍浴室清洗那旧背包的时候，包面布料在我手里四分五裂了。

* * *

我们的船开始靠近马萨弗拉，它似乎没那么欢迎我们。我手里只有从谷歌地图网站下载打印出来的一张信纸大小的岛屿地图。我立刻发现我过于乐观地误读了那些等高线。地图上看上去像是陡坡的地方实际上是悬崖，而看上去像是缓坡的地方是陡坡。渔民为捕捉龙虾而建的十来个棚屋蜷缩在巨大的峡谷底部，整个峡谷深约三千五百英尺，峡壁则郁郁葱葱，直冲乌云翻滚的天空。一路驶来还算平静的海水,在此变得汹涌澎湃,猛烈地撞击着棚屋下方的那些崖石间的一个岩缝。为了上岸,那几位植物学家和我先跳到了一个捕虾船上,开到离岸边一百来码的地方。到了那儿,船夫关掉了马达,我们拽住一条固定在浮标上的绳索,一起用力把小船拉到了离岸更近的地方。当我们接近那些崖石的时候,小船剧烈摇晃,海水漫进了船尾,船夫忙不迭地把我们系缚到一条连到岸上的缆绳上,我们就这么被拽上了岸。一上岸,扑面而来的就是令人窒息的大量飞蝇——马萨弗拉的绰号就叫飞蝇岛。从几个棚屋敞开的门里传出便携式立体声录放机播放的各种北美、南美音乐,像是要把这峡谷和冰冷大海的无限压抑、冷酷无情都给挡回去似的。棚屋背后那一片高大的枯树,色如白骨,更添了几分肃杀之气。

陪我一路徒步去内岛腹地的是一位名叫达尼罗的年轻守林人和一头面无表情地驮着行李的驴子。岛上地势是如此陡峭,我实在无法假装为不用自己背行李而感到遗憾。达尼罗的背后斜挎着一支来复枪,希望打到一只漏网山羊(前一阵子有个荷兰环保基金会发起了根除岛上外来山羊的行动)。清早灰暗阴沉的云很快变成了雾,我们走过没完没了的之字形坡路,穿过长满智利酒果树(一个外来树种,用来修补捉龙虾的笼子)的沟壑上山。山路上陈年驴粪多到令人扫兴,一路上能看到的仅有的活物就是鸟了:一只灰胁抖尾地雀、几只费岛鸫,该岛上五种陆鸟里的两种。马萨弗拉是两种值得关注的圆尾鹱以及马萨岛雷雀(世界上最稀有的鸣鸟之一）目前仅知的繁殖地，我一直期待着能看到那雷雀。说实话，到我出发前往智利的时候，观测到新鸟种是唯一绝对不会让我感到无聊的事了。马萨岛雷雀大多栖息于岛上一个名叫清白地①的高海拔区域，据说存活数不足五百只。很少有人看到。

达尼罗和我抵达勺子的时间比我预期早得多，透过雾气，一栋小庇护所②（或守林人小屋）的轮廓依稀可见。两个小时多一点的时间内，我们就爬了三千英尺。我听人说起过勺子这儿有这么个庇护所，不过照我的想象，那该是个简陋窝棚，不曾想到它会给我带来什么问题。庇护所的屋顶陡斜，被缆绳固定到地上，屋内有个烧丙烷的炉灶，两个铺着海绵床垫的双层床，一只看着倒胃口、不过还算能用的睡袋，一个放满意大利干面条和罐头食品的储藏柜。显然，除了碘片以外，我什么都不带也能在这儿活下去。这栋庇护所让我原本就有点虚假的自给自足的远足计划愈发显得虚假起来了，我只得装作这小屋并不存在。

达尼罗从驴背上卸下我的行李，又领我沿着一条雾气腾腾的小径下到一条小溪边，涓涓溪流刚刚够蓄成一小池子水。我问他从这儿能不能走到清白地去。他朝山上指了指，说："可以，要走三个小时吧，得沿着腰线③走。"我想问我们能否现在就去，

---

① 原文为西班牙语。
② 原文为西班牙语。
③ 原文为西班牙语。

这样我就可以在离雷雀更近的地方安营扎寨了，不过达尼罗看上去急着要回海边。他就这么牵着驴带着枪走了，而我也忙着干起鲁滨逊该干的活儿来了。

头一桩事就是储蓄和净化水，使之能饮用。我带着过滤泵和帆布水袋，走上了我记得的那条去水池的小径，那水池离庇护所不过两百英尺的距离，但我很快就在雾里迷了路。试了好几条路以后，我终于找到了那个小水池，但过滤泵又裂了口子。那泵还是我二十年前买的，当时想着有朝一日我独处荒野的时候肯定用得着，可多年以后泵体塑料已经变脆了。我用水袋汲了些有点浑浊的水，有悖于我刚下的决心，走进了庇护所，把水倒进了一只大蒸锅里，并加了些碘片。这么点事就用了我一个小时。

既然已经在这庇护所里了，我索性把攀爬时被露水雾气打湿了的衣服换掉，用掉大量我自己带来的厕纸把靴子内里弄干了。我发现，我所带的电器里唯一没有备用电池的那只GPS一整天都开着、耗着电，这让我顿时不安起来，我又埋头用掉更多的厕纸把庇护所地上的积水和烂泥清理干净，以此舒缓我焦虑的心情。最终，我冒险出门到了一处岬角勘察，想要躲开庇护所附近的那些驴粪，找个露营地。一只猎鹰从我头上俯冲而过，一只地雀在一块巨石上冒失地叫唱。找了好一阵子，掂量了各个地点的优劣以后，我选中了一处山坳，既能遮挡风寒，从那儿又看不见庇护所，我就在那儿吃了点奶酪和腊肠权作野餐了。

我已经独处了四个小时。我支起了帐篷，把篷架拴到大石头上，又用我能搬动的最重的石头把帐篷的固定桩压牢，然后用我自己带来的烧丁烷的小炉子煮了点咖啡。回到庇护所里，我继续做弄干鞋袜的活儿，时不时暂停几分钟，开窗把老是溜进屋里的苍蝇给赶出去。我原本是为了逃离现代都市的花花世界而来到这里，可此刻我连对这个庇护所的依赖都无法摆脱。我又去汲了一袋子水，用大锅在丙烷炉上烧了点洗澡水，想着洗完澡后就能回屋里用超细纤维毛巾擦干身子、换上衣服，这比在泥里雾里折腾，简直不知道要舒服多少。既然我已如此背离初衷，我索性一不做二不休，把一个海绵床垫搬到岬角，放到我的帐篷里去。"不过，就这些了，"我大声对自己说，"到此为止了。"

除了飞蝇的嗡嗡声和地雀偶尔的啾啾声，我的露营地是绝对寂静的。眼前的云幕时而撩起片刻，我才能瞥见嶙峋的山坡和为蕨类植物所覆盖的湿漉漉的山谷，不过这一切很快就又被降下的云幕遮住了。我掏出笔记本，草草记下前七个小时过的事情：汲水、吃午餐、搭帐篷、沐浴。但当我想要用自白式的第一人称来写的时候，我觉得自己太刻意做作。显然，过去的三十五年里，我已经习惯了记叙自我，把自己的生活当作故事来体验，现在我的日志只能用来解决问题、审视自我。回想十五岁去爱达荷州远足时，我也不是在当时绝望的心境下写下那些文字的，而是等到心平气和后才开始记叙，现在就更是如此了，那些我在意的故事都是事后有所选择、有所提炼之后记叙的。

第二天，我计划去看雷雀。光是知道岛上有这种鸟就让我对该岛心驰神往了。当我去找一种新鸟种时，我所关注的是某种几近陨灭的真实，我所寻觅的是这几乎被人类主宰但依然美妙地与人疏离的世界的残存者；一窥这些稀有的鸟儿保持哺育、繁衍的生性，是一种超凡脱俗的享受。我决定明天早晨天一亮就起床，需要的话花上一整天的时间找出一条通往清白地的路，然后再回来。我为这项料想不会太困难的远征任务而欢欣鼓舞，给自己煮了一碗辣酱汤。天还没黑，我就把自己关进了露营帐篷。躺在非常舒适的床垫上，钻进我高中年代的睡袋里，前额上戴着一盏头灯，我开始静下心来读《鲁滨逊漂流记》[①]。一整天下来，直到此刻，我才真的怡然自得了。

*　*　*

让－雅克·卢梭是早先最大的鲁滨逊迷之一，他曾在《爱弥儿》一书里提议把它用作儿童教育的基础教材。卢梭——遵循着法国优秀的删节传统——指的并不是整本书，而是鲁滨逊讲述他如何在一个荒岛上生存了四分之一个世纪的那一长段。绝大多数读者都有同感，这是这本小说里最精彩的段落，鲁滨逊在此前后的历险故事（被土耳其海盗抓去做奴隶、击溃大狼的攻袭）相比

[①] 文中《鲁滨逊漂流记》引文，翻译时部分参考了译林出版社郭建中的译本。

之下显得了无趣味、机械生硬。这个幸存者故事的感染力，部分来自鲁滨逊讲述往事时提到的那些特定细节：葬身大海的同伴们仅存的遗物只有"三顶……帽子，一顶便帽，以及两只不成双的鞋子"；他从搁浅的大船上抢救出来的日用品清单；埋伏捕杀岛上野山羊的精巧复杂；以自己的方式制作家具、小船、陶器、面包等常见物品的具体情况等。但真正让这些毫无冒险刺激的奇遇经历活灵活现，让这些故事出人意料地充满悬念的原因，是这些情节是在普通读者的想象范围之内的。我不知道要是我被土耳其人奴役或是受到狼群的威胁时我会如何应对，我大概会出于恐惧而做不了鲁滨逊所做的事。但是读到他在面对饥饿、露宿、病痛和孤独是如何找出实际可行的解决办法时，我就仿佛被请进故事之中，想象着自己身陷孤岛会如何行动，并以他来衡量我自己的毅力、智谋和勤奋程度。（我敢肯定父亲也是这么去衡量比较的。）在食人族从外面的世界闯进孤岛之前，就只有我们两个人，鲁滨逊和他的读者，非常惬意。接下来的片段详细描述了鲁滨逊的日常劳作和情感，叙事手法愈加丰富有趣，这部分后来被评论家佛朗哥·莫莱蒂揶揄为"补白"。不过，正如莫莱蒂同时指出的，对这种"补白"做激剧的恢扩恰恰就是笛福的伟大发明。叙述这样的日常琐事成了现实主义小说家的惯常手法，你可以在简·奥斯汀、福楼拜、约翰·厄普代克、雷蒙德·卡佛的作品中看到。

为笛福式"补白"提供框架，并与它互蕴渗透的手法，在先于笛福的时代就早已是其他各种主要作文叙事方式的基本要素了。这些早先的叙事有：有关海难和奴役的古希腊小说，天主教徒和新教徒写的灵修自传，中世纪和文艺复兴时期的传奇文学，西班牙的流浪汉小说。笛福的小说也遵循了同样的叙事传统：讲述一个确有其人的公众人物的故事，或是声称确有其事；鲁滨逊这本书的原型就是亚历山大·塞尔柯克。甚至曾有人认为笛福意图颂扬英国的新大陆殖民地所拥有的宗教自由和经济机遇，将这部小说作为一种乌托邦式的鼓吹宣扬。《鲁滨逊漂流记》的写作方式并非首创这一点，就清楚地解释了为何谈论"小说的兴起"乃至指认笛福的书是该类型里的第一部是多么站不住脚，甚至显得荒唐可笑。毕竟《堂吉诃德》早在一个多世纪前就已出现，而且的的确确是一部小说。既然传奇文学早在十七世纪就被广泛出版和阅读了，既然欧洲大多数语言里对传奇和小说这两个词确实不加区分，那为何不把传奇也叫小说？早期的英语小说作家的确时常强调他们的著作并非"只是传奇"，但是许多传奇文学作家也曾如此标榜。可到了十九世纪初叶，当沃尔特·司各特[①]等人首次为这种文学体裁汇编杰作、出版权威性合集的时候，英国人不仅非常清楚他们称为"小说"的文体是怎么回事，而且还通过翻译大量地将其出口到其他国家。一种前所未有的体裁形式在那时确实出现了。那么到底什么才算是一部小说呢？为什么这种文

[①] 沃尔特·司各特（Walter Scott, 1771—1832），苏格兰历史小说作家、剧作家、诗人。

体会在那个时代涌现呢?

最有说服力的还得算五十年前伊恩·瓦特提出的政治经济学说。现代小说的诞生地恰好就是欧洲当时经济上最强势也最繁荣的国度,瓦特对这一巧合的分析是直接有力的,他把如下因素联系了起来:对大胆进取的个体的赞美,知书识字的中产阶级壮大以及对读到描写他们自己生活的作品的渴望,社会流动性的增强(引导作家去发掘由此引发的焦虑),劳动分工的专业化(造就了一个妙趣横生、差别分化的社会),旧的社会体系瓦解成孤立个体的集合,当然,还得加上那些生活舒适的新兴中产阶级闲暇阅读时间的急剧增加。与此同时,英国正急速地变得更为世俗化。新教神学重新设想的社会秩序是由自力更生的众多个体组成的,每个个体和上帝都有着直接的联系[①],这为新的经济体系奠定了基础。可到了十八世纪,随着英国经济的兴旺发达,连个体是否还需要上帝这一点都变得含糊不清了。《鲁滨逊漂流记》里确实用了许多篇幅来描述主人公信教的心路历程,每一位缺乏耐心的少儿读者都可以证实这一点。鲁滨逊在荒岛上找到了上帝,每每遇到危险他都向主祈祷以求得拯救,对主的种种恩赐感恩不已。不过,每次一渡过危机,他就又变成了那个实用的自我,把上帝给忘了。到最后故事结束的时候,鲁滨逊能活下来好像更多靠的是他自己的勤劳才智,而不是上帝保佑。读着鲁滨逊的动摇和健

---

① 不必依靠教会作中保来得到救赎,即所谓的"因信称义"。

忘，就仿佛在目睹灵修自传这种文体是怎样被转化成现实主义小说的。

谈论小说起源最有意思的地方，可能要算是英国文化对"何为逼真"这个问题在态度上的演变：一个稀奇古怪的故事，是会因为它的稀奇古怪被认为是真实的呢，还是会因此被认为是虚假的呢？这个问题所引发的焦虑直到今天还在困扰着我们（看看詹姆斯·弗雷[①]"回忆录"丑闻就知道了），而一七一九年笛福出版鲁滨逊故事的第一卷[②]——也是最有名的一卷——的时候，也有过同样的争议。书里没印作者的真名实姓，而书名写的是《鲁滨逊·克鲁索的一生及其离奇冒险……由他本人自叙》，头一批读者里有很多人以为书里的故事并非虚构。不过当时还是有不少读者质疑该书的真实性，第二年笛福出版第三卷也就是最后一卷的时候，他觉得有义务出来捍卫它的真实性。他称传奇文学里的"故事是捏造的"，相比之下他的故事"尽管是寓言式的，但也是基于史实的"，他还强调，"确有其人在世，还相当知名，他一生的经历正是本书的素材"。据我们所知，笛福自己曾因诸如养麝猫取麝香之类的冒险生意而麻烦缠身，两度破产，身陷债务人监狱，饱尝与世隔绝的滋味，这些经历和克鲁索很相似，考虑到这一点以及他在该书里表明的观点——"人生总的来说就是，抑或

[①] 詹姆斯·弗雷（James Frey, 1969— ），美国作家，其自传体作品《百万碎片》（A Million Little Pieces）一书被发现有多处编造夸大之处，引发了一系列争议。
[②] 中文版《鲁滨逊漂流记》即这一卷的内容。

原本就该是孤独的，人皆有之的孤独"——得出这位"知名"人士就是笛福自己的结论并不过分。（很明显，两人的姓都以"oe"结尾。[1]）现今我们认为，小说就是一位作家把自己的生活经验映射进一个白日梦里；向这个观点靠拢的关键转折，就体现在笛福试探性的主张中——小说家拥有自己的"真实"，一种不像史实那样严格的真实。

评论家凯瑟琳·伽勒赫在《虚构的兴起》一文中讨论过涉及这种真实性的一个奇特悖论：十八世纪的小说家（大致从笛福开始）不仅摒弃了他们的叙事并非虚构的托词，也正是从那时起，他们开始费尽心思让叙事看上去不像是虚构的——逼真度变得尤为重要。伽勒赫对该悖论的破除有赖于现代性的另一个侧面：必须敢冒风险。当一项生意有赖于投资，你就得权衡各种可能的结果；当婚姻不再由别人包办，你就得考量潜在配偶的优缺点。十八世纪逐渐发展起来的小说这种文学体裁，给读者提供了一个既可以揣摩猜测又不用承担风险的游戏平台。小说以其虚构性作为卖点，其主人公既具有足够的代表性，可以让你将其当作自身的某种可能的版本来感受体验，同时，又具有足够的特殊性以至于又不会是你。所以，十八世纪的这个伟大文学创造，不仅是一种体裁，同时也是对待这种体裁的态度。如今，每当我们拿起一部小说来读时，我们的心态——知道这是一部想象之作，心甘情

---

[1] 克鲁索的原文为 Crusoe，笛福的原文为 Defoe。——编者注

愿暂且放下疑心——实际上已是小说一半的实质了。

最近有一系列学术研究结果动摇了那种认为叙事史诗是所有文明（包括口述文明）的核心特征的旧观念。虚构的文学作品（无论是童话还是寓言）以前好像主要是写给儿童的。在前现代文明中，阅读故事为的是获取信息、获得启迪或寻求刺激，而那些较为严肃的文学体裁，如诗歌和戏剧，则需要相当娴熟的写作技巧。至于小说，则是人皆可为，只要有纸有笔就行了，个中趣味是现代所独有的。如今，纯粹为娱乐消遣而去体验一个虚构的故事，变成了成年人也能尽情（有时甚至有点罪恶感）享受的事情。这种为娱乐而阅读的历史性转变是如此深刻彻底，以至于现今我们自己都察觉不到了。的确，随着小说演变成电影、电视节目和新型电子游戏等亚属体裁——大多都以虚构为卖点，展现的主人公都是既典型又特殊——要说现在的文化跟以前所有文化的区别就在于娱乐性无处不在，这是一点也不为过的。小说既是其内容又是对其内容的态度，这种双重性如此彻底地转变了我们的态度，以至于内容本身濒临无关紧要的危险境地。

马萨弗拉的姐妹岛原名马萨提拉（意思是离陆地近些的地方），现称鲁滨逊·克鲁索岛。在那座岛上，我亲眼看到三种从大陆移植过来的植物对生态环境造成的破坏：马基莓、智利番石榴和黑莓泛滥成灾，覆盖了山岗和峡谷。那黑莓灌木面目尤其狰狞可怖，能压垮当地的大树，而它的扩散部分靠的是它四处生发的纤匍枝，像是长了刺儿的光纤电缆一般铺天盖地。已经有两种本地植物绝了种,如果不马上启动大规模的保护计划,会有更多的本地植被灭绝。漫步鲁滨逊·克鲁索岛,查看面临黑莓侵袭的本地蕨类植物时,我开始视小说为一个生命体,在英伦诸岛变异成侵袭性和毒性极强的变体之后,从一国传染到另一国,最终征服了整个地球。

亨利·菲尔丁[①]在《约瑟夫·安德鲁斯的经历》一书里称他笔下的人物为"物种"——高于个体,又不至于普适全体。不过,随着小说改变了文化环境,各种各样的人性物种已经让位于那些由个体组成的普适群体,其最为显著的特征就是他们都在被讨好娱乐。这个单一文化的幽灵正是大卫·福斯特·华莱士早已预见,并在他的巨作《无尽的玩笑》里刻意抵抗的。他所使用的附加注脚、插入题外话、非线性叙事以及超链接等文本表现方式,体现出他已经预见到了即将到来的毒性更强、更为极端个人主义的侵略者,而当下它正在取代小说及其亚属体裁。的确,鲁滨逊·克鲁索岛上的黑莓如同小说这个征服者一样侵袭了大片土地,可在我看来,互联网这种以黑莓手机为载体的侵略者有过之而无不及,它把自我映射到整个世界而不只是某个故事里去了。不再是这条新闻,而是我的新闻。不再是某场橄榄球比赛,而是将十五场不同的比赛变成个人化的橄榄球梦幻联盟数据。不再是电影《教父》,而是个人录像《我家猫咪的滑稽特技》。个体

---

① 亨利·菲尔丁(Henry Fielding, 1707—1754),十八世纪英国启蒙运动的代表人物之一。

欲望横行，人人可当查理·辛[①]。《鲁滨逊漂流记》让自我变成了一座岛，现在，这座岛似乎开始变成整个世界。

* * *

半夜帐篷外大风骤起，帐篷一侧的帆布不断拍打我的睡袋，把我吵醒。我戴上耳塞，可还是能听到拍打声，后来还听到很响的一声重击。等到天光大亮，我才看到帐篷已是七零八落，有段支架倒挂在那儿晃荡着。那风倒是吹散了我眼底所见的云层，展露出一片大海，近得惊人，铅灰的海面上，通红的旭日正蓄势而出。以要去追寻珍稀鸟类激发出的高效率，我飞快地吃完了早餐，把收发报机、卫星电话和足够吃上两天的食物装进了背包。临走前，我看风太猛，就把帐篷拆了，再用大石头把四角给压住，以防我人不在的时候被大风给吹跑了。马萨弗拉早上的天气通常要比下午好，所以时间很紧，不过我还是先去了一趟庇护所，在GPS上记录了它的坐标，随即就赶紧上山去了。

马萨岛雷雀是棘尾雷雀的近亲，身体要大一些，毛色要晦暗些，而后者是一种相貌出众的小鸟，我来马萨弗拉所属群岛之前在智利的好几处森林里看见过。一个如此小的种群是如何能有这么多的鸟儿来到距海岸五百英里的岛上进行繁衍（随后又有所进

[①] 查理·辛（Charlie Sheen，1965— ），美国演员，曾出演电影《野战排》《华尔街》和情景喜剧《好汉两个半》等。常年因酗酒、吸毒等问题上新闻。

化），这将永远是个不解之谜。马萨岛雷雀的生存有赖于岛上土生土长的蕨类植被，鸟群数目原本就不大，眼下好像有下降的趋势，大概是因为雷雀在地上做窝，太容易被老鼠和猫侵袭的缘故吧。(想要清除马萨弗拉岛上的老鼠，就得先将岛上所有的老鹰捉起来，以便保护它们，然后用直升机撒鼠药，使之地毯式地覆盖整个崎岖山地，所需费用估计高达五百万美元。)听人说，在其栖息地并不难看到马萨岛雷雀，难的是到达它们的栖息地。

山路还在云雾中若隐若现，不过我一直在期盼着海风会把云吹散。从我带的地图上看，往南去清白地的路上有两道深谷，我得攀上三千六百英尺的高度才能绕过去。虽然整个远足路程的海拔净落差是零这一点让我感到欣慰，不过我一离开庇护所，就身陷云雾之中了。可见度降到只有几百英尺，我因此每过十分钟就得停下来用电子仪器定位一下，就跟韩塞尔在林子里撒面包屑那样[①]。有那么一会儿，我沿着布有驴粪的小径前进，不过没多久，地面就变得乱石密布，以至于我无法确定是否还走在正确的道路上了。

攀上三千六百英尺的高度以后，我转而向南行进，在葱郁湿润的蕨类植被丛中一路披荆斩棘，忽然被一条涧流挡住了前路。我拿出地图来仔细研究这条现在本该在我下方的涧道，可谷歌地

[①] 出自格林童话《糖果屋》。——编者注

球卫星图如我上次查看时那样模糊。我试着沿峡谷的侧壁绕过去，但蕨类植被下掩藏着湿滑的石块和幽深的洞坑，外加透过水雾看到侧壁越来越陡，我只得回头，用 GPS 导航，奋力攀缘回到山脊。出征一小时，我已是里外湿透，可离起点才走出了不过一千英尺的距离。

看着已湿淋淋的地图，我想起了达尼罗说过的那个生词——cordones[①]，意思肯定是山脊！我本该沿着山脊走才对！我又向山上进发，不时停下撒些电子面包屑，直到碰上了一座太阳能通信天线，想必是到了某个局部制高点。此时风更急了，将云吹到了岛的背面，那里可是三千英尺的断崖，崖底是海狗的栖息地。我看不到悬崖，不过只要想到它就在我下方不远处，就足以让我恐高症发作。我可是很怕悬崖的。

幸好从通信天线往南走的腰线相当平坦，即便风势强劲，可见度几乎为零也不难寻路向前。我就这样顺畅地走了半个小时，为能从如此稀少的信息里推断出通向清白地的正确路线颇感自得。可最终这山脊分岔出两条路：一条往高处去，一条朝低处走。地图上标得相当清楚，我应该去的地方在三千二百英尺而不是三千八百英尺的高度，可当我为降低自己所处的海拔高度而选择朝低处走之后，就被令人恐惧的险峻断崖堵住了去路。我又回头选择往高处走的那条路，那条路的走向是朝南直指清白地的，

[①] 西班牙语，即前文提及的"腰线"。

而且走了一会儿以后山势终于开始下降，让我松了一口气。

此刻，天气变得糟透了，水雾变成了横扫的雨点，风吹过的速度达到了每小时四十英里。我沿着山脊向下，可那路越走越窄，令人不安，最终我被一座尖峰挡住了去路。我可以隐约看到，山脊在尖峰的前面继续向下延伸，不过非常陡直。可怎么才能绕过这座尖峰呢？如果我冒险从背风的那一侧攀爬过去，就有可能被一阵狂风给刮跑。如果从迎风的那一面攀爬，我深知将面对三千英尺的深渊，不过从这一面走的话，至少风会把我抵在石壁上，而不会把我吹跑。

我脚踩灌满雨水的靴子，抵着迎风的那一侧石壁，加倍小心地探实了每一处落脚点和抓手才向前挪动。就在我缓慢前行的时候，前面的路况似乎清晰一点儿了，不过尖峰前方山脊的两侧和前端都是幽暗的深渊，看上去又像是一条绝路。尽管我下定了决心要去看马萨岛雷雀，此刻却不敢再迈下一步了，我忽然意识到了我现下的窘迫：四肢伸展成大字形，背贴在湿滑的石壁上，面对着让人睁不开眼睛的雨水和狂风，不确定是否走对了路。一句话骤然闯进了我的脑海，如向我诉说般清晰：你现在做的事真是太危险了。我想到了我那位过世的朋友。

大卫写起天气来不比任何别的操弄笔墨之人差，他很爱他的狗狗们，比对他爱其他任何的人或事要来得不折不扣，不过他对大自然本身并不感兴趣，对鸟类更是无动于衷。有一次，我们在加利福尼亚州开车路过斯汀森海滩附近，我停下车让他用望远镜观察一种长嘴杓鹬，在我看来，那种鸟的华美尊贵是再明显不过的了。他才瞅了两秒钟就明显厌烦了。"是啊，"他用他假客气时特有的语调说，"挺好看的。"他过世前的那个夏天，我跟他一块儿坐在他家的露台上，他在那儿抽烟，房子四周飞着的蜂鸟让我目不转睛，而让我失望的是他却不屑一顾；他吃了药效很重的药在午睡的时候，我在那里研究厄瓜多尔的鸟类，为即将到来的出游做准备。我悟到了他难以应对的痛苦跟我尚能应付的不快之间的差别：我能以观鸟之愉来逃避我的不快，而他却无法做到。

的确，他是个病人，而我跟他的友情，从某种意义说来，就是我爱上了一个精神病患者。这个抑郁症患者后来自我了结了，而且是算计好了要以给他最爱的人们带来最大痛苦的方式自杀的，让我们这些爱着他的人怨愤，觉得被背叛。这种背弃感不仅仅是由于我们曾经倾注的爱意付诸东流了，也是出于他的自杀造成的后果，让我们失去了他，并把这个人变成了一个公众传奇人物。从来没读过他的小说，甚至从来都没听说过他的人们从《华尔街日报》上读到了他在肯扬学院毕业典礼上的演讲词，为失去了这个伟大而高雅的灵魂而伤悲。文学权威机构先前至多也不过把他的书列入某项国家级文学奖的最终候选名单，现在却齐声宣称他是个殒殁的国宝。当然，他原本就是国宝，而且作为一个作家，他"属于"我，同时也"属于"他的读者。但如果你能知晓他的真实人格比大家预想的更为复杂、犹疑，知道他本人比现下人们赋予他的那个和蔼可亲、有道德洞察力的艺术家/圣贤形象要更加惹人喜爱（更加风趣，更加淘气，更依赖他人，跟心魔的斗争更加惨烈，更多次的败下阵来，就连他的谎言和前后不一都更像孩子一般可以被轻易识破），你还是会觉得被他的这一面伤害了：那部分的他情愿要来自陌生人的吹捧恭维，而背弃最亲近的人对他的关爱。

　　对大卫所知甚少的人最有可能把他奉为圣贤。这一点尤其令人费解，因为他的小说几乎从来没有表现过寻常的爱。亲密的爱恋之情对绝大多数人来说是人生意义的来源，可在华莱士虚构的世界里却毫无地位。我们在他的小说里看到的人物，要么一直向最亲近的人隐瞒自己的冷漠；要么费尽心机假装对他人充满爱意，或是让自己相信他们感受到的像是爱意的东西，其实只是他人出于私利假装的；或者，至多是向某个极为讨厌的人示以抽象或精神上的爱意（比如《无尽的玩笑》里那个聪明过头的妻子，《对丑陋人物的简访》中最后那回的精神变态）。大卫的小说里充斥着种种伪君子、善于摆布他人的高手和情绪上与世隔绝的孤寡之人，而那些只是远远望见过大卫或只是在正式场合与他见过面的人们，却会对他勉为其难做出来的那种过分体恤的姿态和他讲出来的那些道德智慧信以为真。

　　不过，奇怪的是，大卫的小说总能让他最忠实的读者在读他的书时感受到认可，得到抚慰，感受到关爱。我们每个人多少都算流落在自身存在的孤岛上——我想大致可以这么说，最醉心于他作品的读者都熟知药物成瘾、强迫症或抑郁症带来的社交、精神上的孤独感——所以我们对名叫大卫的那座最远的孤岛上发出的信号如获至宝。就内容而言，他给我们发来的是他自身最糟糕的一面：以堪与卡夫卡、克尔凯郭尔和陀思妥耶夫斯基媲美的自我剖析深度，展示了他自己的自恋癖、厌女症、强迫症、自欺行为、去人化的道德观及神学探究、对爱是否可能存在的怀疑、为自我意识层层作注的繁复所累的种种极端状态。然而，在形式和意图层面，他分门别类列出的这个编目，充斥着他怀疑自己是否具有真正的美德的绝望，而这被他的读者当成是真正的美德的体现：基于他的作品我们感受到了爱，于是我们得以去爱他这个人。

大卫跟我的友情是一种相互比较、相互对照和（像亲兄弟那样）相互竞争的关系。在他过世前几年，有一次，他在我买的他最新创作的两本精装书上签名。他在其中一本的扉页上勾勒了他一只手的轮廓，在另一本上勾勒的是一个巨大的生殖器，大到冲出了页面，还加了个小箭头，写着"比例100%"。还有一次，我听到他当着正跟他约会的女子的面，眉飞色舞地说另一个人的女朋友在他眼里是"女性的典范[①]"。那位女子愣了好一会儿才问道："女性的什么？"于是，大卫，这位词汇量在整个西半球名列前茅的人，深吸了一口气，叹息道："我忽然意识到，实际上

---

① 英文原文为"paragon"。

我从来就没搞清楚那词到底是什么意思。"

他讨人喜欢的方式和小孩如出一辙,他会以孩子般的纯真回报你对他的关爱。如果说他在作品里摈弃了爱,那是因为他从来都不觉得自己配得上爱。他终身囚禁在他自身的孤岛上。远远望去像是舒缓的等高线,实际上却是陡壁悬崖。有时他只发点小疯,有时他几乎全然疯了,不过作为一个成年人,他从来没有完全正常过。他试图用毒品和酒精从那座孤岛监狱中逃跑,结果糟糕的是,他被各种成瘾关得更牢了,其间他所见识到的那个本我,看来一直在消耗他对自己是否能为他人所爱的信念。即使在他戒毒以后,即使离他年少时自杀未遂已过了几十年,即使在他勇敢地慢慢给自己营造了一种生活以后,他还是觉得不配得到爱。这样的感受跟自杀的想法混在一起,最终到了无法区分的程度,而自杀的确能确保他冲出牢笼:比吸毒更有把握,比虚构的小说更可靠,最重要的,比爱更确定无疑。

我们这些没有病态地沉浸于自我的人们,我们这些活在可见光谱以内的人们,至多也只能去想象生活在光谱外会是何种感觉,自己并不会待在光谱外,我们都能认清大卫无法相信自己能被他人所爱是大错特错,而且想象得出他因无法相信这件事招致的痛苦。如果你是个健全的人,就明白爱其实是再容易、再自然不过的事了!如果你不是的话,爱又会是何等骇人地不易啊(得经过何等繁复的思考才能让爱看上去像是自私和自欺)!不过从大卫的作品(对我来说是从跟他的朋友关系)里获得的教义之一，就是健康和病态间的差异更多的是程度上的，而不是性质上的。尽管大卫曾取笑我那些比他轻得多的上瘾习惯，总是说我根本不知道自己的情况是多么稀松平常，我还是能够从我的那些上瘾习惯以及随之而来的讳莫如深、唯我独尊、极端孤独和野兽欲望中推测出他的状况有多严重。我能想象出他的各种病态思路，它们让自杀行为变得像是某种熄灭意识的药物，别人无法从你手里夺走。那种对与众不同的需求，那种要有所隐瞒的需求，那种要对自我至上做最后一步自恋印证的需求，在放纵的自我憎恨中期盼那个最终宏伟乐章的到来，并最终与那个拒绝让你沉浸自我的欢愉的人世断绝联系：我能猜到大卫的思路。

诚然，我们还是难以理解他自杀的一些细节表现出的那幼稚的愤懑和错位的杀人冲动。但即便如此，我还是能察觉出一种哈哈镜式的华莱士逻辑，一种对心智上的诚实和一致性抱有的执拗渴望。要证明他给自己判下的死刑是罪有应得的，那么执行死刑的方式就必须给某人造成巨大的创伤。要一劳永逸地证明自己确实不值得他人去爱，那么就必须尽可能地以最恶劣的方式去背弃最爱他的人们，就要在自己家里自杀，好让他们都亲眼看见他准备的最后一幕。把他的自杀当成他为自己的职业生涯下的一步棋也同样是说得通的，这种渴望得到恭维的算计，正是他憎恶的；他肯定会一口否认（假如他觉得他能糊弄过去）他是有意的，然后会（假如你戳穿了他的把戏）嬉皮笑脸地或愁眉苦脸地承认道，是的，认了——他的确能够这么干。我想象大卫有这样的一面，蛊惑着他去步科特·柯本[①]的后尘，学着《地狱来鸿》[②]（那是大卫最喜欢的书之一）里那个魔鬼看似合理且充满诱惑力的言语告诉他：要是自我了结的话，就既可以满足他所厌恶的对事业上升的渴望，又可以进一步证实他给自己下的死刑判决是公正的，因为此举象征着他向自己的那一面屈服了，被他四面受敌的高尚一面视作邪恶祸害的那一面。

这并不是说在他生命里最后那几个月和那几周，他像那个老魔鬼或宗教大法官[③]那样与自己滔滔不绝地做智性对话。其实在他最后的日子里，他病得很重，在每个清醒时刻闯入他脑海的无论什么念头，都立刻钻进了他认定自己一无是处的牛角尖里，让他持续陷于恐惧和痛苦之中不能自拔。不过他有一个自己偏好的排遣方式，就是一瞬间的无限可分性，这在他的短篇小说《美好的昔日霓虹》[④]和他谈论格奥尔格·康托尔[⑤]的论文里解释得特别清楚。就在他度过的最后那个夏季，无论他持续遭受多少苦楚，在他同等痛苦的种种念头之间的缝隙中，他有了足够的时间去考

[①] 科特·柯本（Kurt Cobain，1967—1994），美国摇滚音乐人，涅槃乐队（Nirvana）主唱，吸毒成瘾，最终在家中饮弹自尽，留下一封遗书。

[②] 英国作家 C. S. 刘易斯于 1942 年出版的一部讽刺性小说。这本书信体小说以魔鬼的语调和往来通话讲述魔鬼试图削弱人的信仰，诱惑他违反教义，以便让此人下地狱的故事。

[③] 出自陀思妥耶夫斯基的小说《卡拉马佐夫兄弟》。——编者注

[④] 发表于 2002 年，并获当年的欧·亨利奖。

[⑤] 格奥尔格·康托尔（Georg Cantor，1845—1918），德国数学家，他提出的集合论被确认为数学的基础，而他提出的无穷概念引发了许多哲学讨论。

虑自杀的念头，飞速演绎自杀的逻辑，具体部署自杀的计划（最后他至少准备了四种）。一旦你决心要去做某件非常坏的事情，你的动机和借口是同时萌发、同步到位的，任何戒毒失败的瘾君子都可以印证这一点。尽管思忖自杀本身是桩痛苦的事，但若能呼应大卫另一篇短篇小说的标题[①]——这事对他来说也算一件礼物了。

公众舆论将大卫的自杀吹捧成（如唐·麦克莱恩[②]所唱的《文森特》那样）"这世界配不上如你这般美丽之人"[③]的确证，这就必定要求大卫只有一个单一的人格：一个绝顶聪明和美丽的人，因停止服用他已经用了二十年的抗抑郁药物苯乙肼而患重度抑郁症，以至于他自杀的时候已经不是他自己了。我暂且不去讨论对他病症的诊断（他完全有可能不只是患了抑郁症），也不去质疑为何一个如此美丽的心灵对恶陋人物的心理会有如此生动透彻的理解。不过鉴于他对《地狱来鸿》里那个老魔鬼的钟爱，以及他明显喜欢蒙骗自己和他身边的人（这种倾向在他进行康复的那几年里有所减弱，但从没有根除），我想那应该是一个模棱两可、游移不定的故事，更接近于他作品里所体现的那种特质。他自己跟我说过，自从他早年因自杀未遂而住过精神病院以后，他

[①] 此处应指短篇《作为一件礼物的自杀》（"Suicide as a Sort of Present"），收录于短篇集《对丑陋人物的简访》中。——编者注
[②] 唐·麦克莱恩（Don McLean, 1945—   ），美国民谣音乐人，以1971年发表的《美国派》《文森特》（唱的是文森特·梵高）等歌曲出名。
[③] 《文森特》中的一句歌词。

一直生活在再次回到那里的恐惧中。那把自杀当作最终宏伟乐章的诱惑潜伏了下来，但从来没有完全消失。当然，大卫有"充分"的理由停止服用苯乙肼——他担心药物造成的长期生理影响可能会缩短他努力为自己营造的美好日子；他怀疑药物的心理影响可能会干扰他生活里最美好的东西（他的创作和他的感情生活）。出于自尊，他也有不那么"充分"的理由：作为一个完美主义者，他希望自己能少依赖药物；作为一个自恋的人，他讨厌将自己视为永久性精神病患。难以相信的是，他从来没有想过其他非常坏的理由。在他那美丽的道德心智和他那可爱的懦弱人性底下隐约可见的，是那个长年瘾君子的意识，那个秘密的自我，在被苯乙肼压抑了几十年之后，终于瞥见了冲破藩篱的一线机会并选择了自杀之途。

这种两面人生在他停止服用苯乙肼之后的那一年里经常上演。他好像就他的精神病治疗做出了一系列适得其反的奇怪决定，经常欺骗他的心理医生（我们只能怜悯这些医生碰上了这么一个复杂到让人绝望的病例），最终营造了一个绝密的专注于自杀的自我世界。那一年间，为我所深知深爱的这个大卫一直在跟令人心碎的焦虑和痛楚进行斗争，一直在为他的创作和生活建立一个更为稳固的基础而英勇拼搏；与此同时，那个我所知有限、但又足以令我一向反感并存有疑心的大卫，一直在周密地筹划他的自我毁灭，并向那些关爱他的人们复仇。

另一个不容忽视的事实是：他决定不再服用苯乙肼，正是在他的创作文思阻塞不畅的时候——他对老一套的技巧感到厌倦了，无法提起足够的劲头去继续写他的新小说。他曾十分爱写小说，尤其是在写《无尽的玩笑》时。我们谈论小说的用处时，他一向非常确信，小说是一种解药，是存在孤独感的最佳解药。小说是他逃离孤岛的方法，只要他能一直坚持这个方法（只要他能倾其所爱专注于撰写他的寂寞鸿信，只要远在陆地的读者认为这些远方来信紧要、新颖、真诚），他就为自己打造了某种程度的幸福和希望。他在为他的新小说挣扎数年之后，在寄予小说的那一线希望陨灭的时候，除了死亡别无他路可循。如果百无聊赖是能让成瘾的种子萌发的土壤，如果对自杀现象及其目的的理论解释跟成瘾是相同的，那么看来就有理由认为大卫死于无聊至极。在他早年写的短篇小说《这儿，那儿》[1]里，有一个追求完美的小伙儿，名叫布鲁斯，当他哥哥让他考虑一下"做一个完美的人该有多无聊"时，布鲁斯是这么说的：

> 我尊重伦纳德得来不易的有关无聊的广博知识，但必须要指出的是，由于处于无聊状态本身是一种不完美，那么一个完美的人从理论上来说是不可能觉得无聊的。

这话当笑话来听还算不错，可逻辑上还是有些说不通。这种

---

[1]《这儿，那儿》（*Here and There*），发表于1989年，收录于华莱士的第一本短篇小说集《头发奇特的女孩》中。

"比一切更多"的逻辑，呼应了大卫另一部作品的书名①，是他想从他的小说创作里得到的，也是他想要他的小说达到的效果。就《无尽的玩笑》而言，这种逻辑的确成就了他。但是在包罗万象之上还要有所复加，就有失去一切的风险：变得令自己都觉得无聊乏味起来。

鲁滨逊·克鲁索一个有意思的地方是，他在他称为"绝望岛"的荒岛上待了整整二十八年，却从来没觉得无聊过。确实，他也曾抱怨过刚上岛时的繁重劳作，后来也曾承认整天在岛上搜寻食人族让他心生厌烦，他因为没有烟斗而无法享用在岛上找到的烟草而痛惜，还把与星期五相伴的头一年说成是他"来到荒岛上度过的最愉快的一年"。但是他完全没有现代人那种对刺激的渴求。（这部小说里最令人诧异的细节，是那"三大桶朗姆酒或烈性酒"鲁滨逊竟享用了四分之一个世纪之久；换了我的话，不出一个月三桶就全报销了，喝光算数。）虽然他一直想着逃离孤岛，但很快就开始"暗自庆幸"自己能独占孤岛：

> 如今，世界对我来说是如此遥远，我已与之毫无关联，也不再抱任何期望，可以说，我已是与世无求：总之，我确实与世界已经毫无关系，以后也可能一直如此，因此我想这大概就像我们过世以后跟凡尘的关系一样。

---

① 此外应指 *Everything and More: A Compact History of Infinity*，中文版书名为《跳跃的无穷》。——编者注

鲁滨逊之所以能战胜孤独，生存下来，是因为他运气好。他是个平凡人，他所处的荒岛是具体可感的，因而能以平静的心态去面对他的生存境况。大卫则是个非凡之人，他所处的荒岛是个虚无的幻象，最终他只能依靠那个有趣的自我来生存。而营造一个自我的虚幻世界带来的问题，与我们沉迷于网络世界带来的问题一样：可以用来寻求刺激的虚拟空间无边无际，但同时也正是这种无止境状态，这种永不得满足的无休无止的刺激，使人们身陷囹圄，不能自拔。要知道"比一切更多"，也正是互联网的野心。

我在雨中掉头往回走的那个陡峭尖峰离勺子不到一英里，可这段回头路却花了我两个小时才走完。雨水不仅从四面八方横扫过来，还越下越大，我在风雨里挣扎，简直站不直身子。GPS 发出低电量警告，但我又不能把它关掉，因为能见度是如此之差，我得靠它才能往前直走。就算 GPS 显示离庇护所只有一百五十英尺的距离了，我还是在走得更近了之后，才依稀分辨出小屋的屋顶轮廓。

我把已经湿透了的背包扔进庇护所，就跑去看我的帐篷，却发现那里已积了一摊雨水。我先设法把海绵床垫抽出来，搬回庇护所，然后又跑回去卸除篷桩、倒掉积水。我把整个帐篷里里外外的东西一股脑儿地搂在怀里，想尽可能让它们保持干燥，就顶着迎面扫来的大雨，急忙上坡回到屋里去了。庇护所里满是湿透

47

了的衣物和器械，一片狼藉。花了两个小时把它们弄干之后，我又花了一个小时到岬角去找帐篷的一个关键部件，刚才横冲直撞的时候我把它给弄丢了，结果还没找到。然后，在几分钟之内，雨停了，云也被吹散了，我意识到我身处平生见过的最令人惊艳的风景中。

此刻已临近傍晚，劲风吹向那透蓝的大海，我想是时候了。勺子仿佛飘离地表，高悬半空。一种几近无穷的感觉油然而生：阳光映照着山坡，茵绿澄黄，层层叠叠，深浅斑驳，我诧异于可见光谱竟能容纳如此多的色彩！千般万种色彩几近无穷，天空看上去是如此广阔，此刻就算在东方地平线上望见大陆，我也不会觉得奇怪。一缕缕残云自峰顶倾泻而下，从我身边飘过，然后消失无踪。风继续吹，我哭了起来，因为我知道是时候了，可心里又毫无准备，先前我一直在设法忘掉这件事。我回庇护所取出了那只装有大卫骨灰的小盒子——那本"小册子"（大卫曾如此笑称他写的有关数学无穷概念的那本不算薄的书[①]），身后吹来劲风，我带着它下坡回到了岬角。

我此时是同时在做好几件事。我一边哭，一边在地面上搜寻那个遗失的帐篷部件，一边从口袋里掏出相机试图拍摄眼前仙境般的光影和景色，一边责备自己在本应哀恸之际分心做别的事，一边又安慰自己没能看见马萨岛雷雀也没什么大不了的（尽管只

[①] 即《跳跃的无穷》。——编者注

上岛这么一次，以后肯定不会再来了）——这样反而更好，该是接受人生有涯、难尽完美的时候了，有些鸟儿望不见就让它去吧，这种能够接受现实的能力正是上天赐予我的礼物，而我挚爱的亡友却没能得到。

　　岬角的尽头有一对十分相似的巨石，合在一起就成了一个祭坛。大卫选择了离开关爱他的人们，献身由小说及其读者构成的那个世界，而我已做好准备，祈愿他在那个世界一切如意。我打开骨灰盒，把骨灰撒向风中。有几片灰色骨片落在了我脚下的山坡上，而骨灰则飘然乘风洒向大海，消失在透蓝的天空中。我转过身，漫步上坡回到了庇护所，准备在那儿过夜，因为我的露营帐篷没法用了。我已不再感到愤懑，所剩的只有失去好友的伤感，也突然对这些孤岛失去了兴趣。

　　　　　　　　＊＊＊

　　在回鲁滨逊·克鲁索岛的船上，和我做伴的有一千两百只龙虾、两只被剥了皮的山羊，以及一位捕龙虾的老渔夫。起锚的时候他嚷嚷着告诉我，海浪大得很。是的，我同意，是有点儿大。"不是一点儿①！"他严肃地嚷道，"是非常②！"船员们把血淋淋的山羊丢来丢去寻开心，我意识到船并不是照直驶向鲁滨逊

---

① 原文为西班牙语。
② 原文为西班牙语。

岛，而是朝偏南四十五度的方向航行，以防翻船。我摇摇晃晃地钻进了船头底下那间臭醺醺的小船舱，挤进一个铺位，之后的一两个小时，我一直抓着床铺的侧边，以防被浪掀到空中，并且一直努力去想其他事情以避免产生晕船的念头，我出了很多汗，贴在耳后的抗晕船贴片跟着滑落（我事后才发现），就这样听着海水敲打撞击船身，最后，我终于撑不住，吐到了一个封口保鲜袋里。十个小时以后，我大着胆子回到甲板上，以为差不多该看到港湾了，但因为船长顶风曲线行驶了很长时间，还得再过五个小时才能到达。我既无心再回到船舱里去，又晕船晕得厉害，无法观赏海鸟，结果便在甲板上站了五个钟头，什么也没干；我原本打算下周回家，以便给行程中的种种延误留些余地，可现下我只想着怎么能改签回程航班，早一点回家去。

我上一次如此想家，还是那次我独自露营的时候。三天之后，和我同居的加州女友就要跟我们的朋友一起去看橄榄球超级碗比赛了。一想到可以跟她一同坐在沙发上，喝着马天尼，为绿湾包装工队四分卫阿龙·罗杰斯（曾是加州大学伯克利分校的球星）加油，我就迫切地想要逃离这些孤岛。在我去马萨弗拉岛之前，我已经在鲁滨逊岛上看过当地的两种陆鸟。如果还要再待一个星期，又没有什么新鲜好看，那真没劲到令人窒息——之前为了逃离过于繁忙的日子，我特意来此让自己停止忙碌，而此刻，我重又领会到忙碌本身带来的愉悦。

回到鲁滨逊岛之后，我就央求旅店老板拉蒙设法帮我坐上第二天的航班。可两个班次都满员了，不过吃午餐的时候，一家当地航空公司的经理碰巧走进旅店，拉蒙就竭力恳求她让我坐上第三班货运航班。经理说不行。那副驾驶席呢？拉蒙问她。他不能坐在副驾驶席上？经理说不行，副驾驶席上将塞满装着龙虾的纸箱。

就这样，尽管我不再想拥有这种经历，或者说正因为我不想拥有这种经历，我就真的有了这一回滞留孤岛的经历。我每顿饭都得啃难吃的智利白面包，每顿午饭和晚饭都得吃没加任何调料或酱汁的名目不详的鱼。我躺在客房里把《鲁滨逊漂流记》读完了。我写了不少明信片去回我带来的大堆信件。我在脑海中练习把说智利西班牙语时漏掉的 s 给补上。我又去观赏了火冠蜂鸟，这几次看得更真切了，那是一种长着肉桂色华丽羽毛的大型蜂鸟，由于外来动植物的入侵已经被列为濒危物种。我徒步翻越了几座山，去一处草场观看该岛一年一度的牛身烙印庆典，看到牛仔们骑着马把村里的牛群赶进了畜栏。风景相当壮观——连绵不绝的山峦之间耸立着一座座火山，海面上翻腾着白色泡沫——可山坡已是光秃秃的了，因土壤侵蚀而沟壑纵横。总共一百多头牛，至少有九十头营养不良，其中大多数骨瘦如柴，能站起来已是出人意料。牛群历来是当地人蛋白营养的储备来源，当地的村民还保持着套牛、给牛打烙印的习俗，然而他们难道还没察觉到这风俗早已变成如此可悲的儿戏了吗？

还剩三天时间要打发，而下山的坡路已经让我的膝盖吃不消了，我别无选择，只好去读塞缪尔·理查森①写的第一部小说《帕梅拉》，我挑这本随身带着，只因它比《克拉丽莎》要短得多。我对《帕梅拉》的了解仅限于亨利·菲尔丁曾就此写过一本嘲讽之作《假梅拉》(*Shamela*)，而那是菲尔丁首次尝试小说创作。我以前不知道，《帕梅拉》在当时激起了不少反响，《假梅拉》只是对其进行回应的众多作品中的一部，而《帕梅拉》的出版大概也确曾是一七四一年伦敦的头条新闻。刚开始读没多久，我就看出了个中缘由：这部小说对性别冲突、阶级矛盾的描写引人入胜、扣人心弦，以前所未见的精准详尽描述了种种极端心理。帕梅拉·安德鲁斯这个人物并不比一切更多。她就是一个实实在在、独一无二的名叫帕梅拉的美丽女仆，她不断承受着已过世女主人的儿子五花八门的智取强攻，这是对她贞操美德的挑战。她的故事是通过她跟父母的来往书信讲述的，在她发现企图勾引她的这位 B 先生拆看她写的信以后，她还是继续书信不断，尽管明知 B 先生会读到。帕梅拉既虔诚又装腔作势、歇斯底里，这注定会激怒某些读者（在当时众多回应《帕梅拉》的出版物里，有一本就调侃理查森这本书的副标题"贞洁得报"其实是"假天真终被察觉"）。不过在帕梅拉故作惊人的贞操美德和 B 先生荒淫无耻的阴谋诡计背后，确是一个令人心醉神迷的爱情故事。正是这部小说的现实主义力量，使其成为一部开创性的轰动

---

① 塞缪尔·理查森（Samuel Richardson，1689—1761），英国小说家，代表作有《帕梅拉》《克拉丽莎》等。

作品。笛福开拓了极端个人主义的疆土,这一直到贝克特和华莱士等人的手里依然是硕果累累的创作主题,而理查森则是打开通向个人心灵的虚构窗户的第一人,在他的笔下,个人对他人的爱战胜了他们的孤寂。

《鲁滨逊漂流记》的故事进行到一半时,鲁滨逊已独处孤岛十五年了,他在海滩上看到了一枚人的脚印,这让他几近崩溃,"对人充满了恐惧"。在他意识到那脚印既不是他自己的,也不是魔鬼的,而是某个食人族成员留下的之后,他就把他的花园孤岛改造成了一个堡垒,有好几年的时间他的心思都放在如何把自己藏起来,打退想象中的侵略者上。他对这个倍具讽刺意味的情形感叹道:

> 我觉得,我最大的痛苦是:我好像被人类社会抛弃了,孤身一人,被汪洋大海所包围,与人世隔绝,被迫过着我称之为寂静无声的生活……只要想到可能会看到人,我就会不寒而栗;只要见到人影,看到人在岛上走过的脚印无声无息地留在那里,我就恨不得地上有个洞好让我钻进去躲起来。

笛福此处的心理描绘,他所想象的鲁滨逊对其孤独处境可能被打断而做出的反应,是整本书里最精准的地方。他给我们描绘了第一幅一个极为孤独的个体的现实主义肖像,然后,他如同被小说的真实性所驱使,向我们展示了极端个人主义实际上是何等病态疯狂。无论我们费尽心机自我防卫到何种程度，只要看到了哪怕一枚真人的脚印，就会让我们想起与他人共处带来的无尽奇诡的风险。就算是脸书网站，其用户花费数十亿个小时不断地更新他们的自我形象，它也还是为用户留了个出口，"个人感情状态"里就留有"一言难尽"这一条。这既可能是"我正在摆脱这段情"的委婉说法，同时也可代表任何其他状态。只要我们还身处这种错综复杂之间，又岂敢觉得无聊呢？

伟大家庭流芳传奇[1]

[评克里斯蒂娜·斯特德[2]的小说《爱孩子的男人》]

你可以列出一大堆不该去读《爱孩子的男人》的理由。理由之一，那是部小说；难道不是自去年或两三年前以来，我们大家似乎都已默认，小说是属于报纸时代的东西，应该同报纸一样退出历史舞台，甚至应该比报纸消亡得更快些吗？就像我的朋友、一位英国老教授喜欢说的，小说是个奇特的道德案例：我们既为读得不够多而觉得愧疚，又为做了读小说这样轻浮肤浅的事而感到惭愧，而这世上能少一件让我们惭愧的事情不该是皆大欢喜的事吗？

---

[1] 本文以《重读〈爱孩子的男人〉》（Rereading 'The Man Who Loved Children'）为题于 2010 年 6 月 3 日发表于《纽约时报·周日书评》。
[2] 克里斯蒂娜·斯特德（Christina Stead，1902—1983），澳大利亚小说家，作品的背景多设定在英、美等国。

尤其是，读《爱孩子的男人》肯定会让你觉得浪费时间，因为即使以小说的标准来衡量，该书在世界历史上也是无足轻重的。它讲的是一个家庭的故事，一个非常极端、奇特的家庭的故事，跟这个家庭无关的那些段落是最没劲的部分。这部小说篇幅还很长，有些地方啰唆重复，中间的部分也的确拖拉。而且读这部小说，你还得学会那个家庭的私家语言，即书名所指的那位父亲编造出来、强加于全家的一种语言。尽管这跟搞懂乔伊斯或福克纳比起来要容易多了，但你还是被迫要学一种语言，只为欣赏这部小说，除此之外再没别的用处。

这里用了欣赏这个词，这个词用得对吗？尽管该小说行文可算良好到上佳（确实是抒情诗般的文体，每处观察和描述都情感充沛，有内涵，有独特的自我视角），尽管该小说的情节设计精湛娴熟且毫不造作，但是这本书贯穿始终的心理暴力程度可让《革命之路》[①]读起来就像《人人都爱雷蒙德》[②]。而且更糟的是，该书还不停地对这样的暴力进行取笑！谁要读这样的东西呢？书里描写的那个核心家庭（至少是其心理暴力的那一面）不正是我们都想要逃避的吗？如果无法立即从这种炼狱核反应堆中逃脱，我们就会学着用我们的新奇小玩意儿、娱乐项目和课外活动充作石墨减速棒去冷却控制，难道不是这样吗？《爱孩子的男人》观念上是相当老派落伍的，书里把我们现在认为是"虐待"的行为

[①] 美国作家理查德·耶茨所写的长篇小说。
[②] 美国哥伦比亚广播公司出品的一档电视情景喜剧。

当作自然而然的家庭景观，当作滑稽可笑的潜在素材，而且在成年人和孩子们之间设立起比消费品味差异还大的鸿沟。这本书像来自祖辈的噩梦，侵扰着我们现今已规矩得多的人世。该书认同的圆满结局跟其他小说也很不一样，大概跟你心目中的圆满结局也完全不同。

除此之外，别忘了你的电子邮件：你不是早该去处理它们了么？

* * *

到今年十月，克里斯蒂娜·斯特德的这部杰作出版发行就有七十年了，这本书当年反响平平，销量惨淡。玛丽·麦卡锡[①]曾在《新共和》杂志上发表过极其刻薄的言辞，批评该小说有时代描述的错误，且对美国生活的把握不够精准。斯特德当时跟她的伴侣威廉·布莱克的确才在美国住了不到四年的时间，布莱克是个马克思主义者、作家、商人，那时正在跟他的太太闹离婚。斯特德在澳大利亚长大，一九二八年她二十五岁时毅然离开。她和布莱克在伦敦、巴黎、西班牙和比利时都住过，其间写出了她的头四本书。她的第四本书《各族同堂》（*House of All Nations*）是一部庞然巨著，一部有关国际银行业的晦涩小说。旅居纽约后不

---

① 玛丽·麦卡锡（Mary McCarthy，1912—1989），美国作家、评论家、政治活动家。

久，她就着手以小说形式来阐明她对自己令人难以置信的澳洲童年岁月的感受。在纽约曼哈顿东二十二街格拉莫西公园边上的住所里，她只用了不到十八个月的时间就完成了《爱孩子的男人》。据她的传记作者黑兹尔·罗利讲，是斯特德的出版商西蒙与舒斯特公司认为美国读者不会对澳大利亚人的故事感兴趣，而执意要她把小说场景设在华盛顿的。

如果有谁迟至今日才有意去重燃世人对这部小说的兴趣的话，就还得去读一九六五年再版时诗人兰德尔·贾雷尔[①]写的那篇令人叹服的长序。不仅没人能比贾雷尔把这本书赞美得更为全面具体，而且如果以他那般强有力的呼吁都无法让世人去关注这本书（那时我国对文学还不太重视），现如今别人也不太可能做得到了。的确，读这部小说的一个极好理由就是你之后可以去读贾雷尔写的序，它能提醒你优秀文学评论曾是这样满怀激情、个性化、公正、透彻，为普通读者着想。如果你还在乎小说的话，那这篇序大概会勾起你的怀旧之情。

贾雷尔多次把斯特德与托尔斯泰放在一起谈论，明显想要竭尽所能把她的小说树为西方文学经典，但显然没能成功。一九八〇年，一项研究在七十年代后期学术引用数据的基础上，列出了二十世纪被引用最多的一百位文学作家，玛格丽特·阿特伍

[①] 兰德尔·贾雷尔（Randall Jarrell，1914—1965），美国诗人、评论家，著有《动物家庭》等。

德[1]、格特鲁德·斯泰因[2]和阿内斯·尼恩[3]榜上有名,但克里斯蒂娜·斯特德不在其列。如果说斯特德和她的最佳小说并没有明确渴望得到各门类学院派的研究评论,那可能还说得过去。但尤其令人困惑、说不过去的是,《爱孩子的男人》至今没能成为我国每个女性研究项目的核心读本。

从最基本的层面来概括,这部小说讲的是一家之长山姆·波利特(山姆·克莱门斯·波利特)的故事。山姆让他太太埃尼六度怀孕,以此降服了埃尼;他以滔滔不绝的私家语言和离奇古怪的家庭体制和仪式来诱惑和哄骗他的子女,日积月累间,他把自己变成了太阳(他一头黄发,浑身白得发光),让波利特全家都围着他转。白天,山姆在富兰克林·德拉诺·罗斯福当政时期的华盛顿当一名野心勃勃的理想主义官僚。晚上和周末,他在乔治城代际相传的陈旧老屋里当一位运动机能亢进的一家之主。他当他那个伟大的"自以为是者"(按照埃尼的说法),那个"伟大的喉舌"(又是埃尼的说法),那个"无处不在先生"(还是埃尼的说法);他是"勇敢的山姆"(他给自己起的名号),无孔不入地渗进了他子女的身心。他由着他们一丝不挂地跑来跑去,他把自

---

[1] 玛格丽特·阿特伍德(Margaret Atwood, 1939—),加拿大作家、诗人,著有《使女的故事》《盲刺客》等,曾两次获布克奖。
[2] 格特鲁德·斯泰因(Gertrude Stein, 1874—1946),美国作家、诗人,致力于语言文字的创新。
[3] 阿内斯·尼恩(Anaïs Nin, 1903—1977),美国作家,著有《小鸟》(*Little Birds*)、《情迷维纳斯》(*Delta of Venus*)等。

己嚼烂了的三明治吐进他们的嘴里（用以强化他们的免疫系统），他对小儿子吃自己拉出来的屎无动于衷（因为那是很"自然"的事）。他对他做教师的妹妹讲："孩子们有像我这样的父亲还要被迫去上学干什么，这压根儿就不对。"他对孩子们讲的是"你就是我"，以及"当我说'太阳，你该发光啦！'，它不就亮了吗？"此类的话。

山姆把他的孩子们变成了，也当成了他自己自恋癖的附庸，到了毫无节制的程度。翻遍所有的文学著作大概也找不出比他更令人捧腹的自恋狂了。在视自己是个"世界和平、世界真爱、世界理解"的先知的同时，他按照一个自恋狂的典型风范，对自己所处现实的肮脏与可悲开心地视而不见。他是西方理性主义男性恶魔的一个完美实例，属于为某些特定的文学评论所不齿的那一类。斯特德因被迫把小说故事放到美国，反而让她得以把男主角的帝国主义思想、对他自己善良动机的纯真信念，直接写进他工作的这座城市的方方面面。他真真切切就是"伟大白人慈父"，他确确实实就是"山姆大叔"[①]。他厌女，只是抽象地欣赏女性气质，一旦遇到现实中有血有肉的女人，就觉得他自己"被拖累了——不，是身陷泥潭了"，并且认为女性太不理智所以不该拥有投票权。不过尽管他可怕骇人，却并不是一个怪物。斯特德的天才之处就在于，她能逐页逐页地让读者感受到山姆飞扬跋扈的

[①] "伟大白人慈父"和"山姆大叔"都是指美国联邦政府。

大男子主义下深藏着的那种孩子般的需求和软弱，让读者去可怜他、喜欢他，并因此觉得他好笑。他在家里使用的语言，不能算是大人模仿的儿语，而是古怪得多的东西，是一种无休无止地在不断发明的语言，包括大量的押头韵、无意义的尾韵、双关语、不断重现的玩笑、矛盾的措辞方式以及各种私人引语；这些片段如果离开上下文来引用就显不出其精彩。正如他最要好的朋友赞叹的那样："山姆，你张口说话的时候，你要知道，你创造了一个世界。"他的孩子们被他的话语迷住了，同时又比他更为明智成熟。当他心醉神迷地讲述一种名叫去物质化投射的未来旅行方式时——旅客们"将被射进一个管道，然后被分解"，他的长子干巴巴地说道："那就没人再会去旅行了。"

一直在对山姆这种无法遏制的力量进行抵抗的，是埃尼和她的继女路易（他已过世的发妻的孩子）。埃尼出生于巴尔的摩的一个富裕家庭，先前是个娇生惯养、是非不分的大小姐，而后又是个像歌剧人物一样受罪的主儿。他们夫妻二人都不让对方出走或带走孩子，这愈发加深了他们之间的仇恨。他们之间的全面战争因家庭经济不断恶化而愈演愈烈，这也是小说的叙事动力；同样地，正是由于这种争端闹到了极致，反而让他们之间的仇恨显得不那么可怕骇人，而是变得滑稽好笑了。神经衰弱、疲惫不堪、阴险狡猾的埃尼，"黑着"她那张脸，怀着更为阴暗的心绪，作为一家之"巫"（按她自己的说法），把切合现实的毒液灌进孩子们好奇的耳朵。她的语言里充斥着神经过敏的阵痛和晦暗，而山姆的语言则充满了不切实际的爱意和乐观。小说的叙事者留意道:"他把铁锹说成是现代农业的鼻祖,她却说那是铲秽物的家什:他们之间毫无共同语言。"或者,正如埃尼所说:"他只想要真相,却要我闭嘴。"还说:"他张口就是人类平等和男人的权益,别的都不在他的讨论范围内。那妇女的权益呢,我简直想冲他大吼。"但她并没有直接冲他大喊,因为他俩早已多年不说话了。她代之以语气生硬的短笺,上面直呼其名"塞缪尔·波利特",两人都差遣孩子充当信使。

在山姆和埃尼之间的战争占据小说主要位置的同时,山姆跟他年纪最大的孩子路易之间父女关系日益恶化的故事也开始悄然浮现。许多优秀小说家创作出了大量的优秀作品,但在他们的作品全集中却找不到一个令人难以忘怀的典型人物。克里斯蒂娜·斯特德在这一本书里就给出了三个这样的人物,其中路易是最招人喜爱、最让人觉得不可思议的一位。她是个高大、肥胖、笨手笨脚的姑娘,相信自己是个天才。"我就是那个丑小鸭,你等着瞧吧。"每每她父亲折磨她的时候她就这样冲他嚷。正如兰德尔·贾雷尔指出的,许多作家(就算不是大多数作家)小时候都曾是丑小鸭,但绝少有人(有的话也没几位)能像斯特德那样诚实完整地把那种经历带来的痛楚表达出来。路易身上总有磕磕碰碰弄出来的划伤和瘀青,她身上的衣服总是因为种种意外弄得污迹斑斑、破破烂烂。只有最古怪的邻居跟她要好(其中有个名叫基德的老妇,在这部小说上百个精彩片段中的一个小故事里,居然答应在浴缸里溺毙一只没人要的猫。)路易因为她的邀遏不断遭受她父母的辱骂：她长得不好看，这严重打击了山姆的自恋癖，而对埃尼来说，路易浑然不觉的我行我素简直是山姆的翻版，令人无法忍受("她就那样蠕动着，我根本就不想碰她，她浑身上下肮脏污秽，散发着臭气——自己还浑然不觉！")。路易一直努力不让自己卷入她父亲那些让人发疯的把戏，但她毕竟还是个孩子，毕竟她爱他，毕竟他的确令人无法抗拒，所以她只能屈服，不断蒙受屈辱。

越来越明显的是，路易逐步成了山姆真正的死对头。她率先在口语表达这块领地里向他发起挑战，在一个片段中，他正在那里絮絮叨叨地谈论未来人类和谐同一的愿景：

"我的体系，"山姆接着说，"是我自己发明的，可以起名叫**单一人类**[①]或**人类统一体**[②]。"

埃薇（山姆偏爱的小女儿）不知对错地怯怯笑了起来。路易莎[③]说："你的意思是叫它**偏执狂**[④]吧。"

埃薇咯咯地笑出了声，一下子脸上又血色全无，像一个光溜溜的橄榄，被自己的鲁莽吓坏了。

[①] 英文原文是山姆自己生造的词：Monoman。
[②] 英文原文是山姆自己生造的词：Manunity。
[③] 即路易。
[④] 路易以近音词 Monomania 反唇相讥。

山姆冷冷地回道:"路路,你那样说话,看上去就像一只阴沟里的老鼠。只有我们把世上的堕落分子和格格不入的怪人都清除干净了,单一人类才会实现。"他说这话时带着一种威胁的口吻。

进入青春期后,路易开始记日记了,记的不是(山姆建议她去做的)科学观察而是她对父亲的指控,并且是刻意精细地加密书写的。当她爱上了她的高中老师——艾登小姐时,她开始创作艾登组诗,"以英语里所有能想到的形式和韵律"来写,以此献给艾登小姐。她还写过一出名叫《吉卜赛疱疹》的独幕悲剧,并且在父亲的四十岁生日上当作礼物献给了他,剧中有个年轻女人被她半人半蛇的父亲给勒死了。由于路易还没学过外语,她就自己发明了一种语言来写。

这部小说在情节上由一系列大的变动构成(埃尼最终输掉了她的持久战),其核心故事线是山姆不愿放过路易,竭力摧毁她自己生造的语言。他不断发誓要击垮她的意志,宣称他能通过心灵感应了解她的所思所想,坚持要她去做个科学家以协助他完成他的利他主义使命,把她唤作他的"笨笨的、可怜的小路路"。当着所有孩子的面,他硬逼她解密自己的日记内容,让大家去嘲笑她。他朗读艾登组诗里的片段并大加取笑,当艾登小姐到他家吃晚饭的时候,他又把她领到一边不让她跟路易接触,自己与她滔滔不绝地聊天。《吉卜赛疱疹》荒唐可笑、莫名其妙地演完后,路易把该剧的英译本给了山姆，而他这样宣读了他的评价："瞎了我的眼，从来没见过这么愚蠢荒唐的东西。"

这些情节如果出现在一部平平之作里，读起来会像是一则沮丧、抽象的女性主义寓言，可斯特德用大部分篇幅把波利特全家写得具象、真实、有趣，给他们树立了什么话都说得出口、什么事都做得出来的形象，尤其明确了爱对路易来说是个什么问题（即使有故事里所发生的一切，她仍然是那么渴望能得到父亲的爱），因而把抽象转变为无法逃避的具象，把势不两立的原型人物变得令人同情、有血有肉：让你不由自主地跟路易莎一同经受她为了成长为真正的自己所经受的种种灵魂抗争，不由自主地为她的胜利而欢欣鼓舞。正如小说叙事者实事求是地指出的："这就是家庭生活。"把这种内心生活的故事讲出来，正是小说的职责，也只有小说才能做到。

* * *

或者说，至少曾经是这样。因为我们不是已经把这些东西都抛弃了吗：傲慢专横的男人，将小孩作为父母自恋癖的附庸，把核心家庭作为随意进行精神虐待的场所？我们不是对两性和代际间的争斗都已经厌烦了吗？这些东西如此丑恶，谁愿意从小说这面镜子里重温一遍呢？我们不用再说令人难堪的私家语言的时候，不都感觉更好了吗？就算失去了文学天鹅，如果换来的是那样一种世界——丑小鸭长大以后变成了丑大鸭,我们也都能认同它的美——不也挺不错的嘛。

当然文化并不是庞大且单一的东西。虽然《爱孩子的男人》大概因为太艰涩(令人难以下咽,难以发自内心地接受)而不会有大量的读者去欣赏,但这本书肯定比大学课程大纲里常提到的其他小说要读起来容易,而且它是这样一类书:如果这书合你口味,那就真是为你而作的。我坚信,在我们这个国度里应该有成千上万的人——假如他们了解到有这么一本书存在——会为这本书出版的那天祈祷祝福。倘若不是我太太一九八三年从马萨诸塞州萨默维尔公共图书馆发现了这本书,并称之为她所读过的最真实的书,我自己就可能会与它失之交臂。当我每隔几年没读它就想再读一遍的时候,我会担心是我自己错看了它,怎么文学界、学术界、读书俱乐部圈子都不看好这本书呢?(比如,就在我写本文的时候,亚马逊网站上《到灯塔去》有一百七十七条评论,《万有引力之虹》有三百一十二条,《尤利西斯》有四百零九条,可通俗易懂得多的《爱孩子的男人》却只有十四条评论。)但当我忧虑地翻开书,五页过后就又被吸引住了的时候,我意识到我的判断压根儿就没错。我心中涌起了重归故里的感觉。

我怀疑《爱孩子的男人》被文学经典拒之门外的一个原因是,克里斯蒂娜·斯特德决心要"像个男人"而不是"像个女人"那样写作:对女性主义者们来说,她的忠诚太靠不住了,对其他人而言,她又不够男人。她在本书之前写的《各族同堂》跟二十世纪女作家写的任何小说相比,更像是一部加迪斯①的小说,甚至像一部品钦②的小说。斯特德并不满足于在一间属于她自己的房间里与自己相处。她像一个男孩(而不像女孩)那样争强好胜,她需要在她最好的小说里,回到她自己人生的主要场景里去,打败她能言善辩的父亲。这也很让人难堪,因为无论竞争在我们身处的自由企业体制中有多重要,接受它并赤裸裸地谈论它并不是件让人愉快的事(竞技体育是一个例外)。

在许多访谈里,她都坦言这部小说的自传体程度是相当深切、直接的。基本上可以说,山姆·波利特就是她的父亲大卫·斯特德。山姆的想法、话语和家庭安排都是大卫的,只是从澳大利亚移植到了美国。小说里,山姆为一位同事的女儿——一个天真无邪的名叫吉莉恩的少女而昏了头,现实生活里,大卫也跟一位和克里斯蒂娜年纪相当的女孩西斯尔·哈里斯有过一段婚外情,后来,他们同居了,并在多年以后结了婚。西斯尔就是大卫需要的那种美丽动人的随从、对他阿谀奉承的镜子,而克里斯蒂娜永无可能做到,只因为斯特德虽然不像路易那样胖,但也实在长得不好看(罗利写的传记里有照片为证)。

小说里,路易长得不好看这一点对她自己的自恋倾向也是个

---

① 威廉·加迪斯(William Gaddis, 1922—1998),美国后现代主义文学代表作家,代表作为《小大亨》。
② 托马斯·品钦(Thomas Pynchon, 1937—):美国后现代主义文学代表作家,代表作有《V.》《万有引力之虹》等。

打击。可以认为，正是因为她肥胖而且长相平平，才让她从父亲的妄想症里解脱出来，迫使她变得诚实，从而拯救了她自己。无法取悦他人之眼，尤其为她父亲所不屑，路易所历经的这般痛苦想必取材于克里斯蒂娜·斯特德自己的痛楚。到头来，她这部最佳小说让人觉得像是女儿奉献给父亲的一份爱意和想要和他在一起的心愿——你看到了吧，我就像你一样，我造就了一种语言，能够跟你的语言相媲美，甚至超越了你的语言——当然同时也献上了一份白热化的敌意。当路易告诉父亲她从没跟他人提起过她的家庭生活是何种模样的时候，她给出的理由是："没人会信我的话！"可长大成人的斯特德却别开蹊径让读者相信她讲的故事。这位写作水平炉火纯青的作家给她父亲和山姆·波利特最不愿看到的一切打造了一面诚实的镜子。小说出版时，她寄了一本到澳大利亚，没给大卫·斯特德，而是给了西斯尔·哈里斯。赠辞写道："赠给亲爱的西斯尔。一部斯特林堡版鲁滨逊全家漂流记[①]。某些方面可以当作是克里斯蒂娜·斯特德给西斯尔的一封私人信笺。"至今没人知道大卫自己是否读过这本书。

[①] 此处英文原文为 A Strindberg Family Robinson，疑似借鉴约翰·大卫·维斯所著《瑞士鲁滨逊全家漂流记》（*The Swiss Family Robinson*）的书名，此处的斯特林堡或指瑞典剧作家奥古斯特·斯特林堡，他的剧作和小说常常直接取材于他自己的个人经历。

马蜂窝[1]

九十年代初，有段时间我实在是身无分文，于是开始借别人的房子住。我照看的第一栋房子是我大学母校一位教授的。他和他太太担心他们不在家的时候，儿子（一名本校大学生）会在家里开派对，因而敦促我把他们的房子当作我私人独享的家。要做到这一点就已经很难了，因为借住别人的房子就意味着壁橱里挂着的是别人的浴袍，冰箱里塞满的是别人的调味品，就连堵塞淋浴间下水道的也是别人的毛发。不可避免地，他家儿子来了，赤着脚满房子到处跑，接着呼朋唤友来家里开派对，一直闹到深夜，我既无可奈何又感到嫉妒，觉得很不舒服。我肯定看上去像个闷声不响却心怀不满的令人讨厌的幽灵，因为有天早晨在厨房里我分明一声没吭，他家儿子却从他那碗冷牛奶泡麦片上抬起头来，直截了当地对我说："这是我的房子，乔纳森。"

---

[1] 本文以《夏日草坪嘶嘶声》（Hissing of Summer Lawns）为题首发于 2010 年 10 月 11 日的《纽约客》周刊。

又过了几个夏天,我那时比身无分文还要糟,于是开始借住在两位年长老友肯和琼在宾州米迪亚镇的灰泥墙大房子。我的入住培训是在某天傍晚跟肯喝马天尼酒的过程中进行的,肯轻声嗔怪琼调酒加的冰块化了,"伤着"酒味了。我跟他们一起坐在房子后面长满苔藓的平台上,听他们带着一种愉悦的放任——细数他们这栋房子的种种毛病。主卧的海绵床垫坑坑洼洼,要散架了;他们的漂亮地毯被无法灭除的蛀虫吃得只剩粉末了。肯给自己又斟了杯马天尼酒,然后抬眼看着下雷雨时会漏水的那片屋顶,发表了一番自我总结,这居然让我对将来如何更快乐地生活有了一个初步的认识,给了我一种也许能从父母灌输的财务责任的沉重压力下解脱出来的前景。肯将他的马天尼酒杯举在一个随意的高度,不知向谁反省道:"我们一向……总是入不敷出地过着日子。"

借住米迪亚这栋大房子我唯一要做的事情就是修剪肯和琼宽敞的草坪。在我眼里,修剪草坪一向是人类日常生活里最叫人绝望的事情之一,因此,我效仿肯入不敷出的生活方式,在头一回该割草的时候就拖着没割,直到草都长得过高了才动手,结果修剪的时候每隔五分钟我就得停下割草机,清空装草的挂袋。第二回我就拖延得更久了。等到我有心要割草的时候,一大群会在地上做窝的马蜂已把草坪占为己有。它们有五号电池那么大,比我借住的第一家的那个儿子更为蛮横地以所有者自居。我给在佛蒙特消夏别墅度假的肯和琼打电话,肯告诉我,我得在天黑以后,等马蜂都睡着了,一一造访马蜂窝,把汽油灌进蜂窝洞里,然后点火烧了它们。

我对汽油只略知一二,这足以使我再三小心。那天夜里,我拿着手电筒,拎着汽油罐,冒险深入草坪。每朝一个马蜂窝里灌进汽油,我都特意把汽油罐的盖子重新盖好,把汽油罐放到一定距离之外,再回来给刚灌了汽油的蜂窝洞点上一把火。有几个蜂窝洞在着火之前传出了虚弱可怜的嗡嗡蜂鸣,但火焰迸发给我带来的纵火快感和把侵略者从我的家园驱逐出去带来的满足感,远远超越了我对马蜂的同情。最终我还是大意了,懒得费神在两次放火作业之间重新盖好汽油罐,然后很自然地,我碰上了火柴点不着的情况。我在火柴盒上擦了几次擦不着,就手忙脚乱起来,想再找出一根好一点的火柴,这期间汽油蒸气顺坡无声息地飘向我留在坡下的汽油罐。在我最终点着了那个蜂窝洞、向坡下跑去的时候,一条火龙尾随而来,并很快超到我前面去了。虽然那火龙就在快到汽油罐前时突然断了气,我还是吓得直发抖,个把小时后才平静下来。我差点儿把自己烧得无家可归了,而且那房子还压根儿不是我自己的。无论我的进项有多么的微薄,看来最好还是量入为出地过日子。打那以后,我再也不替别人照看房子了。

丑陋的地中海[1]

近年来，塞浦路斯共和国的东南角被重点开发，成了吸引国外游客的重要景点。那些中等高度的大型酒店专门包办了德国人和俄国人的度假生意，从高处俯瞰，海滩上整齐排列着日光浴床和遮阳伞，还有那地中海，一如既往地透蓝。你尽可在此地度过非常愉快的一周，在现代化的公路上飞驰，喝当地上佳的啤酒，但你怎么也猜不到，此地就是欧盟境内捕杀鸣鸟活动最猖狂的区域。

四月里的最后一天，我来到旅游胜地普罗塔拉斯，跟德国一个鸟类保护组织的四名成员会合，这个名叫反对屠杀鸟类委员会（The Committee Against Bird Slaughter，缩写为 CABS）的组织在地中海沿岸诸国都有开办各种季节性的志愿者"营地"。塞浦路斯捕鸟的高峰季节是在秋季，那时在北方度过了夏季、吃饱了长

---

[1] 本文以《扫荡天空》（Emptying the Skies）为题首发于 2010 年 7 月 26 日《纽约客》。

肥了的各种候鸟会南飞路过此地，因此我担心我们此行可能会无所事事。但一踏进遇到的第一家位于一条繁忙公路边上的果园，我们就看到全是涂着粘鸟胶的木棍：直直的枯枝，大约三十英寸长，涂着黏黏的叙利亚李子树胶，狡诈地部署在高度较低的树枝间，那是对鸟儿们很有诱惑力的暂栖处。我们这个CABS小组由一个瘦瘦的、蓄着络腮胡的意大利小伙安德烈亚·鲁蒂利亚诺带队，我们分头进入果园，摘下粘鸟棍，蹭上土去掉粘胶的黏性，再把它折成两段。所有粘鸟棍上都残留有羽毛。在一株柠檬树上，我们发现了一只雄性白领姬鹟，像一颗动物水果那样倒吊在那儿，尾巴、爪子、黑白相间的翅膀都被粘胶死死地粘住了。鲁蒂利亚诺忙着从多个角度拍摄录像，另一位年长一些的意大利志愿者迪诺·门西在拍摄照片，倒挂的鸟儿抽搐着，徒劳地转着头。"照片很重要，"一脸严肃的CABS秘书长、德国人亚历克斯·海德说，"因为我们的抗争不在野外打赢，而是要在报纸媒体上打赢。"

炎热的阳光下，两个意大利人协力拯救这只姬鹟，小心翼翼地解救每一根羽毛，用稀释了的肥皂液来软化难以清除的粘胶，为弄掉了哪怕一根羽毛而龇牙皱眉。鲁蒂利亚诺随后又仔仔细细地把粘在细小爪子上的粘胶清除干净。"你得把所有粘胶都除掉才行，"他说，"我头一年参加志愿活动的时候，没把一只鸟的爪子上的粘胶完全弄干净，结果那鸟起飞以后立马又被粘住了。我只得爬树重新再来。"鲁蒂利亚诺把那只姬鹟放到了我的手里，我打开手掌，那鸟就低低地飞过果园，继续它北飞的迁徙行程。

在我们周围，是车水马龙的喧嚣、连绵的瓜地、各种工地和酒店建筑群。一位英国退役军人、名叫大卫·康林的壮汉把一堆清理过的粘鸟棍丢进了杂草丛，说道："真不可思议——在这个地方你无论到哪儿都能碰见这玩意儿。"我看见鲁蒂利亚诺和门西在解救第二只鸟，那是只柳莺科的黄喉柳莺，十分可爱。这种鸟通常要通过仔细调节过的望远镜才能看清楚，现在离得如此之近，感觉真有点不对劲。让人有一种幻想破灭的感觉。我想对这只鸟重复传闻亚西西的方济各[①]看到被擒获的野生动物时说过的那句话："你怎么让自己被逮着了呢？"

我们要离开这个果园时，鲁蒂利亚诺建议海德把他的CABST恤衫里外反着穿，这样我们就更像几个出来散步的寻常观光客。在塞浦路斯，进入不设篱笆的私人领地是被许可的，而且自一九七四年以来，所有捕杀鸣鸟的行为都是刑事犯罪，但我们刚刚做过的事情还是让我觉得有些蛮横，可能还有些危险。我们这个小团队都是一身沉闷的黑色衣服，看上去更像是个突击队，而不是什么观光客。有个当地妇人——可能是果园园主——面无表情地望着我们沿一条土路向内陆行进。随后，有个男人开着一辆小卡车从我们身边超过，我们小队担心他有可能是赶着去拆掉粘鸟棍的，就一路小跑追着他前去。

[①] 亚西西的圣方济各（Saint Francis of Assisi，1181/1182—1226），意大利传教士，是动物、天主教教会活动、自然环境等的守护圣人。

在这个男人家的后院里,我们看到两对二十英尺长的金属管平行撑在几张草地躺椅上:这是一个制造粘鸟棍的小型作坊,能给一些塞浦路斯男性——大多是年长一些的、熟悉这个行当的男性——带来不错的收入。"他在生产粘鸟棍,还留了几根自己用。"鲁蒂利亚诺说。他们几个胆子大,溜达到人家的鸡笼兔笼那边,拆掉了几根还没粘到任何猎物的粘鸟棍,把它们横放在管子上。我们随后又擅自穿过这片私人领地,翻过一个坡,进了一家果园,里头纵横交错地布满了灌溉水管,到处都是被粘住的鸟儿。"这园子真是一团糟啊!①"门西叹道,他只会说意大利语。

一只雌性黑顶林莺差不多把自己的尾翼扯掉了,不光双爪双翅都被粘住了,而且喙也被粘牢了,鲁蒂利亚诺刚一除去那上面粘着的树胶,那鸟喙就大张开来,狂叫不止。他把这只鸟完全解救出来之后,便给鸟喙里喷了点儿水,然后把它放到了地上。那鸟儿一下就向前栽倒了,可怜地扑棱着翅膀,头都扎进泥里去了。"它被吊挂在那儿的时间太长,腿上的肌肉拉伤了,"他说,"我们得留它过夜,它明天就能飞了。"

"没了尾翼也能飞吗?"我问。

"肯定没事儿。"他把鸟捡起来,放进他背包的一个外口袋里。黑顶林莺是欧洲最常见的一种莺类,又可做成塞浦路斯传统民族佳肴,当地话叫作安比鲁泼利亚。它们是塞浦路斯捕鸟人的

---

① 原文为意大利语。

主要目标，但同时误捕到的鸟类不计其数：各种稀有的伯劳鸟、其他各种莺类、体型较大的布谷鸟和金黄鹂，甚至还会捕到一些体型较小的猫头鹰和老鹰。这第二家果园里被粘在粘鸟棍上的有五只白领姬鹟、一只家麻雀、一只斑鸫（先前到处可见，如今在北欧大多数地区都变得罕见了），再加三只黑顶林莺。队员们将它们放生之后，还就从此处缴获了多少粘鸟棍争执起来，最终大伙儿达成了共识——总共是五十九根。

再往内陆走一点，我们遇上了一小片果树林，土地干燥，杂草丛生，从这里可以望见蓝蓝的大海和一家新开的麦当劳的金色拱门，我们只在这里发现了一根还在起作用的粘鸟棍，上面挂着的那只鸟还活着。那是一只雄性欧歌鸫，这种灰色羽毛的鸟我以前只见到过一次。鸟儿深深地陷在粘胶里，一只翅膀也折断了。"两节骨头之间的地方断了，所以无法痊愈了，"鲁蒂利亚诺一边透过羽毛对翅膀关节进行触诊一边说道，"遗憾的是，我们得杀掉这只鸟。"

看来捕鸟人一早拆掉粘鸟棍的时候漏掉了一根，这只欧歌鸫就这样被它粘住了。海德和康林商议着第二天是否要起个大早，"埋伏"等候这个捕鸟人，鲁蒂利亚诺抚摸着这只欧歌鸫的头。"它多漂亮呀。"他像个小孩那样说道。"我不忍心了结它的性命。"

"我们该怎么办呢？"海德说。

"也许给它一次机会，让它在地上蹦跶，自生自灭吧。"

"我不觉得它能这样侥幸活下去。"海德回答道。

鲁蒂利亚诺把那只鸟放到了地上,看着它在多刺的小灌木丛里到处乱窜,它看上去更像是老鼠而不是鸟。"也许再过几个小时它会走得更好些。"他不切实际地说道。

"你要我来做这个决定吗?"海德问道。

鲁蒂利亚诺没有回答,漫步上坡,走出了我们的视线。"鸟跑哪儿去啦?"海德问我。

我指了指那灌木。海德双手伸进去从两侧逮着了那只鸟,他温柔地捧着它,抬眼看着我和康林。"我们都同意了吧?"他用德语问道。

我点了点头,他猛地一扭手腕,就把鸟头给扯掉了。

这会儿,阳光覆盖了整个天空,以白色抹杀了原先的碧蓝。我们在此勘察地形,盘算如何打埋伏。早已说不清我们已经走了多少钟头的路了。每每看到某个塞浦路斯人走过或开着卡车路过,我们就得猫下身子,迈过石块和能刺破裤子的刺蓟后撤,因为我们担心有人会去给捕鸟场地的主人通风报信。其实整件事只关乎几只鸣鸟,并没有什么存亡攸关的事情,山坡上又没埋着地雷,可烈日下的这片沉寂还是给人一种战时才有的危险气氛。

至少从十六世纪起,用粘鸟棍捕鸟在塞浦路斯就是一件很普遍的事情,而且是一种传统。候鸟是住在乡间的人们获取蛋白质的重要季节性来源,年长一点的塞浦路斯人至今都还记得被母亲打发到园子里抓点晚餐来下锅的场景。近几十年来,安比鲁波利亚作为一种怀旧佳肴，在富裕的住在城里的塞浦路斯人中间流行起来——你可以送朋友一罐腌制鸟肉作为拜访时的礼物，或是为庆祝某个特殊事件在餐馆里点一盘炸鸟肉。到了二十世纪九十年代中期，在该国立法严禁一切捕鸟行为整整二十年以后，每年仍有多达一千万只鸣鸟被捕杀。为了满足餐馆的需求，使用粘鸟棍的传统捕鸟方式已升级为大型网捕作业，而当时的塞浦路斯政府为了加入欧盟，正在肃清各种违法行为，于是对网捕加以严打。到二〇〇六年，一年的捕杀总数降到了一百万只左右。

但过去几年里，塞浦路斯在欧盟坐稳了位子，餐馆里重又挂起了推销非法安比鲁波利亚的招牌，进行捕鸟作业的场所又开始多了起来。代表该共和国五万猎户的游说组织，今年在国会全力支持放宽反捕杀法的两项提案。一项提案将把使用粘鸟棍降为品行不端的轻罪；另一项将放录音来引诱鸟类的行为无罪化。民意调查显示，尽管大多数塞浦路斯人反对捕杀鸟类，但其中大部分也并不认为那是个严重问题，而且许多人都爱吃安比鲁波利亚。当该国的猎物基金组织（Game Fund）对提供鸟肉菜肴的餐馆搞突击搜查时，媒体的报道完全是负面的，用诸如从孕妇食客手里夺走食物的报道引导舆论。

"在我们这里食物是神圣的，"塞浦路斯鸟类动物保护组织（BirdLife Cyprus）的活动干事马丁·赫利卡这样说，这一地方组织比CABS还反对挑衅性做法，"你很难因为某人吃了这些东西就判其有罪。"

赫利卡和我花了一整天的时间到该国东南角勘查各种网捕作业场所。随便哪个橄榄树小果园都可用于网捕作业，不过真正大规模的网捕场地在金合欢树种植园，要不是为了网捕鸟类的话，像这种外来树种是不用这样悉心灌溉的。我们发现这样的种植园到处都是。在一排排金合欢树之间的地上，铺设着一条条廉价地毯，连绵数百米几乎隐形的"雾"网挂在杆子上，杆子通常插在灌满水泥的旧轮胎上得以固定。然后，到了夜间，园子里开始高声播放鸟鸣录音，以引诱迁徙中的候鸟到郁郁葱葱的金合欢树林里歇息。一大早，偷猎者只需向园子里投些石子，受了惊吓的鸟儿们就会自行撞进网里。（遗弃在路边的一小堆石子说明了一切。）由于偷猎者有一种迷信，绝对不能把鸟放生，否则会毁了这块捕鸟地，所以市场上不要的鸟就会被"撕票"扔在地上，或者被留在网中任其自生自灭，有市场的鸟每只可以卖五欧元，运营良好的捕鸟地每天可以产出一千只以上。

塞浦路斯境内偷猎最凶的地方就是位于皮拉角的英国军事基地。英国人也许是欧洲最爱鸟的一群人了，但这座军事基地把射击场大块大块地租给了塞浦路斯农民，并且它的外交处境很微妙。在最近英军进行过一次突击执法行动以后，愤怒的当地人拆掉了二十二个写着英属基地区的标志牌。基地以外的地方，执法行动又被政治规则和运作细节所阻挠。偷猎者雇人放哨守夜，还琢磨出了在偷猎场地盖许多小窝棚的点子，因为猎物基金组织的工作人员想要搜查任何"住所"都得先获取许可证才行，这就给了偷猎者足够的时间去拆除他们使用的网具，把他们的音响设备隐藏起来。由于现今很多偷猎者都是不折不扣的罪犯，工作人员十分害怕受到暴力袭击。"最大的问题是，在塞浦路斯没有任何人，甚至没有哪位政客站出来说吃安比鲁泼利亚是不对的。"猎物基金组织的主任潘泰利斯·哈吉格罗告诉我。确实，安比鲁泼利亚竞吃比赛最佳纪录（五十四只）保持者就是一位颇受欢迎的北塞浦路斯政客。

"我们希望能找到一位名人站出来说：'我不吃安比鲁泼利亚，那样做是不对的。'"塞浦路斯鸟类动物保护组织负责人克拉丽·帕帕佐格鲁对我说，"不过本国有个小小的默契，那就是坏事不出岛，不能在外人面前丢脸。"

"塞浦路斯加入欧盟之前，"赫利卡说，"捕鸟的那些人是这么说的：'我们暂时收敛一段时间。'现今，对十八九岁的小伙子来说，偷猎是带有某种爱国主义式阳刚之气的行为，成了抵制欧盟老大哥的象征。"

塞浦路斯的内政在我看来颇有奥威尔笔下写过的那种社会的味道。土耳其占领该岛北部的三十六年间，以希腊裔为主的南部有了极大的发展，但每天主导国内新闻的仍旧是所谓的塞浦路斯问题。"任何其他问题都被忽略了，任何其他问题都是无足轻重的，"塞浦路斯社会人类学家扬尼斯·帕帕扎基斯告诉我，"他们是这样说的：'为了几只鸟这样的蠢事，你就胆敢把我们告上欧洲法庭？我们要告的是土耳其！'加入欧盟这件事从来就没有被认真商讨过——因为那只不过是我们用来解决塞浦路斯问题的手段罢了。"

欧盟关于物种保护的最强有力的法律文件就是一九七九年颁布的《野鸟保护指令》，它要求成员国保护欧洲所有鸟种并为鸟类充分保留栖息地。自二〇〇四年加入欧盟以来，塞浦路斯因违反这项指令而不断地受到欧盟委员会的警告，但至今都没有受到过任何制裁和罚款。如果某个成员国的环境保护法律在纸面上与欧盟的指令相符，欧盟委员会一般不愿干涉主权国家内部的执法事务。

塞浦路斯名义上的共产主义执政党十分支持私营房地产发展项目。旅游局正在招商，希望能建十四处含高尔夫球场的住宅群（岛上现已有三处），尽管该国的淡水资源极为有限。只要有公路通向这些地方，任何土地拥有者都可以盖房子，结果是乡村地区被搞得支离破碎。我去访问了东南部四个最重要的自然保护区，理论上这些区域都应在欧盟的规章制度下受到特殊保护，但状况都不容乐观。比如，离我和CABS成员出巡的地方不远、位处帕拉利姆尼的一个季节性大湖变成了一个喧嚣吵闹、尘土飞扬的盆地，被一座靶场和一家摩托车越野赛场非法占用，满地都是弹壳，遍布着建筑瓦砾、废弃的大件家电及生活垃圾。

可鸟类还是继续向塞浦路斯飞来，它们别无选择。晚些时候，天空不再那么煞白，在回城的路上，CABS巡逻队中途停下来欣赏一只黑头鸦，一只披着金色、黑色和栗色羽毛的鸟，宛如瑰宝，正站在一簇灌木顶上高歌。一时间，我们的焦虑缓解了不少，那一刻，我们都只不过是观鸟者，用我们自己的母语惊叹着。"啊，多美呀！①"

"棒极了！"

"漂亮得不可思议！②"

结束当天活动之前，鲁蒂利亚诺想要最后再去一处果园，那里的偷猎者去年曾对一位 CABS 志愿者动过粗。当我们小队开着一辆租来的车下了高速公路、上到一条土路的时候，一辆红色四座小卡车迎面从那条土路上开过来，开车的人向我们做了个抹脖子的手势。待那辆卡车将要上高速公路时，另外两个坐在车内的人探出身子冲我们竖起了中指。

头脑一向冷静的德国人海德认为我们应该调转车头，赶紧离开此地，但其他几位队员都觉得那几个人没理由再回来。我们继续上坡到了果园，在那里发现了四只白领姬鹟和一只林柳莺，由于这只林柳莺尚且没有马上飞走的能力，鲁蒂利亚诺便把它给我，放在了我的背包里。当我们拆除了不少粘鸟棍之后，海德更加紧张了，再次建议我们离开。但远处还有另一个小果园，那两个意大利人想去勘查一下。"我没有不祥的预感。"鲁蒂利亚诺说。

"我们英国人有句老话：'可别碰运气。'"康林说。

---

① 原文为意大利语。
② 原文为德语。

说话间，那辆红色卡车飞速地开了回来，就在离我们只有五十码远的坡下猛然停住。三个男人跳下车冲我们跑来，边跑边捡起棒球大小的石块朝我们扔过来。我原先以为躲几颗飞石应该不难，但其实并不容易，康林和海德都被击中了。鲁蒂利亚诺在录像，门西在拍照片，让人难以理解的喊声响成一片——"继续拍，继续拍！""马上报警！""鬼知道报警号码是多少？"因为担心背包里的那只林柳莺，而且不太愿意被误认为是CABS成员，我就跟着海德向坡上撤退了。隔着还不太安全的距离，我们停下了，然后看见两个男人在袭击门西，试图从他肩上扯下他的背包，从他手里抢走他的相机。这两个三十来岁、皮肤晒得很黑的男人叫嚷着："你干吗这样做？你干吗拍照？"门西求救似的干号起来，他肌肉紧绷，把相机扣在腹部紧紧护住。那两个男人把他扯起来，又摔到地上，再压到他身上，接着就是一阵拳打脚踢。我没看到鲁蒂利亚诺的情况，事后才得知，他先是脸部中拳，被击倒在地，肋部和腿部也被踢了数脚。他的录像机被摔到石头上砸烂了，门西的头部也被石块击中了。康林以军人的威严姿态只身挺立于这一片混乱之中，手里拿着两部手机，做出要报警的样子。事后他告诉我，他跟袭击者说，如果他们胆敢碰他一根毫毛，他就会把他们告上他们国家的每一个法庭。

海德在继续后撤，在我看来这是个好主意。当我看到他回头观望后突然脸色变白，开始撒腿拼命逃跑的样子，我也恐慌了起来。

逃跑跟在其他情况下跑步可不一样——逃的时候，你无暇看清在往哪儿跑。我跃过了一堵石头围墙，冲过了一片布满荆棘的田地，最后发现自己跌进了一条沟渠，下巴被一片金属篱笆猛扎了一下，于是心下决定：够了，不能再跑了。我为背着的那只林柳莺担心。我看到海德还在跑，穿过一个大花园，跟一位中年男子说了几句，然后一脸惊恐地继续跑。我走上前去，试着向那位花园主人解释情况，但他只会希腊语。他看上去心怀疑虑，同时又一脸关切，他唤来了他女儿，后者用英语告诉我，我误闯了绿色和平组织地区主任的园子。她给我端来了水和两碟点心，将我的话转述给她父亲听，她父亲以一个愤怒的单词作答。"野蛮人！"他女儿翻译道。

当我回到我们租的车停着的地方时，已是乌云密布，快要下雨了，门西小心地轻抚着肋部，轻拭着布满双臂的划伤和擦伤，他的相机和背包都被抢走了。康林给我看了看砸烂了的录像机，鲁蒂利亚诺的眼镜也没了，走起路来瘸得厉害，他带着一种实事求是的狂热向我承认："我还真盼着能有这种事情发生。只是没想到事情会到这种地步。"

另一支CABS小队来了，表情严肃地在四周徘徊。他们的车里有一只原先装葡萄酒的空纸箱，当一辆当地警车快要停下的时候，我把我背包里的林柳莺转移到了纸板箱里，那鸟儿看上去有些闷闷的，不过并没有因为这番折腾而变得更糟。要不是我的一位塞浦路斯朋友就在那一刻发了一条短信到我手机上，想要确认我们第二天晚上秘密去吃安比鲁泼利亚的行程的话，我大概会为拯救了这只鸟感到更加欣慰。我当时试着半心半意地让自己相信，我可以只做一名记者观察员，不一定非得自己吃一只，不过还没完全想好怎样才能不吃那道菜。

* * *

每年春季，大约有五十亿只鸟自非洲大陆蜂拥至欧亚大陆进行繁衍，而每年有多达十亿只鸟遭人类捕杀，尤其是在朝地中海地区迁徙的过程中，状况最为惨烈。在海水里的鱼被装备了声呐技术和高效渔网的拖网渔船清除一空的同时，地中海天空中的鸟也被极为高效的鸟鸣录音技术清除殆尽了。二十世纪七十年代以来，由于实施了《野鸟保护指令》和其他各种保护条约，一些最濒危鸟种的状况有了一些改观。但是地中海地区的狩猎者趁现在形势略微好转，又想回到老路子上去。塞浦路斯最近试验性地开放了鹌鹑和斑鸠的春猎，马耳他也在四月开始了春猎。五月，意大利国会通过了一个延长秋猎的法案。欧洲人大概自以为是环境保护启蒙运动的典范——他们也确实以榜样自居，在碳排放量上训导美国和中国——可过去十年里欧洲许多种留鸟和候鸟的数量骤降，令人担忧。你就算不是个观鸟者，应该也会怀恋布谷鸟的啼声、麦鸡在田野上空盘旋、黍鹀在电线杆上欢唱。因栖息地的流失和农业集约化耕作方式，鸟类的数量已是锐减，再加上狩猎和诱捕，它们在加速走向灭绝。旧世界的春天很可能在新世界到来前就变得一片沉寂。

马耳他共和国人口密集，由几大块石灰岩（岛屿）组成，总面积还不到两个哥伦比亚特区大，却是欧洲对鸟类敌意最大的地方。该国有一万两千名注册狩猎者（大约占该国人口总数的百分之三），其中相当多的人认为射杀在迁徙途中不幸飞越马耳他上空的鸟是他们与生俱来的权利，不管是在哪个季节，也不管这种鸟受到何种保护。无论是蜂虎、戴胜、金黄鹂，还是鸛、鹳、鹭，马耳他人一律捕杀。他们就站在国际机场的围栏外面打燕子练枪法。他们在市区房顶上、繁忙的公路边放枪射鸟。他们站在悬崖边密集排列的掩体里射杀整群整群迁徙路过的老鹰。他们射杀包括像小乌雕、草原鹞这样的濒危猛禽，这两种鸟是马耳他以北的许多欧洲国家政府花费数百万欧元设法加以保护的。他们打到了稀有珍禽就做成标本，当作可炫耀的战利品收藏起来；打到了不稀奇的鸟就撂在地上或者埋在石头底下，以防被控有罪。当意大利境内的观鸟者看到某只候鸟缺了一块翼羽或是少了一段尾翼时，他们就将其叫作"马耳他羽衣"。

二十世纪九十年代，马耳他预备加入欧盟的时候，政府曾严格执行已有法律，禁止狩猎不准许捕杀的动物，一时间马耳他成了众多组织关注的对象，包括像英国皇家鸟类保护学会那样的组织都派出志愿者来协助执法。其结果，用我采访过的一位英国志愿人员的话来说，"只不过将杀虐行为由毒辣转为残暴而已"。

但马耳他狩猎者争辩说，马耳他太小，其狩猎活动不会真的对欧洲鸟类的总数有什么影响，从而强烈抵触，在他们看来这是对"传统"的外来干涉。该国的全国性狩猎者组织FKNK（狩猎者诱捕者自然保护者联盟[①]）在二〇〇八年四月份的简报里宣称："FKNK坚信，警方执法行动应该只由马耳他警察进行，而不应有那些傲慢自大的、因我国加入欧盟就视马耳他为己有的外国极端分子的参与。"

二〇〇六年，当地的鸟类保护组织马耳他鸟类动物保护组织（BirdLife Malta）聘请了绿色和平运动前领导人、一位名叫托尔加·泰穆盖的土耳其人来发起一场声势浩大的反非法狩猎活动，当时狩猎者想起了一五六五年土耳其人围攻马耳他的那一段历史，这让狩猎者十分愤慨。FKNK的秘书长利诺·法鲁吉亚猛烈抨击"那个土耳其人"和他的"马耳他走狗们"，随之而来的是一系列对鸟类动物保护组织驻地和相关人员的威胁和袭击。有一位保护组织成员脸部中弹；有三辆属于保护组织志愿者的车被纵火烧毁；有数千棵再造林园区内的小树被连根拔掉，因为狩猎者担心再造林会与主岛上仅有的另一处森林形成竞争关系，而后者由他们控制，可以让他们射杀在那里栖息的鸟类。一份畅销狩猎杂志在二〇〇八年八月如此辩解："期望改变马耳他家庭牢固的道德联系和价值观，希望他们的拉丁血气不要沸腾到不可遏制的

[①] 原文为马耳他语：Federazzjoni Kaċċaturi Nassaba Konservazzjonisti。

程度，指望他们怯懦退缩放弃他们的领土和文化，这些都是有限度的。"

然而跟塞浦路斯相反，马耳他的普通民众是强烈反对狩猎的。除了银行业，马耳他还有另一个主要产业——旅游业，报纸上经常登载观光客的愤怒来信，抱怨遭到了狩猎者的威胁或是目睹了残杀鸟类的暴行。马耳他的中产阶级对此也不满意，因为该国非常有限的空间总是被喜欢玩枪的狩猎者肆意强占，他们经常在公共领地上挂起"严禁擅闯"的标志牌。与塞浦路斯鸟类动物保护组织不同，马耳他鸟类动物保护组织已成功得到包括丽笙酒店老板在内的社会名流的支持，组织了一场名为"还你乡间"的媒体宣传活动。

然而，马耳他现在是个两党制国家，由于全国大选通常以几千张选票定胜负，无论是工党还是国民党都不敢过于得罪他们的狩猎者选民，以防失去选票。因此，对狩猎法规的执行一直松松垮垮：人力投入极少，当地许多警员跟狩猎者一团和气，就连那些认真负责的警察对投诉控告也提不起兴致处理。即使违法人员被告上了法庭，马耳他法院也不愿意判处高于几百欧元的罚款。

今年，马耳他的国民党当局违抗欧洲法院去年秋季的裁决，公然允许对鹌鹑和斑鸠进行春猎。欧盟的《野鸟保护指令》允许成员国申请"克减"，准许"出于审慎用途"猎杀少量受保护的鸟种，比如可以限制飞机场附近的鸟群，或是允许传统农村社区为谋生计进行狩猎活动。马耳他当局提交的是延续春猎"传统"的克减申请,而春猎是被明令禁止的,欧洲法院的裁决还指出,马耳他的申请没能满足指令规定的四项检验标准里的三项:执法严厉、少量猎杀、和欧盟其他成员国对等。至于第四项检验标准——是否有"替代"方案,马耳他当局计算了狩猎鹌鹑和斑鸠的总袋数,呈递了秋猎无法令人满意地替代春猎的证据。虽然马耳他当局知道以袋数来计算不可靠(就连 FKNK 秘书长有一次都公开承认实际袋数可能是上报袋数的十倍以上),但欧盟委员会有章程规定要信赖成员国政府呈递的数据。马耳他当局进一步辩解道,鹌鹑和斑鸠并不是全球性濒危鸟种(在亚洲仍有许多),这些鸟种不值得受到绝对的保护,而欧盟委员会的律师们未能指出的是,应该考虑的是这些鸟种在欧盟境内的状况,实际上,它们的总数正在急剧下降。因此欧洲法院在否决了马耳他的申请并禁止春猎的同时,承认该申请通过了四项检验标准里的一项。马耳他当局回到国内宣告"得胜",并进而在四月初批准了春猎。

春猎的头一天,一大早,我便跟随着头上梳着马尾辫、喜欢在嘴上骂脏话的托尔加·泰穆盖外出巡逻。我们并没指望会遇上多少狩猎活动,因为 FKNK 被当局定下的条款激怒——春猎没有传统上的六到八周时间,而是只有六个半天,而且只颁发两千五百个许可证——已经组织了一个抵制春猎的运动,威胁要"点名并羞辱"胆敢去申请许可证的狩猎者。"欧盟委员会真令人失望,"当我们驾车在马耳他公路网尘土飞扬的迷宫式幽暗道路上行驶时,泰穆盖说,"欧洲狩猎组织和国际鸟盟(BirdLife International)历尽艰辛,好不容易才设置了可持续狩猎的限度,然后马耳他加入了欧盟,作为最小的一个成员国,却极有可能摧毁《野鸟保护指令》这一整座华厦。马耳他对指令的漠视构成了一个糟糕的先例,会让其他成员国,尤其是地中海地区的成员国效仿。"

天开始亮起来的时候,我们把车停在一条坑坑洼洼的石灰岩铺成的路上,藏身于一片带围墙的金色干草地中,静候枪声响起。我听到犬吠鸡鸣,卡车变速换挡,不远的某处还有鹌鹑鸣叫的录音在播放。泰穆盖还有另外六组小分队在岛上其他地方巡逻,主要都是国外志愿人员,外加少数雇来的马耳他安保人员。太阳升起来的时候,我们开始听到远处传来的枪声,不过枪响的次数并不多,那个早晨,这个国家仿佛并没有任何鸟存在。我们继续前行,在穿过一个村子的时候,听到了两声枪响。"真他妈的不可思议!"泰穆盖嚷道,"这可是住宅区!真他妈的难以置信!"我们继续前行,置身于石墙迷宫阵里,马耳他的乡间到处都是这种石墙。又传来几声枪响,这把我们引到了一小块田边,两个三十来岁的男人带着一台手提录音机站在那儿。他们一看到我们,就拿起锄头,开始在种着豆子和洋葱的地里干起农活来。"你们一到那附近,他们就会知道的,"泰穆盖说,"所有的人都会知道。如果他们带着录音机,十有八九就是狩猎的。"确实,现在就出来拿着锄头干农活太早了一点,而且当我们在田边站着以后，就再也没听到任何枪声了。四只羽色鲜艳的雄金黄鹂从一旁飞过，虽然不幸错选了马耳他作为迁徙的歇脚处，但幸运的是，有我们站在那里守护。在一株矮树上，我看到了一只雌性苍头燕雀，那是欧洲最常见的鸟种之一，但在马耳他却寥无踪迹，这都是该国泛滥的非法猎雀导致的。当我喊出鸟名时，泰穆盖也激动起来。"一只苍头燕雀！"他说，"如果我们能让苍头燕雀在这里重新开始营巢繁衍，那可真了不起。"这就像在北美看到一只欧亚鸲那般惊喜。

马耳他狩猎者处境不利，因为他们想要射杀迁往繁衍地的鸟种的合法权利，而这会给马耳他惹上麻烦，让欧盟对它处以真正的惩罚。所以，他们在FKNK的领导人别无选择，只能硬着头皮采取强硬的立场，例如抵制这次的春猎，这件事让FKNK普通成员抱有许多不切实际的希望，而在当局出台的政策最终不可避免地令他们失望的时候，又让他们产生了种种失望和遭到背弃的感觉。我在FKNK拥挤杂乱的总部见到了该组织的发言人约索夫·佩里奇·卡拉肖内，他是个紧绷但能说会道的人。"百分之八十的狩猎者无法获得执照，试问什么样的人会异想天开地指望我们满足于这样的春猎？"佩里奇·卡拉肖内说，"我们已经两年没有春猎了，那可是我们传统的一部分，我们日常生活的一部分。我们并不奢望这个春猎季节会像三年前那样，不过总得说得过去吧，那可是当局在加入欧盟之前就明确答应我们的。"

我向他提起了非法射杀的问题，然后佩里奇·卡拉肖内就问我要不要来一点苏格兰威士忌。我婉拒了,他就给他自己倒了一杯。"我们完全反对非法射杀受保护的鸟种,"他说,"我们已经准备派出狩猎执法员,一旦发现有谁违法就吊销他的会员资格。当然,只要我们被准许有一个像样的狩猎季节,我们就会这么去做。"佩里奇·卡拉肖内承认,就连他本人也不待见FKNK秘书长那种更富煽动性的声明,不过在他想要说明狩猎对他有多么重要的时候,他看上去明显很沮丧苦恼,他的话听上去奇怪得像是哪个饱受欺凌的环保人士说出来的。"大家都感到沮丧,"他略带哽咽地说道,"精神病发病率上升了,我们有几个会员自杀了——我们的文化危如累卵。"

马耳他的狩猎方式到底在多大程度上算是一种"文化"或"传统",这是有争论余地的。春猎、射杀稀有珍禽并做成标本,这些毫无疑问是当地由来已久的传统,但无差别滥杀却是二十世纪六十年代马耳他获得独立,经济开始繁荣以后才出现的。有理论认为,社会的富裕必将导致环境管理的改善,而马耳他的情况正是这种看法的鲜明反证。马耳他的繁荣带来的是更先进的狩猎武器,有更多的钱花在标本制作上,有更多的汽车和更好的公路让狩猎者能更便利地到达乡间。狩猎原先是一种父传子承的传统,可现今变成了年轻小伙子不守规矩地成群外出消遣解闷的方式。

在某家酒店准备用来建造高尔夫球场的空地上,我遇到了一位老派狩猎者,他对同胞的不良行为和FKNK所持的纵容态度深感厌恶。他告诉我,不守规矩的射杀行为是马耳他人"血液里自带"的,指望狩猎者在国家加入欧盟后就能马上洗心革面,这是很荒唐的。("如果你生来就是个娼妓,"他说,"你是怎么也不可能变成修女的。")不过他也对那些年纪更轻的狩猎者多有怪罪,而马耳他把准许狩猎年龄从二十一岁降低到十八岁的法令让情况更糟了。"现在他们又修改了春猎法规,"他说,"守法良民无法出门打猎,无法无天、盲目滥杀的还是照干不误,因为没有足够的警力制止他们。今年春季我在乡间待了三个星期,只见到一辆警车。"

春季一直是马耳他的主要猎鸟季,那位狩猎者说,如果春猎被永久废除的话,只要他的两条狗还活着,他大概就会继续参加秋猎,再然后就退役,做个观鸟者。"时过境迁啦,"他说,"现在哪儿还有斑鸠啊?我小时候跟父亲出门打猎,一抬头就能看见数以千计的斑鸠。眼下已是旺季,昨天我出门一整天却只看见十二只。我有两年没见到过夜鹰,五年没见到过矶鹬了。去年秋天,我每天上午和下午都带着我的狗出门去找丘鹬,我只看到三只,一枪都没放。部分问题就出在这里:人们会感到懊恼失望。'我找不着丘鹬,那就打一只红隼吧。'"

某个周日下午的晚些时候,在一个隐蔽的高处,托尔加·泰穆盖和我用单筒望远镜监视两个男人,他们在用双筒望远镜扫视天空和田野。"他们肯定是狩猎者,"泰穆盖说,"他们现在应该把枪藏起来了,等到有鸟飞过就会拿出来射击。"可是个把小时过去了,一只鸟都没出现,那两个人拿起了耙子,开始清除园子里的杂草,只是偶尔回去用望远镜看看,又一个小时过去了,他们干着园子里的活儿,忙得更认真了,因为什么鸟都没有。

* * *

对迁徙的候鸟而言,意大利是一条它们必须穿越的狭长刑道。在北部,布雷西亚的偷猎者每年诱捕一百万只鸣鸟卖给做小鸟玉米粥[①]的餐馆。撒丁岛的林子里布满钢丝网圈套,威尼斯的沼泽地是越冬野鸭的屠宰场,圣方济各的故乡翁布里亚的在册狩猎者的人口比例高于其他任何省区。托斯卡纳的狩猎者忙着完成他们的射杀限额,包括丘鹬、林鸽以及四种法律允许射杀的鸣鸟(有欧歌鸫和云雀),可一大早在雾气里很难分清要打的猎物是否合法,而且谁又会去跟踪记录呢?在南部,坎帕尼亚的许多地方处于卡莫拉(当地黑手党)的控制下,而对迁徙的水禽和涉禽最有吸引力的栖息地,就是卡莫拉以每天一千欧元的租金租给狩猎者的放满水的田地。从布雷西亚来的鸣鸟批发商开着冷藏车从业余偷猎者手里收购猎物,整个坎帕尼亚大区遍地都是捕鸟器,只为诱捕七种歌喉优美的欧洲雀,有钱有势的卡莫拉在当地的非法禽鸟市场里出高价收购训练有素的鸣鸟。再往南走,在卡拉布里亚和西西里,针对迁徙过路的蜂鹰的春猎活动被媒体广泛报道之

---

① 原文为意大利语。

后，已经因严格执法和志愿监督而有所减少，但尤其是在卡拉布里亚大区，还是有众多的偷猎者只要能够逃脱处罚就会去射杀任何会飞的东西。

当年法西斯为了鼓励民众熟悉枪械，在意大利民法里添加了一条奇怪的法规：给予狩猎者，而且只给狩猎者，擅自进入私有领地的权利，不论该领地归谁所有，只要狩猎者是在追捕猎物。到了二十世纪八十年代，当时的农村因人口大量流向城市而变得人烟稀少，有两百多万注册狩猎者在意大利的乡间肆意捕猎。然而，意大利大多数的城镇居民不喜欢狩猎活动，于是意大利国会在一九九二年通过了在欧洲范围内都是比较严格的狩猎法，其中最激进的一条，就是宣告所有野生动物完全属于国家所有，从而把狩猎降为需要使用特许权的行为。之后的二十年里，一些为意大利人钟爱的大型野生动物（包括野狼）总数有了惊人的回升，与此同时，注册在案的狩猎者人数降到了八十万以内。西尔维奥·贝卢斯科尼领导的政党中代表利古里亚大区的参议员佛朗哥·奥尔西基于这两大趋势提出了一个法案，要求放宽诱饵鸟的使用限制，增加准许狩猎的时间和场所。意大利国会刚刚通过了另一项"社群"法，原意是要让意大利遵从欧盟的《野鸟保护指令》，以免于偿付数亿欧元的罚款，但里面至少有一条让狩猎者得胜了：一些鸟种的狩猎季节改到了二月。

就在贝卢斯科尼的政党联盟在大区选举中又有新斩获的前夜，我在奥尔西位于热那亚的政党办公室里见到了他。奥尔西是个四十来岁的慈眉善目的英俊男子,也是个狂热的狩猎者,就连到哪里度假也得根据在那里能打到什么样的猎物来决定。对于对一九九二年颁布的法律进行修订,他给出的论据是:该法导致某些危险野生动物总数急剧增长;意大利狩猎者应该被准许和法国、西班牙的狩猎者进行同样的活动;私有土地拥有者比国家更有能力把狩猎用地管好;狩猎是一项有益于社会和心灵的活动。他给我看报纸上登的一幅野猪漫步热那亚街头的照片,又给我讲述了椋鸟给飞机场和葡萄园造成的威胁。可当我同意对野猪和椋鸟是该有所限制时,他马上又说狩猎者不喜欢在当局界定的时限内射杀野猪。"而且,不管怎么说,我不同意狩猎对象只限于野猪、海狸鼠和椋鸟,"他说,"那是军队就能干的活。"

我问奥尔西,他是否支持在最大限度地维持现存总数的前提下射杀每一个鸟种。

"假如把动物界看作是每年能产生利息的资本,"他说,"就算我花掉了利息,也还是可以保留资本,动物的未来和狩猎的未来都会得以维系。"

"但还有一种将部分利息用于再投资来增加资本的投资策略。"我说。

"那得取决于特定的物种了。每一个物种都有一个最优密度,有些物种的现有密度大于最优值,而有些小于最优值。所以狩猎必须针对这种平衡加以调控。"

基于前几次对意大利的访问,我的印象是其禽鸟数量基本上都处于次优状态。奥尔西看上去并不这样认为，于是我问他射杀无害鸟种如何对社会有益。出乎意料的是，他引用了《动物解放》一书作者彼得·辛格的话，大意是说，如果每个人都得去捕杀他要吃的动物，那我们都会成为素食者。"在我们的城市社会里，人类和动物之间已经失去了那种带有暴力因素的关系，"奥尔西说，"我十四岁的时候，祖父硬是要我杀一只鸡，那是我家的传统，至今我每一次吃鸡肉都会想到那是只动物。再回到彼得·辛格的思路，我们的社会对动物的过度消费是和我们对其他资源的过度消耗相对应的。大面积的田地被非常浪费的工业化耕作占据，因为我们已经失却了乡村意识。我们不该把狩猎看作是人类对自然环境施暴的唯一方式。从这个意义上讲，狩猎是有教育意义的。"

我觉得奥尔西说得有点道理，不过在我采访过的几位意大利环保人士眼里，奥尔西的言辞只不过证明了他很会跟采访者打交道而已。在全国推动放宽狩猎法规的努力背后，环保主义者们[①]全都察觉到了意大利庞大的军火工业这只黑手。他们中有一位跟我说："如果有人问你的企业生产什么，你是告诉他，'生产把波斯尼亚儿童炸飞的地雷'，还是跟他说，'生产传统猎枪，供那些喜欢清晨在沼泽地里静候野鸭的人们使用'？"

想要弄清每年有多少只鸟在意大利被射杀是不可能的。比如，年度报告显示击落欧歌鸫的总数在三百万只到七百万只之

---

① 原文为意大利语。

间，可意大利环保局的资深科学家费尔南多·斯皮纳认为，这些数字"极为保守"，因为只有最有良心的狩猎者才会如实填写他们的狩猎记录卡，地方狩猎管理部门缺乏监管狩猎者的人力，省区一级的数据库大多还没有计算机化，而且大多数意大利地方狩猎管理部门对索取数据的要求通常都不予理睬。众所周知，意大利是一条至关重要的迁徙路线。在意大利境内，已经发现了来自所有欧洲国家、三十八个非洲国家和六个亚洲国家的各种带标记的鸟。回迁在意大利开始得很早，有些鸟种早在十二月下旬就启程了。欧盟的《野鸟保护指令》要求对所有回迁的鸟进行保护，只允许在秋季自然死亡率的限度内狩猎，因而大多数有责任心的狩猎者都认为秋猎在十二月三十一日就该结束了。然而，意大利新通过的社群法规却背道而驰，将秋猎延长到了二月。由于最先回迁的鸟多是各自鸟种里的佼佼者，这项新法规瞄准的靶子正是这些有着最佳繁衍能力的鸟。延长狩猎期也包庇了偷猎受保护鸟种的那些人，因为某一枪是否合法是听不出来的。因无法获取可靠的数据，没人能够确定某地设定的对某个鸟种的年度袋数限制是否在自然死亡率以内。"那些袋数限制是地方官员任意设定的，"斯皮纳说，"它跟实际的普查统计数据毫无关联。"

尽管鸟类栖息地的流失是欧洲鸟类总数急剧下降的最主要原因，意大利的狩猎方式（对此不满的人们称之为"野蛮狩猎"[1]）

---

[1] 原文为意大利语。

却也着实是雪上加霜。富尔科·普拉泰西创办了世界自然基金会意大利分会（WWF Italy），他曾经是大型野生动物的狩猎者，现在却认为狩猎是"一种躁狂症"。当我问他为什么意大利狩猎者以如此野蛮的方式射杀鸟类时，他列数了他的同胞们热爱武器、热衷于显摆"男子气概"、以犯法为乐的特点，而且尤其奇怪的是，他们非常热衷于身处大自然之中。"就像一个强奸犯用扭曲变态的暴力形式来示爱，"普拉泰西说，"体重只有二十二克的鸟，身上却中了三十二克重的枪弹。"他还补充说，意大利人更容易对狼和熊那样的"象征性"动物充满温情，对这些动物还真的比其他欧洲国家要保护得好。"可鸟类是不引人注目的，"他说，"我们既看不见它们，也听不见它们。在北欧，候鸟的到来是既看得见又听得着的，能打动人心。在这里，大家都住在城镇和大型住宅区里，鸟儿们确实只是空中过客。"

在意大利历史上，大多数时候，每年春秋两季都有多到无法想象的一包包长着翅膀的蛋白质前来造访，这里的人们不像北欧地区的人们那样逐渐意识到过度捕猎和回归鸟类减少之间的关联，因为在地中海地区，鸟类的供给储备给人一种无穷无尽的感觉。来自雷焦卡拉布里亚的一个偷猎者仍对禁捕蜂鹰心怀不满，他告诉我："我们雷焦整个春季也就捕杀了两千五百只罢了，可过路的有六万到十万只——根本就是小题大做。"关于为什么要禁止捕猎，他只会从金钱的角度考虑。他极其认真地告诉我，某些组织想要从政府资金里分一杯羹，就把自己打造成反偷猎人士，正是他们需要偷猎者跟他们对着干，从而导致了各种反偷猎法规的制定。"现在，这些人拿了政府的钱发达了。"他这样解释。

在某个南部省份，我认识了一个名叫塞尔焦的人，他看上去像个调皮的大男孩，早先曾是个偷猎者。他是在中年的后半段才放弃偷猎的，觉得自己终究过了人生的那个阶段，现在讲述起自己"年少轻狂"的往事，只是为了博人一笑。在夜间外出狩猎是非法的，但塞尔焦说，如果你的偷猎伙伴是教区牧师和当地宪兵准将的话，就不成问题。那准将尤其管用，他可以叫护林员别来他们这儿巡逻。有天夜里，塞尔焦跟准将一起出去狩猎，准将的吉普车前灯把一只仓鸮吓得呆住了。准将叫塞尔焦开枪。当塞尔焦表示不愿意时，准将操起一把铲子，绕到那只仓鸮的背后，给了它当头一击。然后他把那只鸟扔进了吉普车的后备厢。

"为什么？"我问塞尔焦，"他为什么要杀那只仓鸮？"

"因为我们是在偷猎！"

天快亮的时候，准将打开后备厢，那只原来只是被打蒙的仓鸮，飞出来袭击了准将——塞尔焦张开双臂，脸上露出夸张到好笑的凶猛表情，将当时的情形演给我看。

对塞尔焦来说，偷猎一直都只是为了食用。他教我用当地方言念一首民谣，大致译过来就是：想要吃飞禽做的菜肴，就去吃一只乌鸦；想拥有一颗善良的心，就去爱一个老妪。"你就算把乌鸦煮上整整六天，那肉还是嚼不动，"他告诉我，"不过煮汤喝还是不错的。我还吃过獾和狐狸——我什么都吃。"看起来，意大利人唯一没兴趣吃的鸟就是海鸥了。就连蜂鹰也是一道春季佳肴，尽管南部家庭依照传统会保存一只蜂鹰的标本，并把它安置在房子里最好的那间房间墙上（当地对该鸟的昵称就是 adorno，意为"装饰品"）。雷焦的那个偷猎者还给了我他用这种鸟做糖醋炖肉丁的菜谱。

没能像塞尔焦那样告别这种嗜好的意大利野蛮狩猎者们开始为野生动物数量越来越少，而政府法规限制越来越多而恼火，他们已经学会另辟蹊径，跑到地中海的其他地方去打猎寻刺激了。在坎帕尼亚海岸边，我采访了一位兴致颇高、十分顽固、门牙开缝、老当益壮的偷猎者，现今他已不能再在海滩上设立掩体，没有上限地射杀候鸟了，只能指望去阿尔巴尼亚度假寻求安慰，在那里只需支付很低的费用就可以随时随地猎鸟，什么鸟都可以打，打多少都没关系。虽然其他国家的狩猎者也有到国外去打猎的，但意大利人被普遍认为是最糟糕的。这些狩猎者中最有钱的会去西伯利亚，那里到了春季会有成行列队迁飞的丘鹬，或是去埃及，有人告诉我，在埃及你可以雇一名当地警察帮你捡打到的猎物，你自己就只管射杀鹨类和其他在全球濒危的水禽类鸟种，直到胳膊酸到抬不起来为止。在网上可以找到这些观光狩猎者与堆起来足有一米高的鸟类尸体的合影。

意大利有责任心的狩猎者憎恶那些野蛮狩猎者，也憎恶佛朗哥·奥尔西。"我们意大利人正经历着两种狩猎观念之间的文化交锋,"雷焦卡拉布里亚一位名叫马西莫·卡纳莱的年轻狩猎者这么跟我说,"一边是奥尔西的阵营,他们认为'就该解禁开放',另一边是对养育他们的土地富有责任感的人们。想要成为一个有选择性的狩猎者,光有一纸执照是不够的。你得去学一些生物学、物理学和弹道学知识。只有这样,你才能有选择性地面对野猪和野鹿——你是有一份责任要承担的。"卡纳莱小时候跟爷爷外出滥猎时就发现自己有捕食者的天性,很幸运的是,他后来遇到的人教会了他更好的狩猎方式。"我现在觉得一整天都不猎杀也没关系,"他说,"不过狩猎的目的还是捕杀,如果我说不是为了这个,那我肯定是在撒谎。我的捕杀天性和我的理性思维之间是有矛盾的,我抑制自己天性的办法就是有选择地狩猎。依我看,这是生活在二〇一〇年以后的人们唯一可取的狩猎方式。奥尔西不懂这一点,或者说他根本就不在乎。"

这两种狩猎观念也大致上对应着意大利的两副面孔。第一面是卡莫拉及其帮凶明目张胆进行刑事犯罪的意大利,是贝卢斯科尼的亲信们在灰色地带妄为行事的意大利,另一副面孔则是诚实劳作的意大利[1]。出于对国内目无法纪境况的不满,一些意大利人开始与偷猎做斗争,他们大量依赖像卡纳莱那样有责任感的狩猎者的举报,后者为找不到鸟打而恼火,因为所有的鸟(比如鹌鹑)都被非法播放的鸟鸣录音引诱走了。我在坎帕尼亚大区最有

---

[1] 原文为意大利语。

秩序的萨勒诺加入了世界自然基金会的一支巡逻卫队，他们带我去看一个人工池塘，那里的池水被抽干了，他们最近是跟着当地一个狩猎者协会的主席到的那里，并抓住他在用电子录音非法诱鸟。四周田野里的农作物被白色塑料薄膜所覆盖，显得愈发荒凉，不远处隐约可见一座"生态球"堆成的待分解的大山，那是一包包用收缩薄膜包起来的来自那不勒斯的垃圾，在坎帕尼亚乡间被扔得到处都是，这也成了意大利环境危机的一个象征。"这是我们两年内第二次逮住这家伙了，"卫队领队人说，"他还是这个地区规范狩猎委员会的人呢，就算已经被起诉了，他还在当他的狩猎者协会主席。其他的地区组织主席也在干同样的勾当，只是比较难逮着。"

  意大利诚实劳作这面的光辉范例，就是墨西拿海峡偷猎蜂鹰的活动被压制了下来。自一九八五年以来，每年国家森林警察都会出动额外警队，外加多架直升机在海峡的卡拉布里亚大区这一侧巡逻。尽管卡拉布里亚大区的情况近来略有恶化（今年的巡逻警队人数比以往要少，巡逻的天数也少了几天，估计蜂鹰的死亡总数是四百只，大约是近年来平均数量的两倍），但西西里岛这一侧仍基本杜绝了偷猎现象，那里是一位著名斗士安娜·乔达诺管辖的领地。自一九八一年她满十五岁起，乔达诺就坚持监视那些水泥掩体，偷猎者就是从那里射杀在墨西拿海峡两岸山峦之间低空飞越的数以千计的猛禽的。跟食用蜂鹰的卡拉布里亚人不同，西西里人打猎纯粹只为了延续传统，为了互相竞赛，为了赢得奖杯。有些人什么鸟都打，有些人只打蜂鹰（他们管它叫"那鸟儿"），除非他们看见像金雕那样真正稀有的鸟种。乔达诺总是在掩体和距离最近的投币式公用电话之间来回奔忙，向森林警察报警。尽管她的车总是遭到破坏，尽管她一直受到威胁和诋毁，她从来没有遭受过人身伤害，大概因为她是个年轻的女人。（在意大利语里，"鸟"这个词，在俚语里也有"阴茎"的意思，因而在挖苦她的下作语句里常有这个词，不过我在她办公室的墙上看到了一幅海报，上面的文字简直是以其人之道还治其人之身："你的男子气概？不过是一只死鸟。"）她的行动越来越成功，特别是有了手机以后，乔达诺更是迫使森林警察严打偷猎活动。她日益增高的名望受到了媒体的关注，也吸引了众多志愿者的加入。近年来，她的团队所报告的每季枪响总数都只有个位数。

我随她一同攀上山顶，远望飞过的老鹰，她跟我说："头几年，我们记录猛禽数目的时候连望远镜都不敢举起来，因为偷猎者时时监视我们，一旦他们望见我们在看什么，他们就会开始射击。所以我们那个时候的日志记录了许多'未能识别的猛禽'。现在我们就算整个下午站在这里比较一岁雌鹞的羽斑，也听不到一声枪响。两三年前，有一个最恶劣的那种偷猎者，一个粗暴、愚蠢、低俗，老跟我们对着干的家伙，开车上来问我能否聊一聊。我的回答是：'嘿嘿，好吧。'他问我是否记得二十五年前我跟他说过的一句话。我说我连昨天说过什么都不记得了。他说：'你说我终有一天会爱上这些鸟，不会再射杀它们。我来就是想告诉你,你说对了。以前我带儿子出门的时候会问他:"枪带了吗?"现在我会问:"带上你的望远镜了吗?"他说到这儿,我就把自己的望远镜递给了他——递给了一个偷猎者!——让他看看那只正从头上飞过的蜂鹰。"

乔达诺个头小小的,皮肤黝黑,是个热心肠。最近她正在猛烈抨击当地政府对墨西拿附近的房地产发展缺乏管控,与此同时,好像要确保自己有太多事情要做似的,她还在帮着运作一家野生动物救援中心。我先前访问过一家意大利动物医院,那是由那不勒斯一家关闭了的精神病院改建的,我在那儿看到了一只浑身铅弹密布的老鹰的X光片、好几只在大鸟笼里恢复身体的猛禽,以及一只左足因踩到酸液而变黑萎缩的海鸥。乔达诺所在的救援中心位于墨西拿海峡后面的一座山上,在那儿,我看见她给一只小鹰喂火鸡生肉碎料,那只小鹰被霰弹打中双目失明了。她用一只手抓住小鹰的利爪,轻轻地把它抱在怀里。小鹰的尾羽乱糟糟的,完全不成样子,让人十分痛心,它目光凛凛,却毫无生气,乔达诺费了好一番工夫才打开鸟喙,把碎肉塞填进去,直到咽喉鼓起来。在我看来,那只鸟的确是只鹰,但又完全不是只鹰了。我不知道那是只什么。

* * *

像大多数供应安比鲁泼利亚这道菜的塞浦路斯餐馆那样,我跟我朋友和我朋友的朋友（我就叫他们塔基斯和季米特里奥斯吧）去的这家也有私人包间，好让食客能隐秘地享用那些美味小鸟。我们穿过大堂，那里的电视在高声播放着风行塞浦路斯的巴西肥皂剧，到包间刚一落座，一大堆塞浦路斯特色菜肴就端了上来：熏猪肉、炸奶酪、腌制刺山柑花蕾、野生芦笋配蘑菇鸡蛋、酒浸香肠、蒸粗麦粉。店主又端上来我们没点过的三只炸欧歌鹀，并在我们餐桌附近转悠，好像非要看我把我那份吃了才罢休。我想起圣方济各，每年圣诞节他会把对动物的同情心放在一边，进些肉食。我想起一个名叫伍迪的少年，在我们十几岁一同外出参加背包徒步远足的时候，他让我尝了一口炸知更鸟的味道。我想起一位赫赫有名的意大利环保人士曾向我承认欧歌鹀"味道的确鲜美"。这位环保人士说对了。那鸟肉滋味丰美，多为腿上的肉，分量比安比鲁泼利亚还大，我发现自己多少也可以把它当作普通餐馆供应的一道菜，将自己想象为一名普通顾客。

等店主不在的时候，我问塔基斯和季米特里奥斯，哪类塞浦路斯人爱吃安比鲁泼利亚。

"那道菜的常客，"季米特里奥斯说，"也是歌舞厅夜总会的常客，喜欢去有钢管舞表演、东欧姑娘唾手可得的酒吧。也就是说，是那种道德标准不太高的人。当然，也就是大多数塞浦路斯人。本地有这样一个俗语：'能吃的就往嘴里塞，有地占就把屁股往那儿放。'"

"也就是说,毕竟人生苦短嘛。"塔基斯说。

"外国人来塞浦路斯总以为到了一个欧洲国家,因为我们属于欧盟,"季米特里奥斯说,"实际上我们是个中东国家,变成欧洲的一部分纯属偶然。"

头一天晚上,我在帕拉利姆尼[①]警察局向一位年轻刑警提供了证词,他好像指望我说那几个袭击CABS团队的人只是试图制止小组成员拍摄他们的照片和录像而已。问询结束后这位刑警解释说:"诱捕鸟类是本地人的一个传统,不是一夜之间就能改得了的。试着去跟他们交谈,去解释为何诱捕是不对的,比CABS咄咄逼人的做法要管用得多。"他也许说得挺对,但在地中海地区我到处都可以听到同样的恳求,要我们有耐心,但在我听来就像是现代消费主义就自然环境提出的更为普遍化恳求的翻版:就请暂且等一等,等到我们把一切消费殆尽以后,你们这些热爱大自然的人就能拥有我们剩的东西了。

塔基斯、季米特里奥斯和我在等那一打安比鲁波利亚端上桌来的时候,我们开始争论谁去吃它们。"也许我就吃它一小口。"我说。

"我根本就不喜欢吃安比鲁波利亚。"塔基斯说。

"我也不喜欢。"季米特里奥斯说。

"那好吧,"我说,"那我吃两只,你们俩各来五只怎么样?"

[①] 位于塞浦路斯东南部的城镇。

他们都直摇头。

令人吃惊的是,店主很快就端上来一道菜。在包房刺眼的灯光下,这盘安比鲁波利亚看上去就像是一打闪闪发光的灰黄色小粪条。"你是我招待过的第一位美国人,"那店主说,"我有过许多俄罗斯客人,但从来没有过美国客人。"我拿了一只放到自己的碟子里,店主告诉我说,吃一只就跟吞两片伟哥的效果一样。

店主出去后,又只有我们三个了,我的视野缩小到了只有几英寸大的范围,就像我上初三生物课要解剖一只青蛙时那样。我强迫自己把两小块杏仁大小的胸脯肉给吃了,那基本上就是仅有的大块的肉了,其余的就是些油腻的软骨、内脏和细小的骨头。我不知道是那鸟肉原本就苦,还是因黑顶林莺的魅力消亡而诱发的情绪让人觉得苦。塔基斯和季米特里奥斯很快就吃完了属于他们的那八只鸟,从嘴里取出剔得一干二净的骨头,感叹安比鲁波利亚比他们记得的滋味要棒,实际上可以说是非常好吃。我把第二只鸟给丢掉了,然后觉得一阵恶心,于是就把剩下的那两只用纸巾裹起来放进了衣服口袋。店主又回来了,问我是否喜欢这道菜。

"唔!"我不清不楚地回应。

"如果你不是点了这道菜的话,"这是用遗憾的口气说的,"我想你肯定会喜欢今晚的羊肉的。"

我没作答,不过现在,店主好像因我也成了共犯而得意起来，话也多起来了："现在的孩子不喜欢吃这道菜了。得从小就开始吃才会习惯这种滋味。我的小孩刚学走路，但一次就能吃十只。"

塔基斯和季米特里奥斯交换了一下怀疑的眼色。

"真可惜这道菜现在是非法的了，"店主继续说道，"原先这可是吸引观光客的主要理由。现在它几乎变得像毒品买卖。一打鸟要花我六十欧元。那些可恶的老外跑来把捕鸟的网给拆了、毁了，我们只得向他们缴械投降。诱捕安比鲁波利亚原先可是少数本地人致富的一个门道。"

出了餐馆，在停车场边上的一个我早先听到过安比鲁波利亚鸣唱的灌木丛旁，我蹲下身子用手在土里挖了个小坑。那一刻，这世界让人觉得毫无意义，而为了遏止这种感觉，我所能做的只有打开纸巾把那两只死鸟放到小坑里，盖上些土，然后拍实。塔基斯随后又带我去了附近的一家酒馆，门外正用木炭烤着中等大小的鸟肉。那是家廉价歌舞厅，我们刚在吧台要了啤酒坐定，就有其中一位女招待，来自摩尔多瓦的双腿粗壮的金发小姐拖来一把高脚椅坐在了我俩背后。

*　*　*

我不再觉得地中海的碧蓝是一种美。那为度假者所珍视的清澈，只不过是无菌游泳池的那种清澈。地中海的沙滩绝少有什么别的气味，天上绝少有飞鸟，水下的世界也正走向一派空寂；现在欧洲吃的鱼很多都是从非洲西部的海洋里捕捞非法运输过来的，大家对此心照不宣。我眼望这一片碧蓝，看到的不是一片海，而是一张明信片，只有一片纸那么薄。

但也正是在地中海地区——尤其是意大利——诞生了诗人奥维德，他在《变形记》里谴责了捕食动物的行径；诞生了素食者列奥纳多·达·芬奇，他设想过有一天我们会像珍惜人类的生命那样去珍惜动物的生命；诞生了圣方济各，他曾经上书神圣罗马帝国皇帝，请求下令于圣诞日在野外分撒谷物，让凤头百灵享受一场盛宴。对圣方济各来说，凤头百灵褐棕色的羽衣加上立于头顶的冠羽，很像方济各会（小兄弟会）的棕色连帽长袍，它就是信徒的榜样：总在漫步徘徊，像空气般轻盈，从不私藏占有，每天只收集最低限度的食物，而且总在不停地鸣唱。圣方济各管它们叫作他的百灵姐妹。有一次，他就在翁布里亚路边向当地的鸟儿布道，据说鸟儿们安静地围在他周围，以颇能领会的神情聆听着，而后还责怪他没早一点想到向它们布道。另一次，他向人们布道时，一群燕子在一旁叽叽喳喳吵个不停，他就对鸟儿们说，语气或许是带着怒气的，也可能是和气的——这一点原始资料里没说清楚——"燕子姐妹们，你们该说够了吧。现在请安静一下，该轮到我来说了。"据说，燕子马上就都安静下来。

我跟方济各会修士古列尔莫·斯皮里托一起造访了圣方济各向鸟儿们布道的地址，斯皮里托同时也是一位饱含热情的业余托尔金[1]学者。"当我还只是个小孩的时候,"古列尔莫说,"我就已经知道,如果有朝一日我会加入教会,那肯定是方济各会。小时候圣方济各最吸引我的地方就是他跟动物的关系。对我来说,圣方济各的教诲跟许多童话的寓意是一致的:自然的统一性是既可望又可即的。他自己就是人与自然的整体性失而复得的一个榜样,这种整体性实际上是可以达到的。"可现今这方纪念圣方济各给鸟布道的圣址,隔着一条繁忙的公路跟一个伏尔坎加油站对望,一点整体性的味道都没有。我能听到几声乌鸦叫和山雀的叽喳,但主要的还是过路汽车、卡车,以及农作设备的呼啸喧闹。而回到亚西西,古列尔莫带我去的另两处圣方济各遗址就令人心怡得多。一处叫作圣棚,是一座简陋的石头建筑,圣方济各和他的追随者们自愿在此过着贫困的生活,创立了兄弟会。另一处是天使圣母堂的小祈祷室,据说圣方济各静卧临终的那天晚上,他的百灵姐妹们就绕着这里飞行鸣唱。这两处遗址后来都被建造起来的更大更华丽的教堂环绕封闭起来了,其中有位务实的意大利建筑师在圣棚的正中间竖起了一个粗大的大理石柱,并且还觉得挺合适的。

自耶稣以后,没有人比圣方济各更完全彻底地依照教义度过一生。圣方济各因没有要做救世主的负累,比耶稣更进了一步,把他的福音教义扩展到了所有生灵中。依我看,如果野生鸟类要

---

[1] J. R. R. 托尔金(J. R. R. Tolkien, 1892—1973),英国作家、诗人、语言学家,代表作有《霍比特人》《魔戒》等。

在现代欧洲生存下去的话，就得像这些古老矮小的圣方济各建筑那样，得到自命不凡、有权有势的教会体系的庇护：作为备受青睐的种种例外。

谷神[1]

[评唐纳德·安特里姆[2]的小说《百位弟兄》]

《百位弟兄》也许算得上是美国人写的最奇特的小说之一了。该书作者唐纳德·安特里姆也可以说是比任何一位在世作家都更不像其他在世作家的了。但与此相悖的是,《百位弟兄》也是所有小说里最具代表性的一部,而这部小说的叙述者道格身上也有着非常类似的悖论——他既是他父亲一百个儿子里最特别的一位,又是最深刻地体现其他九十九位兄弟的种种伤悲、欲望以及神经质的那一位。这本书以不同于我们每一个人的声音为我们所有人发声。

---

[1] 本文是作者为唐纳德·安特里姆 1997 年出版的小说《百位弟兄》(*The Hundred Brothers*)于 2011 年再版时写的导言,后曾全文刊载于 2013 年 2 月 1 日《卫报》。
[2] 唐纳德·安特里姆(Donald Antrim,1958—),美国小说家,长篇小说《百位弟兄》入围 1998 年福克纳文学奖最终五人候选名单。

故事讲到一半时，道格作为叙述者道出了推动叙事的根本事实："我爱我的兄弟们，但我也恨他们。"这部小说的美妙之处就在于，安特里姆树立了这样的叙述者，他能让读者对他本人生出一种同样反复无常的复杂感情：道格既无法抗拒地让人觉得可爱，又不堪忍受地让人失望。这部小说的天才之处就在于，它把这些相互矛盾的感情投射到这个典型的替罪羊形象上：人类历史上不断再现的模范受难者——最有名的可算是拿撒勒[①]的耶稣，集爱和想要杀了他的愤怒于一身，必须被有仪式感地杀死，好让其他人在种种矛盾中带着不那么高尚的心苟且余生。

到了现代，模范受难者的角色变成由艺术家们来扮演了。非艺术家们珍爱那些艺术家，仰仗他们赋予人之为人的核心体验以各种赏心悦目的形态。与此同时，艺术家们又遭人怨恨，有时甚至让人想毁灭他们，因为他们的德行饱受争议，因为他们偏要让不是艺术家的人清醒地意识到他们不愿去想的那些痛苦真相。艺术家会让你抓狂，《百位弟兄》就是这种艺术品的一个完美例证，它用美丽和力量让你为之倾倒，又以其疯狂让你狂怒。这本书读来时常令人捧腹，不过那种滑稽可笑总带有危险的意味。比如，在一次让人想起最后的晚餐的情景中，当道格讲述他跟其余九十八位兄弟聚餐时复杂的座次排列表时，他留意到自己的名字跟所有人都不同，是用"亮橘色"写的，而且他"一直没能搞清

[①] 传说耶稣在该城附近的萨福利亚村度过青少年时期，是基督教圣城之一。

楚背后的蹊跷"。这橘色字迹让人回想起书开头时几位兄弟堆起来的火堆，以及书结尾时照亮原始祭典的火光。这橘色标记着道格，就好像他是头猎物似的。他的处境之所以让人觉得啼笑皆非——他知道但不愿承认他是为兄弟们所爱所恨的替罪羊——是因为他看起来无力"搞清楚个中逻辑"。道格这个角色背后的逻辑是这样的吗：既是潜心修编本家宗谱的专家，又是本家美式橄榄球队的四分卫，在其他家人对相信上帝存有疑虑时充当可靠的倾听者，还要放下自己的需求去抚慰照顾其他身心有恙的兄弟们？还是随着他的讲述好笑地逐渐披露出来的这样呢：一个习惯性说谎者，经常偷他兄弟的毒品和钱，而且不知悔改，喜欢酗酒胡闹，还对兄弟们的鞋子有奇怪的恋物癖，作为一个四分卫，居然在一场关键比赛里在自己球门区内丢了球？还是说，道格（看上去最有可能）充当的是以下角色：作为家族的艺术家，他既是个局外人又是家族最核心的圈内人，每年自愿承担起扮演谷神、表演"体现死亡和死而复生的夜舞"的义务？

《百位弟兄》为我们所有人发声，因为我们每个人都不可避免地觉得自己是各自私人世界的特殊中心。这是部既滑稽又伤感的小说，因为我们这种出于自然本能的唯我主义被我们跟其他自己并非是其中心的私人世界的爱恋和亲情关系推翻了，从而显得既荒诞又悲惨。

从写作技法层面上来说，这本书令人叹为观止：它必须如此，因为如果对情景、语句和细节没有如此高超的掌控，是无法撑起如此荒谬的设定前提的。开篇头一句里,安特里姆就通过运用他具有魔力的逗号、分号、破折号和括号来命名、介绍所有前来畅饮和聚餐的九十九位兄弟,除此之外,我们还得以窥见他们恶劣的男子气概,以及不愿为埋葬父亲的骨灰出力等情况。(这句开场白里还出现了一位名叫简的女性,这也是她在书中唯一一次出现,那第一百位兄弟就是因为她缺席了这场聚餐。按照这部小说的逻辑,只是道出了那个人的另一半的名字,就足以把他从故事里剔除出去了。)整个故事是在家族祖传豪宅的巨大藏书楼里展开的,透过窗户,可以看见豪宅大墙外的"凄凉山谷"里那些无家可归者点起来的篝火。故事的主要情节全部发生在一个晚上,只不时地插叙一些家庭过往,让人窥见兄弟间的那些残暴往事。(道格回忆了小时候玩过的一个名叫杀死那个带球人的游戏[1],这明确体现了兄弟间的爱/恨关系,预示了日后寻找替罪羊的祭典。这一编排让人很受启发。)那一个晚间的所有插曲都是荒诞闹剧,令道格和读者们感到沮丧,但又栩栩如生、明确具体。这一切综合起来就变成了一台舞美编排娴熟的表演,道格这位自封的谷神是领舞者,他在藏书楼里一路起舞,把其他所有人都带动了起来。

这部小说还在写什么和不写什么上成就非凡。没写的是妇女(尤其是压根儿就没提弟兄们的母亲,或许说母亲们)、小孩、对任何具体地点和时间的提及,也没有对怎么会有那么多位兄弟、

---

[1] 一种简单的捉人游戏,大家去捉带球者,最先抢到球的那个人就变成了下一个带球者,大家又去捉他,如此这般继续下去。

那么多人怎么挤在一栋房子里生活、他们在外面过着什么样的生活做出合乎情理的解释。然而，就在这些荒诞的限制之内，读者能够读到一套相当完整的男人爱干的事情和男人之间的感受清单。橄榄球、斗殴、食物大战、下象棋、欺凌、赌博、打猎、酗酒、看色情片、整蛊、做慈善、电动工具（"道格，借给你的带式砂磨机该还了，我要用了。"一位名叫安格斯的弟兄的话在书中一带而过）、同性猎艳，以及为失禁、阴茎大小、人到中年体重增加而焦虑：如此种种都有涉及。这本书虽然篇幅不长，却收放自如地囊括了人类知识和经验的脉络谱系，从史前社会讲到姗姗来迟的当今世道，看起来眼下的文明摇摇欲坠、濒临崩溃。就像那座漏着雨、疏于维护的藏书楼里收藏着所有门类、所有时代的书籍期刊一样，人类各种原型的整合（用道格的话来说就是"自我的各种原始形态"）也集中于这位叙述者英勇却又不断失误的个人意识中。

弟兄们在晚餐桌边入座以后，其中一位提议应该更好地维护这座藏书楼："你们当中有些人可能知道，心灵哲学类的书架上方持续漏雨，最近已经淹没和毁了七八成认知理论相关的书。"可是，弟兄们都噩梦般地瘫痪了似的，他们知道藏书楼在烂下去，却不会去认真修理。吊灯摇摇晃晃，雨水漏进屋内，蝙蝠四处乱飞，家具破损，食物残渣被踩进曾经颇为昂贵的地毯。整部小说都笼罩在一种洞察，或忧虑，或预感之中，那就是后现代性并没有引导我们进步，而是在朝原始倒退：我们得来不易的庞大知识总和终将被证明是无用的，从而被抛弃。就在开头几页，道格在描述几位已有家室的兄弟凑在一起看十八世纪色情作品的情景时，就已经多次暗示了这种失落。"启蒙时代不注重卫生是有据可循的，"他议论道，"某种染了梅毒的堕落沦丧，就潜藏在这些藏书票里，瞧那上头印着的那些浑身湿漉漉的贵族们，连帽子都不脱就像狗似的交媾了。"小说的后半部里，堕落沦丧的种种征兆变成了鼓点般紧迫的警示，在这辉煌的一幕里达到了高潮：道格欣喜若狂地一边冲着自由派神学家、古董学家、目录学家的作品撒尿，一边说："常言道，得用水管给文学名著浇点儿水。"在这癫狂一刻过去后，道格陷入了绝望，藏书楼的瓦解跟道格自己的境况变得越来越难以区分。这个男人变成了这个世界，这个世界变成了这个男人。唯我主义就此完备，这个故事也就完全进入了疯狂。

《百位弟兄》的癫狂源于该书决计去接纳，甚至去颂扬个人生活的阴暗面，其中包括了最终走向腐朽和死亡的加速前进。该小说是一个酒神之梦，无论何事，就连神志都无法逃脱这般境况下极具破坏性的狂乱，但该小说的形式却是勇敢无畏的日神式的。该小说以各种仪式、典型的原型人物、高超的艺术手法，让孤独的唯我主义变得普适、人道起来。尼克·卡拉韦[①]谈起杰伊·盖茨比时说过的那句话，也可以用到这位替罪羊道格身上：

[①] 美国作家F. S. 菲茨杰拉德所著小说《了不起的盖茨比》里的人物，盖茨比的邻居。

最终他还是安然无恙。而我们其他人，道格的兄弟姊妹，会从这悲惨梦境里醒来，焕然一新，更有能力——就像道格半含讽刺半怀希望地说过的那样——去继续"蓬勃发展、茁壮成长"。

论自传体小说[①]

[演讲]

我准备先回答四个令人不快的提问,也就是小说家在这样的场合常被问起的那四个问题。看来面对这些提问成了我们在公共场合露脸必定要付出的代价。这些提问之所以让我们抓狂,不仅是因为我们老被问起这些问题,还因为这些提问(除了其中一个以外)都难以作答,所以,非常值得去问。

第一个会被问到的问题就是:你的写作受到了哪些人的影响?

有时提问者只不过是想要你推荐几本书而已,但通常这种提问听上去都有非常认真的用意。这个问题让我心烦的部分是提问者通常用的是现在时:我的写作正在受到哪些人的影响。说实话,到了我这把年纪,对我影响最大的是我以前写的东西。如果

[①] 本文是作者在德国图宾根大学2009年度诗歌教授讲座上发表的演讲。

我还吃力地跟在（譬如说）E. M. 福斯特[①]后面跑，我肯定会煞费苦心地假装自己没有这样做。根据哈罗德·布鲁姆[②]玄妙的文学影响理论（这套理论帮他确立了制定文学经典的职业生涯），我根本就不会意识到自己现下对福斯特的追随程度。只有哈罗德·布鲁姆对此完全知晓。

直接受到某人的影响，只适用于年轻作者在他们探索怎样写作的阶段，他们会先尝试模仿喜爱作家的风格、态度和方法。我自己二十一岁时就很受C. S.刘易斯[③]、艾萨克·阿西莫夫[④]、路易丝·菲茨休[⑤]、赫伯特·马尔库塞[⑥]、P. G.伍德豪斯[⑦]、卡尔·克劳斯[⑧]、我

[①] E. M. 福斯特（E. M. Forster，1879—1970），英国作家，代表作有《看得见风景的房间》《霍华德庄园》等。

[②] 哈罗德·布鲁姆（Harold Bloom，1930—2019），美国文学评论家，提出了"影响的焦虑"一说，著有《西方正典》，确立了以莎士比亚为中心的文学经典脉络。

[③] C. S.刘易斯（C. S. Lewis，1898—1963），英国作家，代表作有《纳尼亚传奇》《空间三部曲》等。

[④] 艾萨克·阿西莫夫（Isaac Asimov，1920—1992），俄裔美国科幻作家，代表作有《基地系列》《银河帝国三部曲》等。

[⑤] 路易丝·菲茨休（Louise Fitzhugh，1928—1974），美国儿童文学作家，代表作有《斯波特》《间谍哈丽特》等。

[⑥] 赫伯特·马尔库塞（Herbert Marcuse，1898—1979），德裔美籍哲学家、社会学家，法兰克福学派代表人物，代表作有《爱欲与文明》《单向度的人》等。

[⑦] P. G. 伍德豪斯（P. G. Wodehouse，1881—1975），英国作家，代表作为《万能管家吉夫斯》系列。

[⑧] 卡尔·克劳斯（Karl Kraus，1874—1936），奥地利作家、诗人、剧作家、评论家、记者，代表作有《文学的毁灭》《人类的末日》等。

那时的未婚妻，以及马克斯·霍克海默[①]与西奥多·阿多诺[②]写的《启蒙辩证法》的影响。我在二十出头的那几年，曾花费大量精力去模仿堂·德里罗[③]的句子节奏和搞笑对白，也曾非常钦慕罗伯特·库弗[④]和托马斯·品钦那迅疾生动、全知全能的行文。我头两部小说里的某些故事情节大体是从两部电影里借来的——《美国朋友》（导演为维姆·文德斯）和《终极手段》（导演为伊万·帕瑟）。可对我来说，这林林总总的"影响"并不比我十五岁时最喜欢忧郁蓝调乐队来得更有意义。成为作家总有什么契机，但究竟哪里是他或她的起点，则几乎是随机的。

说我曾受到过弗兰兹·卡夫卡的影响，应该多少更有意义。我这么说的意思是，在我心目中最棒的文学教授的课上，我接触到了卡夫卡写的小说《审判》，这让我发现文学居然能如此伟大，并激起了我文学创作的欲望。卡夫卡对约瑟夫·K模棱两可的刻画（K既是个富有同情心、遭受不公正迫害的平民百姓，又是个自怜自艾、死不认罪的罪犯），为我开启了用小说来作为一种自

[①] 马克斯·霍克海默（Max Horkheimer, 1895—1973），德国第一位社会哲学教授，法兰克福学派的创始人。

[②] 西奥多·阿多诺（Theodor Adorno, 1903—1969），德国哲学家、社会学家、音乐理论家，法兰克福学派代表人物。

[③] 堂·德里罗（Don DeLillo, 1936— ），美国后现代主义文学作家，代表作有《白噪音》《地下世界》等。

[④] 罗伯特·库弗（Robert Coover, 1932— ），美国后现代主义文学作家，代表作有《布鲁人的起源》《公共的燃烧》等。

我检视手段的大门，小说成了我面对自己日常生活里的困难和矛盾的一种办法。卡夫卡教导我们怎样去爱自己，即便我们常常对自己十分残忍；教导我们怎样在面对关乎自己的最讨厌的真相时继续保持人性。仅仅爱你笔下的人物是不够的，仅仅对你笔下的人物苛刻也是不够的：你得双管齐下才行。将人物作为他们自己来认识——书中人物既是有同情心的主体又是可疑的客体——作品的影响力才会跨越不同的文化和世代。这就是我们至今还在读卡夫卡的原因。

然而，有关他人影响的这种问题还有个更大的毛病，就是似乎预先假定了年轻作者就像一堆堆软泥，任凭某些已过世或还在世的伟大作家在上面留下不可磨灭的印记。而让试图真心作答的作家恼火的是，你读过的所有东西几乎都会留下某种印记。要列举每一位曾让我得益的作家，那是花上几个小时都数不完的，更别说还要论及为何其中某些书对我来说比其他书更为重要了：为什么时至今日，我在创作的时候常想到《卡拉马佐夫兄弟》和《爱孩子的男人》，却从来不会想起《尤利西斯》或《到灯塔去》呢？怎么我就从来没有从乔伊斯或伍尔夫那里学到过任何东西，尽管这两位很明显都算是实力强劲的作家？

对影响的通常理解，不论是哈罗德·布鲁姆式的还是更为传统的，都太单线条、单方向了。艺术史里用渐进式的叙述方式来讲述影响的世代传承，但那只不过是用来编组信息便于教学的有用工具，跟小说家的实际经验没什么关系。我写作的时候并没觉得自己像个受到世代相传手艺影响的手艺人。我倒是觉得自己像一个庞大虚拟社群里的一员，跟社群里其他成员（大多都已过世）保持着非常活跃的关系。就像在其他任何一个社群里一样，我有朋友也有敌人。我在小说的世界里找到了一方角落最让我觉得像家，让我身处朋友之间最觉稳固也最主动积极。当我读过了足够多的书，认定了谁是我的朋友——年轻作者正是从此处开始进入主动选择的过程的，主动选择去受到谁的"影响"——我就开始为我们的共同利益努力进取了。通过写什么和怎样去写，我得以为我的朋友们而战，应对我的敌人。我希望有更多读者欣赏十九世纪俄国文学的辉煌；我对读者是否喜爱詹姆斯·乔伊斯毫不在意。我自己的创作就是一场积极反对令我厌恶的各种价值观的战斗，包括感情用事、叙事薄弱、行文过于抒情、过于自我、自我放纵、仇视女性以及其他狭隘观念、毫无新意的文字游戏、过于明显的说教、过于简单化的道德观、毫无必要的晦涩难懂、信息拜物教等。其实，有不少所谓的"影响"是消极的：我不愿意像这个作家或那个作家那样去写作。

当然，这种状况也不是一成不变的。读小说和写小说是一种积极入世的方式，一种对话和竞争的形式，一种为人之道和成长之道。不知何故，在某些刚好的时刻，当我觉得特别失落和孤独的时候，我总能结交一位新朋友，疏远某位老朋友，宽恕某位宿敌，辨认出某位新仇。事实上——我后面还会详谈这一点——每当我开始创作一部新小说时，不先找到几位新朋友和新仇敌就写不下去。开始写《纠正》时，我与大江健三郎①、宝拉·福克斯②、哈尔多尔·拉克斯内斯③和简·斯迈利④为友。写《自由》的时候，我又跟司汤达、托尔斯泰和艾丽丝·门罗结盟。有段时间，菲利普·罗斯⑤曾是我的新仇，可近来，出乎意料的是，他已然变成了我的朋友。我仍在积极反对《美国牧歌》，可当我最终抽空读了《萨巴斯剧院》，它的勇敢无畏和凶猛残忍却成了我的灵感来源。当我读到《萨巴斯剧院》如下情节时，我已很久没有对一位作家如此心怀感激了：米奇·萨巴斯的挚友撞见萨巴斯在浴缸里手里拿着自己尚未成年女儿的照片和她的内裤；萨巴斯在他的军服口袋里发现了一只咖啡纸杯，随即决定到地铁里卑微地乞讨。罗斯可能并不想要我做他的朋友，但在这样的时刻，我很乐意认他做我的朋友。某些美国年轻作家和某些并不年轻的评论家公然无视卡夫卡所言，固执地认为文学就该与良善有关，就此我很愿意用《萨巴斯剧院》里的野蛮欢闹来纠正、指责这些人的感情用事。

我们常被问起的第二个问题是：每天你什么时候写作？用什么写？

---

① 大江健三郎（1935—2023），日本作家，代表作有《饲育》《广岛札记》等，于1994年获诺贝尔文学奖。
② 宝拉·福克斯（Paula Fox, 1923—2017），美国作家，代表作有《绝望的人们》等。
③ 哈尔多尔·拉克斯内斯（Halldór Laxness, 1902—1998），冰岛小说家，代表作有《独立的人们》《渔家女》等。
④ 简·斯迈利（Jane Smiley, 1949— ），美国小说家，代表作有《一千英亩》等。
⑤ 菲利普·罗斯（Philip Roth, 1933—2018），美国作家，代表作有《再见吧，哥伦布》《美国牧歌》等。《萨巴斯剧院》是他于1995年发表的作品。

对提问的人来说，这看上去应该是最礼貌、最安全的问题。我怀疑提出这个问题的人是实在想不出别的东西来问了。然而对我来说，这却是所有提问里最令人不安、最侵犯个人隐私的问题。这个问题迫使我想象自己每天早晨八点钟坐在电脑前的样子：客观地观察这个人，他一早就坐在他的电脑前，心里只想着成为某种纯粹的、无形的主体。写作时，我不想让任何人进我的房间，包括我自己在内。

我们常被问起的第三个问题是：我读到过一篇作家访谈，那位作家说写小说到了某个程度，小说里的角色就会"接管"过去，转而告诉作者该如何写下去。这是否也在你身上发生过？

这个问题总让我血压升高。关于此问的回答，没有人比纳博科夫在《巴黎评论》的访谈里说得更绝妙的了，他挑明了这种有关小说家被笔下人物"接管"的神话是从 E. M. 福斯特那里来的，并且宣称他不会像福斯特那样让他笔下的角色远航到印度去[1]，而是把他笔下的角色"当作厨房奴仆"去使唤。显然，这个问题也让纳博科夫血压升高了。

若是哪个作家提出与福斯特相似的说法，最好的情况是，他的本意可能被误解了。但遗憾的是，更多的时候，我能嗅出一分自我吹嘘的意味，好像是极力想要把自己的作品跟类型小说情节编排的机械构思区分开来。这位作家想要我们相信，跟写书前就

---

[1] 指 E. M. 福斯特发表于 1924 年的小说《印度之行》。——编者注

能告诉你结局的那些二流货色不一样,他的想象力是如此强大,他笔下的人物是如此真实生动,到了他都无法操纵的程度。再一次,这里最好的情况是,这不是真的,因为这种说法是以作者丧失了主观性、放弃了意图为先决条件的。小说家的主要责任是创造意义,如果你把这件事都交给笔下的人物去干,那你必定是逃避了这种责任。

不过,让我们仁慈一些,假设那个声称自己是笔下人物的用人的作家并没有自我吹捧的意思,那他实际上想要表达什么呢?他大概是想说,一旦笔下某个人物已足够充实,成了浑然一体的整体,某种必然性就会开始起作用了。具体一点来讲,他想要说的是,他原先给某个角色设想的故事,通常最终都与他所塑造出来的人物轮廓不符。我可能凭空构思了一个人物,我原打算把他写成谋杀女友的凶手,但这么写时才发现,我笔下实际能够写成的人物太有同情心或自知之明,不可能做这件事。这里的关键词是"笔下能够写成的"。太阳底下无新事,事事都可想象,事事都有可能,可作家总是被他或她笔下实际能够写成的东西所制约:得是可信的、可读性强的、让人同情的、娱乐性强的、有说服力的,最重要的是,得是独特的和原创的。正如弗兰纳里·奥康纳[①]说过的那句名言,小说家总是尽其所能地蒙混过关——"但没有谁能蒙混过去多少"。一旦你不只是设想,而是开始动手

[①] 弗兰纳里·奥康纳(Flannery O'Connor, 1925—1964),美国小说家,代表作有《好人难寻》《智血》等。

写作，所有可以想见的人类类型及行为所构成的宇宙，就会一下子急剧缩小为你自身具有的可能性构成的微型宇宙。如果你听不到笔下某个人物的心声，他或她在纸上就活不起来。我觉得，在极为有限的意义上，这或许就是所谓的"接管"和人物"告诉你"去写什么、不写什么的真实意思。但是这个人物没能去做某桩事情的原因是你做不到。作家的任务因而就变成了要弄清楚这个人物能够做什么样的事情——尽其所能地去扩展叙事的可能性，确保没有忽略你自身具有的种种激动人心的可能性，与此同时不断地把叙事引向你所追求的意义上去。

这就引出了我们常被问起的第四个问题：你写的小说是自传体性质的吗？

我很怀疑对此问给予否定回答的小说家是否诚实，但轮到我自己时，我内心也会感到一阵强烈的诱惑，去给予否定答案。在这四个常被问起的问题中，这个问题总让人觉得最有敌意。也许那种敌意只是我自己的臆想，不过我确实觉得我的想象能力遭受了质疑。就好像在被问："这是一部纯虚构的作品还是对你自己生活稍加伪装的记叙？既然你自己生活里最多也就那么点事，你肯定很快就会把你所有的自传体素材用完的——就算你还没用光，那也快了！——所以你大概再也写不出什么好书来了，是吗？事实上，如果你写的书真的是稍加伪装的自传的话，也许你的书并没有我们原先想的那么有意思？因为说到底你的生活又能比其他人的生活有趣到哪里去呢？总不会像贝拉克·奥巴马的生活那般有趣吧？还有，就这个问题而言，如果你的作品是自传体性质的，那你为何不诚实一回，写一部有关你自己生活的非虚构作品呢？何必用一大堆谎言去粉饰？你这家伙够坏的，冲着我们说谎，就为了让你的生活看上去更有意思、更富戏剧性？"我从这一个问题里听出了以上所有潜台词，不久，就连自传体这个词都让我觉得可耻了。

我自己对自传体小说的严格理解是，小说的主人公和作者非常相似，经历过许多和作者实际生活相同的场景。我觉得依照这样的定义，《永别了，武器》《西线无战事》《维莱特》[①]《奥吉·马奇历险记》[②]《爱孩子的男人》——这些小说全都是杰作——都算是自传体作品。但有趣的是，大多数小说并不是自传体的。我自己的小说就不是。三十年来，直接从我亲历过的现实生活场景取材且写出来发表过的，总共不超过二三十页。其实我试着写过的篇幅要更多，但真要把这些情节安插到小说里去却很难奏效。这些情节或让我难堪，或读来不够有意思，最常见的情况是，它们跟我所要讲的故事关系不大。《纠正》的后半部分有个情节，丹尼丝·兰伯特——在她是家中最小的孩子这一点上和我有着相似之处——试着教她患有老年痴呆症的父亲做几下简单的伸展运动，之后紧接着就得面对父亲小便失禁的事实。那其实是发生在我身上的真事，我的确直接从自己的生活里借用了某些细

---

① 作者为英国作家夏洛蒂·勃朗特。
② 作者为美国作家索尔·贝娄。

节。奇普·兰伯特到医院探视他父亲时的某些经历也曾发生在我自己身上。我确实写过一本很短的回忆录——《不舒适地带》(The Discomfort Zone)，里面写的几乎全是我的亲身经历。不过那是非虚构作品。因此，对这个常被问起的自传体小说的问题，我应该能够问心无愧地用一个大声的不来回答，或者至少能像我的一位好朋友[①]那样去作答："是的，自传部分占百分之十七。下一个问题？"

问题是，从另一种意义上来说，我写的小说是极具自传体性质的，我甚至认为那是我作为一名作家的职责。我认为小说就应该是一种个人斗争，一种跟作者自己的生活故事直接、全面的交融。这种主张我又是从卡夫卡那里拿来的：尽管卡夫卡从来没有变成过昆虫，也从来没有一块食物（他家餐桌上的一个苹果！）扎进他的身体里然后发烂，但他倾注了整个作家生涯去刻画他自己的斗争：与他家庭的斗争、与女人的斗争、与道德法则的斗争、与犹太传统的斗争、与他的无意识的斗争、与他的罪恶感的斗争，以及与现代社会的斗争。卡夫卡的作品，由他脑中那个夜间的梦境世界衍生而来，要比对他白天的生活——在办公室待着、与家人待在一起、与妓女待在一起——进行的任何现实重述都更具自传性。虚构作品若不是一种有目的性的梦，又是什么呢？作家写作就是要创造一个栩栩如生、富有意义的梦，使读者也能做这样一个栩栩如生的梦，并去体验那梦的含义。所以像卡

[①] 此处或指美国诗人伊丽莎白·鲁宾逊（Elizabeth Robinson）。

夫卡写的那种直接脱胎于梦境的作品，具有非常纯粹的自传体性质。在这里我想强调一个重要的悖论：作家虚构作品内容的自传体性质越强，作品跟作家实际生活的表面类似之处就越少。作家越想深入地挖掘意义，那些林林总总充满偶然性的具体生活细节就越不利于有目的地做梦。

这就是为什么创作一部好小说几乎从来都不是一件容易的事情。一旦写小说对某位作家来说看上去变得容易了——各位应该都能提供几个例子——通常也就没有必要再去读那位作家的作品了。众所周知——至少在美国是这样——每个人心里都有一部小说。也许应该换个词，一部自传体小说。对那些创作了不止一部小说的人来说，这条众所周知的道理大概可以进行如下修正：每个人心里都有一部容易写的小说，一份现成的富有意义的叙事。我在这里说的当然不是娱乐型作家，不是 P. G. 伍德豪斯或埃尔莫尔·伦纳德[①]，他们作品的相似性并不影响阅读作品的那份乐趣。我们读他们的书，恰恰就是冲着他们笔下那熟悉的世界所提供的可靠安逸而去的。我说的是更为复杂的作品。我自己有一种偏见，文学作品不能只是一场表演：除非作家个人在冒某种风险——除非那本书对那个作家来说多少算是一次对未知领域的探险，除非那个作家给自己出了个难以解决的个人难题，除非是克服了某种巨大的困难才写成——否则那本书就不值得去读。或者说，依我看来，

[①] 埃尔莫尔·伦纳德（Elmore Leonard，1925—2013），美国犯罪小说家、编剧。

对那个作家来说，那本书就不值得去写。

现今的读者除了看小说以外有如此多又好玩又不怎么花钱的事情去做，上述观点在我看来就更为如此了。如今，作为一名作家，你应该为了你的读者挑战自己，去面对一些有希望完成的最艰难的挑战。写每本书，你都得尽力往深处挖掘、尽力往远处探索。如果你这么做了，而且成功地写出了一本相当不错的书，那就意味着下一次你再要写书，就得挖掘得更深、探索得更远，否则，就不值得去写。在实践中，这就意味着你在写下一本书时，必须得变成另外一个人。先前的那个你已经写过一本你能写出来的最棒的书了。你无法再有进步，如果不改变你自己的话。也就是说，不去努力编织你自己的生活故事的话。也就是说你的自传。

* * *

我想用余下的篇幅来谈谈如何才能成为能够写出你需要写的那本书的那个人。我意识到，用我自己的作品和我自己从失败走向成功的经历来谈论这个话题，我就得冒看似自我吹捧或过度自恋的风险。这并不是说作家为他自己最棒的作品感到自豪和花许多时间去审度他自己的生活有什么奇怪或不对的。但有必要在大庭广众之下谈论吗？很长一段时间，我都做出了否定的回答，可现在我的回答是肯定的，这很有可能招来一些对我人格的非议。不过，在这里我还是要谈一谈《纠正》，讲讲我在变成这本书的作者的过程中经历的一些艰难险阻。我要提前指出，这些艰难险阻大多在于——我认为对沉浸于小说这个难题的作家们来说这将总是如此——去克服羞耻感、愧疚感和忧郁感。我还要指出，在讲述时我也会感到新一轮的羞耻。

二十世纪九十年代初，我的头等大事是结束我的婚姻。要破除忠贞不渝的誓言和情感纽带对谁来说都不是件容易的事，而我娶的又是位作家，这就让事情变得更复杂了。一开始，我只是隐约意识到，许下这样一个终身承诺，我俩年纪还太小，经验尚不足，但我对文学的抱负和对爱情的理想占了上风。我们在一九八二年秋天结了婚，当时我刚满二十三岁，我们决定作为一个团队去协力创作文学杰作。我们计划并肩合作一辈子。当时看来好像没有必要准备后备计划，因为我太太是个天赋高、见识广的纽约人，看上去她是注定会成功的，大概远在我之前，而我知道我总是可以照顾好自己。我俩就这么开始写起小说来了，当我太太写的小说没能找到买主时，我们又惊讶又失望。而当我写的长篇小说于一九八七年秋天找到了出版社时，我既感到高兴又觉得非常非常内疚。

打那以后，我俩在一起无事可做，开始东奔西跑，跨越两个大洲，周游多处城镇。不知怎的，在周游期间我还设法创作并出版了第二部长篇小说。面对我自己已取得了小小的成功而我太太还在挣扎着写她的第二部小说这个事实，我将它归咎于这个世道的不公正、不公平。我俩毕竟是一个团队——是我们一起去应对这个世道——我作为丈夫的职责就是相信她。因此，我并不对自己的成就感到高兴,而是对这个世道充满了愤怒和不满。我的第二部长篇小说《强震》(*Strong Motion*)就是在试图表达我们生活在这个令人失望的世界里的感受。回顾过去,尽管我依然为那部小说自豪,现在的我却能看出其结局是如何被我对婚姻一厢情愿的想法(被我的忠诚)所扭曲的。让我更内疚的是,我太太并不这么认为。有一回,她声称我是从她那里偷了点什么才写就了那部小说,这件事让我印象很深。她还问过我——这个问题还算公道——为什么我笔下的女主人公老是被枪杀或身受重伤。

一九九三年是我这辈子最倒霉的一年。我父亲病危,我太太和我几乎花光了所有的钱,而且我们俩都变得越来越抑郁。为了赚点快钱,我就写了个电影剧本,讲的是一对和我们非常相像的年轻夫妇开始一起入室行窃,还差点与别人有了外遇,但最终,他们幸福地结合于永恒爱情的喜悦中。到了这一步,就连我自己都能看出,我的作品被我对婚姻的忠诚扭曲了。但这并没有妨碍我筹划一部名叫《纠正》的新小说,讲的是一个像我一样的中西部年轻人替他太太受过,被判谋杀罪,获二十年监禁的故事。

幸运的是,在我太太和我最终决定自杀或谋杀别人之前,现实出面干预了。这个现实是以几种形式表现出来的。一是我们不可否认地无法忍受再生活在一起了。二是我终于在婚姻以外结交了几位挚友。三是——这也是最重要的一点——我们迫切地需要钱。既然好莱坞看起来对充斥着个人问题的剧本不感兴趣,我就被迫干起了记者的活儿,不久,《纽约时报》就让我就美国小说的严峻形势写一篇杂志长文。为这篇报道做调研期间，我结识了包括堂·德里罗在内的几位我所尊崇的老作家，并开始认识到自己不只属于我和我太太的两人团队，同时也属于一个规模更大且依然生机勃勃的作者和读者社群。我发现，我对这个社群也负有责任，也得保持忠诚，这至关重要。这也意味着我也对自己负有责任，要对自己保持忠诚。

加在我婚姻上的那个密不透风的封条以这些形式一经破除，事情很快就了结了。一九九四年年底，我们俩在纽约都有了各自的公寓，终于过上了我们二十出头大概就该去过的单身生活。这本该是个让人开心、令人解脱的事，我却仍然产生了噩梦般的愧疚感。忠诚，尤其是对家庭忠诚，于我来说是个基础性的价值原则。至死不渝的忠诚曾让我的生活富有意义。我猜，比较少为这种观念拖累的人，做起小说家来会轻松一些，但所有严肃作家都会在他们生命的某个时刻，在某种程度上，为做好人和做好艺术之间的矛盾而纠结挣扎。只要我处在婚姻之中，我写小说时就会在技术层面上保持反自传文体——我的头两部小说就没有任何一个情节是从我的实际生活里来的——只是围绕知性问题和社会问题去设计情节，以此努力规避这种纠结。

到了九十年代中期，我又回过头来继续创作《纠正》时，我仍在继续描写一个过于复杂荒谬的情节，试着安然无虞地在对婚姻保持忠诚的框架内将它构思出来。我有很多想写一部宏大的社会小说的理由，不过最重要的一条可能是我希望自己全知全能，

135

对人情世故无所不通，以此来逃避我个人生活的一塌糊涂。至于那部宏大的社会小说，我又继续尝试写了一两年，但最终事情变得很明显，我笔下的一页页文字变得越来越难以否认地显得虚伪荒谬，我必须变成一个不同的作家才能写出另一部小说。换句话说，我必须变成一个不同的人。

首先要去掉的就是小说的主人公——一个三十五岁左右的名叫安迪·艾博伦特的男子。自打一开始，他就是主要角色，在我的设想中，他为他太太犯下的谋杀罪顶了罪，替她蹲了监狱，随后他又经历了无数次蜕变，最后变成了一个为美国政府调查股票内幕交易案的律师。我先是以第三人称去写他，然后又费尽心思用第一人称去写，结果完全失败了。一路写来，我不时跟安迪·艾博伦特请长假，撇下他不写，而去惬意地写另外两个角色——伊妮德和艾尔弗雷德·兰伯特，这两位看上去不知是从哪里冒出来的，跟我父母还有些相似。关于这两位的篇章在我笔下飞快涌出，跟绞尽脑汁去写安迪·艾博伦特相比，简直毫不费力。安迪不是兰伯特夫妇的儿子，出于复杂的情节构思，他也不能是他们的儿子，因此我得去设计更加繁复的情节，试着把他的故事跟兰伯特夫妇联系起来。

虽然现在看来，安迪很明显不属于这本书，可在当时，这根本就不明显。在经历了那几年非常糟糕的婚姻之后，我对沮丧和愧疚的了解已经非常详尽透彻，而安迪·艾博伦特这个人物正是以他的沮丧和愧疚（尤其是在涉及女性的问题上，尤其是在涉及女性生物钟节律的问题上）为特点的，所以不利用自己辛辛苦苦得来的知识把他留在这本书里，在当时看来是不可思议的。唯一的问题是——正如我一遍又一遍地在我的小说笔记里记下的——我在他身上找不到任何幽默感。他这人既怪异，又不自在，既冷漠，又令人沮丧。有七个月时间，我几乎每天都要拼命写几页让自己满意的安迪故事。随后，又有两个月时间我一直在笔记里纠结是否该把他去掉。那几个月里自己究竟是怎么想的现在已记不清了，就像流感过后的病痛记忆一样。我只知道最终让我下定决心把他去掉的理由是：一、我已精疲力竭了；二、我已不再忧郁；三、我对太太抱有的愧疚感忽然减轻了些。当然还是有内疚的，但我已和她足够疏远而能认清并非凡事都是我的错。再加上我那时刚爱上了一个比我稍大一点的女人，尽管听上去有点荒唐，这却让我觉得没让年近四十岁的太太体会有孩子的感觉这件事显得没那么恶劣了。我新认识的朋友从加州来了纽约，并在我这儿待了一个星期，在那极为幸福的一周即将结束的时候，我已准备承认安迪·艾博伦特在这本书里无容身之地了。我在笔记本里给他画了个墓碑，并借用《浮士德》第二幕里的那句"我们能将他搭救"[1]作为墓志铭。老实说，当初引用"我们能将他搭救"这句话时，我并没意识到其内涵，不过现在就都讲得通了。[2]

---

[1] 原文为德文，此处参考钱春绮的译文。——编者注
[2] 艾博伦特是弗兰岑2015年出版的第五部长篇小说《纯洁》（*Purity*）里主人公的姓氏。

137

去掉了安迪，就只剩下兰伯特夫妇和他们三个已成年的孩子了，先前他们一直在这部小说的边缘地带徘徊。为让故事能写下去，我对稿子做了几番删减和缩写，这一点我就跳过不讲了，只讲一下为了变成能写出这部小说的那个人，我至少在某种程度上必须克服的另外两个障碍。

第一个障碍就是羞耻感。三十五岁左右的时候，我对前十五年里个人生活中做过的几乎所有事情都感到羞耻。我为结婚过早而羞耻，为我的内疚感而羞耻，为最终离婚前那些年里我所经历的道德扭曲而羞耻，为我的性生活经验不足而羞耻，为我长期以来朋友太少而羞耻，为我有一个令人无法容忍、动辄妄下断言的母亲而羞耻，为我没能像德里罗或品钦那样清高、智慧、对人生充满掌控感，是个老受伤害、不设防的人而羞耻，为我在写一部看上去是想探究一个令人无法容忍的中西部母亲能否让全家最后共度一次圣诞的书而羞耻。我原本想要写一部涉及当今重大时务的小说，结果却像约瑟夫·K那样沮丧抓狂——他不得不忙着应付对自己的审判，他的同事们却忙着往上爬——深陷于纯真给我带来的羞耻感之中。

这种羞耻感集中体现在奇普·兰伯特这个人物身上。为了让他的故事变得顺畅，我整整花了一年的时间，到那一年结束，我手头已大约有三十页还算能用的文字。我婚姻行将结束的一小段时间里，我跟我教书时认识的一位年轻女子有了一段短暂的恋情。她不是学生，也从来没听过我的课，而且要比奇普·兰伯特的女友更温柔、更有耐心。但那是非常尴尬、不尽如人意的一段情，我现在一想起来就会深感羞愧坐立不安，出于某种原因，似乎有必要将它纳入奇普的故事里去。问题是，每次我试图把他放到与我类似的处境里去写，他都变得令我极其反感。为了把他的处境写得合理可信，我一直试图给他编造一个跟我自己有些相似的背景故事，可我总忍不住痛恨自己的纯真。当我试图让奇普变得不那么纯真、更加世故、更有性生活经验时，故事读起来似乎就不够真诚，而且很无趣。我既被安迪·艾博伦特的幽灵搞得心神不定，也被伊恩·麦克尤恩①早先写的两部小说《无辜者》和《只爱陌生人》长期困扰，这两本书让我恶心到看完就得去冲个热水澡的地步。这些书是我不想去写却又禁不住会写下来的那些东西的样板。每当我屏气凝神数日，写出一堆有关奇普的文字，到最后这堆东西总会让我想去冲热水澡。这些文字可能开始还算风趣，但很快就会退化成一场对内心羞耻感的自白。似乎根本就没办法把我自己稀奇古怪的经历转化为更普通的、更为宽容的、富有娱乐性的故事。

在我拼命写着奇普·兰伯特的故事的那一年里，发生了许多事，其中令我印象尤其深刻的是旁人对我说过的两句话。第一句是我母亲说的，那是我陪她的最后一个下午，当时我们已经知道她的时日不多了。那时，《纽约客》刚发表了《纠正》的一个片段，尽管我母亲——非常值得钦佩地——执意在她临终时日里不

---

① 伊恩·麦克尤恩（Ian McEwan, 1948—　），英国当代作家，其作品《无辜者》和《只爱陌生人》都曾被改编成电影。

去读它，我还是决定向她坦白一些我一直没告诉她的事情。我告诉她的并不是什么阴暗得见不得人的秘密——我只不过是想向她解释，我为何没有按照她为我设想好的方式去走我的人生路。我想要让她放心，尽管我的生活在她看来有些奇怪，她离去后，我还是可以照顾好自己。就像《纽约客》刊载的那段故事那样，她最不想听的是我告诉她，我老在晚上从卧室窗户爬出去，以及我一向就很自信能成为一名作家，即使在我假装不想的时候也是如此。但到了那天下午的晚些时候，她明确地让我知道，她一直在听。她点点头，用一种含糊笼统的口吻说道："唔，你是个怪人。"这话也算是她所尽的最大努力来认可并原谅我的人生选择。不过这句含糊笼统的话——带着几近轻蔑的语气——主要是她在以她的方式告诉我，我是什么样的人对她来说终于无所谓了。这也是在说，比起对她的意义，我的人生对我自己更重要。眼下对她来说最重要的是她自己行将结束的生命。这是她最终给予我的礼物之————一个未言明的教诲，让我不要太在乎她或其他人怎么看我。我就该做我自己，就像她临终时在做她自己那样。

另一个非常有用的意见，是数月之后我的朋友大卫·米恩斯[①]提出的，当时我正在跟他抱怨奇普·兰伯特性生活阅历的问题实在让我抓狂。大卫是一个真正的艺术家，他最有见地的意见往往也是最晦涩、最诡秘的。针对羞耻感这个话题，他对我

[①] 大卫·米恩斯（David Means，1961— ），美国作家，代表作有《秘密金鱼》《形形色色的起火事件》等。弗兰岑《纠正》的题献对象就是米恩斯及其夫人。

说:"你不能直接去写羞耻感,你得旁敲侧击地去写才行。"我至今仍无法向你们清楚地解释他用这一对矛盾的介词①所表达的本意,但这话立马就让我清楚地意识到,伊恩·麦克尤恩早先的那两部小说就是直接去写羞耻感的例子,而对奇普·兰伯特这个人物,我该做的是摸索出某种把羞耻感纳入故事内,但又不会被其淹没的写法,也就是要找到某种写法,把羞耻感作为一个客体与其他东西隔离开来,最好是把羞耻感当作一个喜剧对象来写,而不是任由它渗透并败坏每个句子。从这一点出发,就不难想象奇普·兰伯特跟他学生调情时嗑的药的主要功效是消除他的羞耻感了。有了这个主意之后,我终于能对羞耻感报以戏谑的态度了,然后,我只花了几周时间就写完了奇普的章节,一年内就完成了这部小说的其余内容。

那一年,剩下来的最大问题就是忠诚。写有关加里·兰伯特的那一章时,这个问题尤其显著,因为从表面上看,加里这个角色跟我大哥是有些相似的。比如,加里有个把他喜爱的家庭照片汇集成册的计划,而我大哥也有一个类似的计划。由于我大哥是家里最敏感、最感性的一位,我无法想象如何才能在借用了他的生活细节的同时又不得罪他,还能保持我们的良好关系。我担心他会因此发脾气,也对自己拿了对他来说并不可笑的真实细节来开玩笑感到愧疚,觉得自己在大庭广众之下讲家庭私事是背叛

---

① 米恩斯原话为"You don't write through shame, you write around it"。这对矛盾的介词指 through(通过)和 around(绕过)。——编者注

不忠，对自己为了职业上的一己之私而去搬用一位非作家的私生活细节而感到道德上不光彩。这些都是我过去一直拒绝写"自传体"小说的理由。可那些生活细节又太有意义，不用的话可惜，而且我又没有刻意向家里人隐瞒我是一个作家，会仔细聆听他们所说的一切。我踌躇良久，最后去跟一位年长明智的朋友探讨了这件事。出乎我的意料，她对我动了气，斥责了我的自恋情结。她的话跟我母亲在那个和我共度的最后下午说过的话类似。她说："难道你以为你大哥的生活都是围着你转的吗？难道你还没意识到他是个成年人，有他自己的生活，生活中多的是比你重要得多的事情吗？难道你以为你这么厉害，在一部小说里写了点东西就能伤害到他吗？"

所有种类的忠诚，不管是写作上的还是关乎其他方面，只有在受到考验的时候才有意义。要忠于作为作家的自己，这一点在刚起步的时候是最难的——那时你还没有获得足够多的社会收益来证明你的忠诚是值得的。跟朋友和家人保持良好关系的益处是具体的、不言而喻的，但把这些写到书里去是否会有好处，多半就只能靠揣测。到了某个时刻，这两种好处会开始持平。接下来的问题就变成了：为了继续变成那个我必须成为的作家，我是否愿意承担跟我所爱的人疏远的风险？很长一段时间以来，在我的婚姻存续期间，我的回答是否定的。即使时至今日，也还是有一些人际关系对我过于重要，我只能煞费苦心、旁敲侧击地写，而不是直接去写。不过我已领教到，愿意冒险用自传体写作，不仅是对你的写作，对你的人际关系也都会有潜在的价值：你实际上完全有可能帮了你兄弟、母亲、挚友一个忙，给了他们一个自如应对被写到书里去的挑战——给他们信任，相信他们会爱你的全部，包括你作为作家的那部分。最要紧的其实是你得尽可能真实地写作。如果你采用了你爱的某个人的生活作为素材，就该在笔下体现出那种爱意。当然还是会有那个人无法看出来这份爱意的风险，你和那人的关系也许会因此受影响，但是你做到了所有作家到了这个地步必须做的事情，那就是忠于自己。

最后，我很高兴地告诉大家，我大哥和我现在的关系比以前更好了。给他寄《纠正》试读本之前，我在电话里跟他说，他也许会讨厌这本书，甚至会恨我。我依然对他当时的回答心怀感激，他说："恨你从来都不构成一个选项。"和他下一次通电话时，他已经读过那本书了，他一上来就说："你好，乔恩[①]。我是你大哥——加里。"打那以后，每次他跟自己的朋友谈起那本书，他都没隐瞒他和加里的相似之处。他有他自己的生活，有他自己的磨难和乐趣，有个当作家的兄弟只不过是他人生故事里的其中一段而已。我俩都深爱着对方。

[①] 乔纳森的昵称。

手机诉衷情[1]

现代科技最让人恼火的一个地方就是，每当某个新产品已经让我的日子明显变糟，而且还在不断搞出新招数继续困扰我的生活时，我只有一两年的时间可抱怨，之后那些兜售时尚的贩子就会来告诉我，想开点，老爹——现在的日子就是这样的。

我并不反对科技进步。数字语音信箱和来电显示，这两样东西加起来摧毁了电话铃声的暴政，在我看来是二十世纪后期两项真正伟大的发明。我真是喜欢我的黑莓手机，它让我用能一口气读完的寥寥几行电报文字回复那些冗长讨厌的电邮，对方收到回信还会感激一阵，因为那是我用两只拇指打的。还有我的降噪耳机，我可以用它向自己耳朵里灌频移白噪声，即便是邻居电视机持续发出的声音也能被吞没抵消掉。还有 DVD 技术和高清屏幕

---

[1] 首刊于《麻省理工学院技术评论》双月刊 2008 年第 5 期（9/10 月）。本文标题借用美国唱作人史提夫·汪达（Stevie Wonder, 1950—　）1984 年为电影《红衣女郎》(*The Woman in Red*) 所写的著名歌曲《电话诉衷情》("I Just Called to Say I Love You") 为题。

带来的缤纷世界，让我免遭许多罪：电影院黏糊糊的地板、目无旁人窃窃私语的影迷还有大口大口吃爆米花的观众。

　　隐私权，对我来说，并不是不让他人知道我的私生活，而是让我免遭他人的私生活的侵扰。因此，尽管我最喜爱的电子产品们都很注意保护用户隐私，我还是衷心期待不会逼着我跟它互动的新产品出现。如果你愿意每天花上一个小时去修改你的脸书资料，如果你认为在纸页上阅读简·奥斯汀的作品和在 Kindle 阅读器上读对你来说毫无差别，如果你认为电子游戏《侠盗猎车手Ⅳ》是自瓦格纳以来最伟大的整体艺术[1]作品，我很为你们高兴，只要你们不让我知道就行。让我恼火的那些新发明，是那些原本就在羞辱你并且还要继续羞辱下去的东西，是还要持续隐隐作痛的昔日伤口。比如，机场候机厅里的电视：十个乘客里似乎只有一个在看（除非正在转播美式橄榄球比赛），同时却在滋扰其余九位。年复一年，从一个机场到另一个机场，一个普通旅客的生活质量就这么轻微却又永久性地被影响了。再比如，优质软件正在被劣质软件有计划地取而代之。我至今还是无法接受有史以来最好的（DOS 上运行的）文字处理器 WordPerfect 5.0[2]，已经无法在现在能买到的任何电脑上运行了。噢，当然，理论上你还是可以在微软的 DOS 模拟窗口内运行它，但那个模拟器界面极小、设计简陋，就好像微软刻意要对我们这些不愿使用功能

---

[1] 原文为德语：Gesamtkunstwerk。
[2] 这是 1988 年发布的版本，作者写此文是在二十年之后。

繁多的巨无霸软件的人们进行羞辱似的。WordPerfect 5.0 用于桌面出版当然过于简陋了，但对只想写作的作家来说却具有不可比拟的优越性。它的设计优雅简洁，很少出现运行错误，程序小到可以忽略不计，但却被臃肿、侵扰性强、故障频频的垄断性软件微软 Word 逼到被淘汰的境地。要不是我一直在收集的被别人淘汰的旧电脑就放在办公室橱柜上，我现在根本就不可能再用 WordPerfect 写作了。并且我现在只剩最后一台备用的旧电脑了！可还是会有人因为我所交文稿的文件格式不能被那万能的微软 Word 读取而对我发火。这世道如今是 Word 说了算，老爹。到了该吃"想开"①药的时候了。

* * *

但这都只不过是些小小的烦恼。真给社会带来长期危害的科技新产品——尽管它一直在造成危害，但如果你现在当众抱怨，就会面临遭人讥笑的风险——是手机。

不过十年以前，纽约市（我住的地方）还到处都是大家自觉维护的公共场所，市民们对他们所在的社区有足够的尊重，不会把自家的平庸私事说给众人听。十年前的世界尚未被没完没了的废话与唠叨征服。那时谁用诺基亚手机还有可能被看作是在炫耀

---

① 原文为 GOI，是俚语 get over it 的缩写，这里是想通、想得开的意思，与前文呼应。

或摆阔,或者,更为慷慨地说,被看成是一种不幸,一种残疾,或一根拐杖。但进入九十年代末期之后,纽约终于顺利完成了从尼古丁文化到手机文化的转型。前一天衬衫口袋里鼓起来的还是万宝路,第二天就变成摩托罗拉了。前一天没有人陪伴的漂亮女孩还在用香烟占据手、嘴和注意力,第二天忙着的就是跟肯定不是你的某人进行非常重要的交谈了。前一天孩子们在操场上围着的还是第一个拥有一包薄荷醇烟的孩子,第二天就变成了第一个拥有彩屏手机的孩子了。前一天乘客一下飞机就打开的还是打火机,第二天就变成用手机单键拨号了。每日一包烟变成了每月上百的威瑞森①通信账单。二手烟污染变成了声音污染。尽管一夜之间骚扰源变了,但在餐馆、机场和其他公共场所,懂得自我克制的大多数人还是在遭受不知节制的少数人的折磨,这一点诡异地相同。一九九八年,那时我刚戒烟不久,我坐地铁时会看到其他乘客神色不安地不停开合手机,或是轻轻咬着那时手机都有的乳头状天线,或是就像紧抓住妈妈的手那般默默地紧握着手机,我心里就会对他们抱有近乎同情的感觉。当时,我并不知道这种趋势会持续多久:纽约是否真想变成一个手机成瘾者的都市,遍地都是手机瘾君子在人行道上一边梦游一边吞吐着令人讨厌的私生活,还是说一个更为内敛的公众自我形象会以某种方式胜出。

不用说,后者根本就不是前者的对手。手机可不像利他林②

---

① 威瑞森通信公司是美国最大的有线通信和语音通信提供商。
② 即哌醋甲酯,一种精神兴奋药物。

或超大雨伞之类的现代新产品那样，有大批民间势力一直在令人振奋地坚持抵制。手机的胜利是迅速而又彻底的。对手机的滥用先是在杂文、专栏文章、读者来函被批评抱怨一番，接着，在滥用现象愈演愈烈的情况下，又有人愈加尖锐地批评抱怨了一番，然后就这么偃旗息鼓了。这些投诉算是被收到了，也出现了一些微小的象征性调整（美铁列车上的"安静车厢"；餐馆和健身房里那些周到地写着恳请大家克制的小标识），无线通信技术可以继续进行破坏，不用担心新一轮的批评意见，因为这时再去批评就显得老生常谈、十分土气了。老爹。

但是，这个问题现在为大家所熟知，并不意味着被堵在超车道上一直在用手机聊天的家伙后面，并和慢车道上的车并肩慢行不会让人急得七窍生烟。然而，我们所有的商业文化都会跟那位喋喋不休的家伙说他没错，跟我们其他人说是我们错了——是我们没能赶上潮流，没能尽情享受那给予我们自由、便利、不限通话时长且价格诱人的套餐服务。商业文化告诉我们，如果我们对那个一直闲聊的司机不满，肯定是因为我们没能像他那样享受美好的时光。我们到底是怎么啦？我们为什么不在这条超车道上放轻松一点，拿出我们自己的手机，用上我们自己的亲友套餐服务，开始享受我们自己的美好时光呢？

当社会批评家们因受到同辈压力，变得沉默，那些对社交一窍不通的人便不会忽然变得成熟起来。他们只会变得愈发张狂无礼。眼下一种在全国蔓延且日益恶化的瘟疫，就是顾客在跟收银员结账的整个过程中会一直打手机。在我居住的曼哈顿社区里，这种情形的典型组合是：一位刚从某个学费昂贵的学校毕业不久的年轻白人女性，以及本地一位岁数相仿、相比之下没那么优裕的黑人女性或拉美女性。当然啦，这原本就是自由派的虚荣：期待你遇到的收银员跟你互动，或者对你细致周到地一定要跟她互动表示感激。考虑到她的工作单调重复、收入微薄，她是可以用厌倦或冷漠的态度来对待你的，你最多也只能指责她不够专业。但这并不能免除属于你的道德义务，去将她作为一个人来看待。尽管确实有某些收银员似乎并不在意是否被顾客忽视，但明显大部分收银员会对顾客没能停止通话哪怕两秒钟来面对面交流而感到不快、恼火或难过。不用说，就像在高速公路上侃侃而谈的那个家伙，这位得罪人的女士幸运地对自己的劣迹毫无察觉。根据我的经验，排在她后面的队越长，她就越可能会用信用卡去支付区区一元九角八分的账单，而且还不是那种感应式芯片信用卡，碰一碰就能完事，而是得等着把收据打印出来的那种信用卡，而且（非得等到那时候）才会以僵尸般的木讷迟钝把手机从一只耳朵换到另一只耳朵，再别扭地把手机夹在肩膀和耳朵之间，同时在收据上签名，并继续讲着电话，说自己还在犹豫今晚是否去合众国酒吧[①]跟摩根士丹利[②]的那个扎卡里再约一次会。

可以肯定的是，这种正在不断恶化的不良行为至少产生了一

[①] 一家位于纽约曼哈顿上东区的餐馆，现已关闭。
[②] 成立于美国纽约的国际金融服务公司，是全球最具影响力的金融公司之一。

种正面的社会效果。就像是值得去捍卫的稀有资源一样，文明公共空间这一抽象概念也许已不复存在，但这些恶劣行为会让周围的受害者们即时自发形成一个微型社区聊以慰藉。从你自己的车窗望出去，看到另一位司机也急得七窍生烟，或是和颇为生气的收银员对视，跟她一同摇头叹息，这会让你少了些孤单。这也是为什么，在各种各样不断恶化的关于手机的不良行为里，最令我恼火的是一种看上去并没那么让别人恼火的行为，因为表面上它并没有妨碍他人。那是十年前还不多见但现今无处不在的习惯——在结束通话前高声大叫"爱你！"，或是更令人难以容忍、更加烦人的"我爱你！"。这让我想搬到中国去，因为我听不懂中文。

  手机带给我的烦恼是很简单直接的。当我到 GAP 去买袜子时，或是排队买票想心事时，或在飞机起飞前读一本小说时，我根本就不希望在想象中被卷进旁边某人麻烦的家庭生活里去。手机丑恶的本质，就在于它允许并怂恿人们把私人和个体的东西强加到公众和群体头上，作为一种社会现象，这非常糟糕，并且会一直糟糕下去。没有比"我爱你"更高层次的话语表达了，而当它被某个人强加于一个公共空间里时，没有比这更糟的事情了。即使骂一句"他妈的蠢货"，对周围人的干扰都要少许多，因为那是发脾气的人有时确实会在大庭广众之下喊出来的话，完全有可能只是冲着某个陌生人说的。

  我的朋友伊丽莎白安抚我说，这种近来在全国蔓延的"爱你"瘟疫是件好事：是对几十年前我们那种新教徒式童年时期颇为压抑的家庭关系的一种大有裨益的反抗。伊丽莎白问，跟你母亲说你爱她，或是听见她对你说她爱你，这又有什么错呢？万一你们两个再次通话之前有一个去世了该怎么办？现在我们可以不用顾忌地对彼此说这种话，这样不是挺好的吗？

在这里，我确实得承认有这么一种可能：跟候机厅里的其他人相比，我是个非常冷酷、没有爱心的人；这种突如其来、势不可挡的爱一个人（如朋友、伴侣、父母、兄弟姊妹）的情感，对我来说是如此非凡和重要，令我努力不去过度使用这句最能表达爱意的短语，可对其他人来说这种情感很普遍、很常见、很容易得到，以至于每天都能重复体验和重复表达许多回，也不会失去其力度。

然而，过于频繁的习惯性重复也可能会让语句失去其本意。琼尼·米歇尔[①]一曲《正反两面》最后一节里提到"坦率大声"地说出我爱你——对如此强烈的情感进行口头宣告时的那份郑重的惊喜。史提夫·汪达在十七年后写的歌词里，唱到某个寻常下午给某人打电话只为说一声"我爱你"，而史提夫·汪达（这个的确比我更有爱心的人）在让我相信他的诚意这件事上成功了一半——至少是在唱到副歌的最后一句时，他觉得有必要加上："那是我发自肺腑的真诚心声"。公开宣誓真诚或多或少是虚伪的征兆。

就这样，当我在 GAP 买袜子，听到排在我后面的一位妈妈

[①] 琼尼·米歇尔（Joni Mitchell, 1943—   ），加拿大音乐人、画家。《正反两面》（"Both Sides Now"）是她于 1967 年创作的歌曲。

冲着她那枚小小的手机高呼"我爱你！"时，我不禁会觉得什么东西被表演了出来，演得过火，在大庭广众之下表演，颇具挑衅性地强加于人。不错，是有许多原本不该受到公众关注的家事被大呼小叫地公之于众了，不错，是有人会忘乎所以。但"我爱你"这句话太重要、太意味深长了，把它当作通话完毕的结语也太难为情了，让我无法相信我被迫听到这句话只是纯属偶然。如果这位妈妈对爱的宣言是真挚的，承载着私人情感，那她是不是至少应该费一点心思去保护它，不被公众听去呢？如果这句话是她的肺腑之言，那她是不是应该悄悄地讲出来呢？作为一个陌生人，无意中听到她喊出这句话，我感到自己被迫参与了一次对应得权益的激进主张活动。至少，此人看上去像在对我和在场的其他人说："我的情绪和我的家庭对我来说要比给你舒适的社会环境更加重要。"还有，我常怀疑她还想说："我想让你们都知道，我和大多数人不同，也不像我那个冷酷无情的混账父亲，我总会告诉我爱的人我爱他们。"

或许，在听上去确实像个疯子一样的恼怒状态下，这一切只不过都出于我自己的想象？

* * *

手机进入成熟期，是在二〇〇一年九月十一日。那一天在我们集体意识上留下的烙印是，手机成了绝望的人们与亲友沟通的渠道。在如今我听到的每一句格外响亮的"我爱你"里面，在全国都在肆意放纵这种联通性的大背景下——家长和孩子认为每天通话一次、两次、五次甚至十次都是必要的——很难不听到从那两栋轰然倒塌的大厦里、从那四架已经毁灭的飞机上传来的可怕但合情合理的那些"我爱你"的回声。而正是这种回声，正是那只是回声的事实，正是其感伤的情调，让我很是恼火。

我个人的"9·11"经验与常人有些不同，因为少了电视的影响。那天早晨九点，我接到我编辑的电话，他刚才透过他办公室的窗户看到第二架飞机撞向双子大厦。我立即跑到离我最近的电视机前，在我公寓楼下房地产公司的会议室里，和一帮房产中介一起，看着第一栋第二栋大厦接连轰然倒下。很快我女朋友就回来了，当天剩下的时间，我们一起听广播，上网查新闻，向亲友报平安，从我们的楼顶和列克星敦大道上观望（大道上满是拥往上城区方向的行人），眼见曼哈顿底部的烟尘扩散开来，变成一团令人作呕的烟雾。傍晚，我们步行到四十二街，去和一位从外地过来的朋友会面，在西四十几街找到了一家碰巧还在供应晚餐的餐馆。每张餐桌都挤满了正在豪饮的顾客，一派战时的气氛。当我们餐后路过吧台准备离开时，我又瞥了一眼电视屏幕，乔治·W.布什的脸映入眼帘。"他看上去像是一只被吓坏了的老鼠。"有人这么说。我们到大中央车站去乘坐六号线地铁，在等待车子开动的时候，看到一位纽约通勤人士愤怒地冲着驾驶员抱怨开往布朗克斯区的快车数量太少了。

三天后的晚上,我在美国广播公司新闻节目一间冰冷的播音室里,从晚间十一点坐到将近凌晨三点。在那儿我能看到我的纽约同胞大卫·哈伯斯塔姆[1],还能通过视频跟玛雅·安吉罗[2]以及其他两位外地作家谈话,等着从文学角度向泰德·科佩尔[3]就星期二早晨的恐袭事件提供我们的看法。等待的时间可不短。这场袭击以及随之而来的大厦起火坍塌的画面被不断地反复播放,期间穿插着大段就此事对广大民众以及他们易受影响的孩子所造成的心灵创伤的报道。每隔一段时间,我们当中的一两位会有六十秒钟的时间讲几句作家感言,然后电视报道就再次转而播放死难者或失踪者亲友那令人肝肠寸断的采访。三个半小时内我发过四次言。第二次发言时,我被要求证实那些广泛流传的报道,即星期二的袭击事件已经深刻地改变了纽约人的个性。我无法证实这种报道。我说我在人们脸上看到的神情是凝重的,而非愤怒的。我讲起星期三下午在我住所附近的商店里买秋装的人。泰德·科佩尔在回应中明确表示,我花了半个晚上等待,却表现不佳,没能完成任务。他眉头紧皱,说他的看法非常不一样:恐袭的确已经在很大程度上改变了纽约市的个性。

我自然认为我是在说真话,而科佩尔只是在重复他听到的观

---

[1] 大卫·哈伯斯塔姆(David Halberstam, 1934—2007),美国记者、纪实作家、历史学家,曾因对越南战争的报道获 1964 年普利策奖。
[2] 玛雅·安吉罗(Maya Angelou, 1928—2014),美国作家、诗人。
[3] 泰德·科佩尔(Ted Koppel, 1940—),英裔美国广播新闻记者,1980 至 2005 年间主持美国广播公司深夜新闻节目《夜线》(Nightline)。

点。但科佩尔一直在关注电视报道，而我没有。因为我家里没有电视机，所以我没有认识到，对美国造成最大伤害的不是病原体本身，而是免疫系统对它大规模的过度反应。那时我在心里把星期二的遇难人数跟其他各种横祸造成的死难人数相比较——九月十一日前的三十天内有约三千美国人死于交通事故——在没有现场画面的情况下，我认为这些数字变得很重要。我在那里花费精力去想象（或阻止自己去想象）：你乘坐的飞机正沿着曼哈顿西侧高速公路低空飞行而你又坐在靠窗的位子上，或者你被困在九十五楼听着你脚下的钢筋结构开始隆隆作响，那该是何等恐怖；而与此同时，全国上下在观看不断重播的视频画面，经历实时真实的心理创伤。所以我当时并不需要，甚至一直不知道还有这种全国电视转播的集体心理治疗手段，也就是针对因观看恐袭电视转播引发的心理创伤，在随后数日、数周和数月里持续展开的这种用科技抚慰人心的电视马拉松。

我能看到的是美国的公共舆论突如其来、神秘莫测、灾难性的感伤化。就像每当人们对着他们的手机向另一端的父母或孩子表达爱意，并把粗鲁无礼传到附近每一个陌生人的耳朵里时，我就不禁要怪罪移动通信技术那样，我也不禁要怪罪媒介技术把个人的私生活放大到国家层面上去了。一九四一年，美国以集体的决心、纪律和牺牲来回应骇人的偷袭[1]，而在二〇〇一年我们拥

---

[1] 1941年12月7日，日本偷袭珍珠港，从此美国正式参加第二次世界大战。

有的是非常清晰的灾难影像。我们有路人拍的视频，可以一帧帧定格去看。暴力经由众多电视屏幕被赤裸裸地送进千家万户的卧室，在劫难逃的人们绝望的最终通话被语音信箱记录下来，我们的心理创伤则有心理学的新成果去解释和医治。但是，恐袭到底意味着什么，明智的应对方式应该是什么样的，我们对这些问题的答案并不统一。这就是数字技术的绝妙之处：不再对任何人的感受做任何有伤人心的审查！每个人都有权发表自己的意见！对于萨达姆·侯赛因是否亲自给劫机者买了机票一事任由大家去激烈讨论，而大家都能达成一致的事情是，"9·11"遇难者家属有权决定是否在世贸中心遗址修建纪念馆。大家都可以分担遇难警察和消防员家属所遭受的痛苦。大家都认同再说风凉话是不可取的。九十年代那种低级无聊的冷嘲热讽在"9·11"事件之后变得根本就"不再可能"了，我们已经步入了一个讲究诚意的新时代。

从好的方面来看，二〇〇一年的美国人在对他们的孩子说"我爱你"这方面要比他们的父亲或祖父强多了。但是此时的美国在经济上的竞争力如何？全国上下团结一心做得怎样？能否打败我们的敌人？是否组成了强大的国际联盟？大概就有点儿不足了。

* * *

我的父母是在珍珠港事件过后两年，也就是在一九四三年的秋天认识的，几个月后他们就开始互寄卡片，往来书信了。我父亲在大北方铁路公司工作，经常出差去小城镇，检查或修理桥梁，而我母亲一直待在明尼阿波利斯市做接待员的工作。在我保存的我父亲写给我母亲的信里，最早的那一封是一九四四年情人节写的。他当时在蒙大拿州费尔维尤镇出差，我母亲给他寄了张情人节贺卡，和他们结婚前那一年里她寄的所有卡片有相同的样式：上面画着正表达甜蜜爱意的婴儿、蹒跚学步的小孩子或小动物。她寄的情人节贺卡的正面（我父亲也收藏了起来）绘有一个梳着辫子的小女孩和一个脸红腼腆的小男孩并肩站在一起，害羞地不敢对视，害羞地都把手藏在各自背后。

我希望我是一块小石头，
因为这样等我长大以后，
也许有一天我将会发觉，
我变成了小小的"大石头"[1]。

贺卡里面绘有同样的两个小孩，他们手牵着手，小女孩的脚下还有我母亲的潦草签名（"艾琳"）。第二节诗文是这样的：

那样真的会帮我许多忙，
那样肯定将合我的心意，

---

[1] 原文为 boulder，本意为巨石，与 bold（大胆）的比较级形式 bolder 谐音。这里意思是说，有一天我会更大胆主动一些。

因为我可以足够"大胆"①地说,

"能否请你做我的瓦伦丁②。"

我父亲回函上盖的邮戳是蒙大拿州费尔维尤镇,二月十四日。

星期二晚间

亲爱的艾琳,

对不起让你在情人节这一天失望了。我确实记得这个日子,但在这里的杂货店里没能找到贺卡,我觉得如果再跑到食品杂货店或五金店去问的话有点难为情。我敢肯定,在这偏远之地他们也该听说过有情人节这么回事的。你的贺卡好像就是冲着我们这儿的状况写的,我说不准是有意的还是碰巧,不过我猜我的确提起过我们的石材困境。今天我们把石料用完了,因此我在期盼着小石头、大石头、随便什么样的石头,找不到石材我们什么也干不了。本来有承包商干活,我的活就不多,现在什么活都没了。今天我步行去到我们在修的那座桥,既消磨了时间又让我简单锻炼了一下。四英里的路程,伴上凛冽刺骨的强劲寒风已经足够远了。除非明天一早有货车运石头来,否则我就只能干坐在这里读哲学

---

① 原文为 bould,非英文单词,由 boulder 除去结尾 -er 构成(即把 boulder 充作 bould 的比较级形式),与 bold 谐音。

② 此处原文为 Please be my Valentine,情人节为 Valentine's Day。——编者注

书了,我领了薪酬却度过一个这样的工作日,这似乎有点不合适。此地仅剩的另外一种打发时间的办法,就是坐在旅馆大堂里听镇上那些经常在此出没的老前辈们讲八卦逸事。你会觉得很有趣的,因为这里什么样的人都有——从当地医生到镇上的醉鬼。那醉鬼大概是最有趣的一位了,我听说他曾在北达科他州大学教书,他看上去还真是个聪明人,即便喝醉了也是如此。这里的人讲起话来一般都挺粗俗的,就好像斯坦贝克①常用的语言模式,可今晚来了位非凡的大个子女人,竟然一进来就能入乡随俗。这一切都让我意识到我们城里人过的日子有多安稳。我是在小镇里长大的,在这儿像到家了一样感到自在,但我现在不知何故在用不同的眼光去看事情。我之后再与你详谈。

我希望周六晚间能回到圣保罗,但现在还无法确定。我一回来就给你打电话。

以我全身心的爱,

厄尔

我父亲当时刚满二十九岁。现在已经无法知道我天真乐观的母亲当时收到此信时作何感想,但是总体而言,凭我在长大过程

---

① 约翰·斯坦贝克(John Steinbeck,1902—1968),美国作家,曾获得1962年度诺贝尔文学奖。作品多描写在社会底层艰难挣扎的人物。

中对她的了解，我可以肯定那绝对不是她想从恋爱对象那里收到的那种信。她情人节贺卡上精巧构思的双关语就这么被从字面上理解成路基石子啦？她花了一辈子时间去摆脱她父亲曾做过酒保的旅馆酒吧的阴影，难道会觉得镇上醉鬼的"粗言俗语"挺有意思吗？表达爱慕的情话在哪里？关于爱情的梦幻讨论又在哪里？很明显，我父亲对我母亲还很缺乏了解。

但是在我看来，他的来信充满了爱意。当然有对我母亲的爱意：他想给她准备一张情人节贺卡，他仔细读了她写的贺卡，他期盼她能在身边，他有许多想法想要与她分享，他送上了他全部的爱，他一回家就给她打电话。也有对更为广大的世界的爱意：爱世上形形色色的人们，爱小乡镇和大城市，爱哲学和文学，爱辛劳的工作和公平的酬劳，爱谈话，爱思考，爱迎着凛冽的寒风长途步行，爱精雕细琢的措辞和完美无瑕的拼写。这封信让我回想起我父亲身上很多令我喜爱的东西：他的正派，他的智慧，他让人意想不到的幽默，他的好奇心，他的认真，他的含蓄和威严。只有当我把这封信和我母亲画着大眼睛娃娃、浓情蜜意的情人节贺卡放在一起看时，我的注意力才会转移到他们新婚头几年那种半懂不懂的幸福劲儿过去之后，对彼此感到失望的那几十年光阴上面。

我母亲上了年纪之后跟我抱怨过，说我父亲从来没有对她说过他爱她。还真有可能他从来没有亲口对她说过这三个分量很重的字——我自己确实从来没有听到他说过。但要说他从来没有写过这三个字，那是绝对不可能的。在母亲去世后我花了几年时间才鼓足勇气去读他们过往通信的一个原因是，我第一次拿起一封我父亲写的信就瞥见了开头的爱称——"艾琳妮"，这在我认识他的三十五年间从来没有听他说过，而结尾的表白——"我爱你，艾琳"，更让我不忍心读下去。这听上去一点都不像他，于是我把所有的信件都收到一个皮箱里藏到我哥哥家的阁楼上去了。最近，我把那些信件取了回来，终于全部通读了一遍，我发现实际上我父亲在跟我母亲结婚之前和之后，用这三个分量很重的字表达过数十次他的爱意。不过也许，即使在那时候，他也没能大声说出那三个字来，也许这就是为什么，在母亲的记忆中，他从来没有"说过"。也有可能他笔下的表白听上去跟他在四十年代的性格不符（就像现在在我听来也很奇怪和不真实那样），我母亲在抱怨的时候想到的一定是如今被他看似深情的话语掩盖起来的更深层的真实。还有可能面对她寄来的信件里那些柔情蜜意的狂轰滥炸（"我全心全意地爱着你"，"以那么多的爱"，等等），他感到很惭愧，觉得有义务去表现浪漫爱意作为回报，或者说试图去表现，就像他在蒙大拿州费尔维尤镇（在某种程度上）试图买情人节贺卡那样。

※ ※ ※

茱蒂·柯林斯[1]演唱的那版《正反两面》，是印在我脑海里的

---

[1] 茱蒂·柯林斯（Judy Collins，1939— ），美国唱作人。她演唱的《正反两面》获得1969年格莱美最佳民歌表演奖。

第一首流行歌曲。我八九岁的时候广播里不停地播放这个版本，歌里说要"坦率大声"地表达爱意，再加上我对茱蒂·柯林斯嗓音的迷恋，让我确认了"我爱你"的首要性质是充满了爱欲的。我最终挨过了七十年代，在偶尔情绪丰沛时，变得能够对我哥哥和许多跟我最要好的男性朋友说我爱他们了。不过从小学到初中，这三个字对我来说只有一种含义。"我爱你"是我期待教室里最可爱的女孩写在便条上的三个字，或是学校外出野餐时在林子里听到的那句悄悄话。那些年，我喜欢的女孩对我说过或者写过这三个字的情况只发生过几次。但当它真的发生的时候，我就像被注射了一剂肾上腺素似的。即便后来我上了大学，开始读华莱士·史蒂文斯[1]的作品，发现他在诗作《我叔叔的单目镜》[2]里曾嘲讽过像我这样不加选择地寻找爱情的人——

假如性就是一切，那么任何发颤的手
都会让我们像玩偶那般，叽吱出那几个期待听到的字眼。

——那几个期待听到的字眼仍旧代表着那微微张开的嘴唇、那具身体的给予、那令人陶醉的亲密承诺。所以令我感到尴尬的

---

[1] 华莱士·史蒂文斯（Wallace Stevens, 1879—1955），美国现代派诗人，曾获1955年度普利策诗歌奖。
[2] 原诗标题是法文：Le Monocle de Mon Oncle，收入史蒂文斯的第一部诗集《风琴》(*Harmonium*, 1923)。

是，不断对我说这几个字的人是我的母亲。她是家中唯一的女性，她的生活里充满了无法得到回应的情感，以至于她忍不住寻求浪漫的字眼。她给予我的那些卡片和甜言蜜语跟她从前给予我父亲的那些本质上是一样的。早在我出生以前，她过度流露的情感就已让我父亲感到非常幼稚。尽管对我来说，它们并非真正的幼稚。我极力避免回应这种情感。我挨过了许多段童年时光，那些只有我们两个人在家的漫长星期，就是靠对"我爱你""我也爱你"和"爱你"这些短语在强度上做出至关重要的区分挨过去的。重要的是永远也不要说"我爱你"，或者"妈，我爱你"。最不会令人感到难堪的说法是用小到几乎听不见的声音嘀咕一句"爱你"。但是"我也爱你"如果说得足够快并且把"也"字说得足够突出（表明那不过是机械回应），也能帮我度过许多尴尬的时刻。我不记得她曾经因我含糊不清的回应责备过我，或是因我最多不过（时有发生）闪烁其词地哼几声而让我的日子难过。但是她也从来没有跟我讲过，她对我说"我爱你"只不过是因为她内心情感强烈而喜欢这么做罢了，我不用每次也对她说"我爱你"以示回应。所以，时至今日，每当别人冲着手机高呼"我爱你"，我都听到了一种胁迫，仿佛我受到了某种侵犯。

我父亲，尽管在写信时充满了活力和好奇心，并不觉得让我母亲留在家里做饭和打扫卫生四十年，自己在男人的世界里自得其乐有什么不妥。这似乎变成了一种规律，在婚姻的小天地和美国人生活的大世界里，那些没有工作的人都比较多愁善感，反之亦然。"9·11"事件以后的各种歇斯底里，包括"我爱你"瘟疫的肆虐和对裹穆斯林头巾的人的普遍恐惧和仇恨，都是毫无权势和不知所措的人们表现出的歇斯底里。假如我的母亲能有更多施展才能的机会，她也许会更为实际地根据不同的对象度量流露不同程度的感情。

虽然我父亲按当代标准或许看上去有些冷酷、压抑，还性别歧视，但我很感激，他从来没有直接跟我说过他爱我。我父亲很注重隐私，也就是说他尊重公共空间。他相信克制、礼节、理性，因为他相信如果不是这样，一个社会就不可能展开讨论并做出最有利决定。假若他能学会对我母亲表露更多的爱意就好了，尤其是对我来说。但每当我听到现今的某个父母冲着手机大喊"我爱你"时，我都觉得我很幸运有一位像我父亲那样的父亲。他爱他的孩子们胜过一切。知道他心怀这份爱但又不会说出口，心知他相信我懂得他的心并从来没指望他说出口，这就是我心里对他那份爱的核心和实质。这是一种我反过来也小心不向他大声宣告的爱。

然而，这是比较容易的部分。在我和我父亲现在所在的地方（也就是死亡）之间，来回传递的只有沉默。没有人比死者享有更多的隐私了。现在我父亲和我之间的交流并不比他活着的那许多年里少多少。我发觉我老在惦记的那个人——在心里与其争辩的那个人、想要在其面前表现的那个人、希望在我公寓里见到的那个人、可以开玩笑的那个人、想到对方就感到懊悔的那个人，是我母亲。为手机侵扰感到愤怒的那部分我来自我的父亲。喜爱黑莓手机，想让自己放松一点，跟外界接轨的那部分我来自我的母亲。她是他们两个人中比较前卫的那一位，尽管是他（而不是她）在外头奔事业，最终却是她占了上风。如果她还活着，还住在圣路易斯，如果你在兰伯特机场碰巧坐在我旁边，等候飞往纽约的航班，有可能你得忍耐一下听我跟她说我爱她。不过，我会压低嗓门去说的。

大卫·福斯特·华莱士

[在追悼会上的致辞，二〇〇八年十月二十三日]

像许多作家那样，甚至尤甚于大多数作家，大卫喜欢凡事由他自己做主。面对繁杂的社交场合，他很容易紧张。他去参加派对没有凯伦做伴的情形，我只见到过两次。一次是亚当·贝格利[①]办的派对，我几乎是连拖带拉把他拽去的，刚一进门我一不留神没看住他，他就转头自己回我公寓嚼烟草看书去了。第二回他别无选择必须参加，因为是为《无尽的玩笑》出版而开的庆贺派对。他以苦苦装出来的夸张客套，一遍又一遍地跟人家道谢，才支撑到结束。

让大卫成为一位杰出教师的原因之一，就是教师工作的规范有致。在条理框架内，他确能保险放心地去动用他那生来具有的

[①] 亚当·贝格利（Adam Begley, 1959— ），美国自由撰稿人，《纽约观察报》书评编辑。

饱含善良、智慧和专业知识的庞大库藏。类似地，各种访谈的运作结构对他来说也很保险。如果大卫是受访者，他就会放松自如地跟采访人默契合作。如果大卫自己是采访人，要是他能找到一个技术人员——比如跟拍约翰·麦凯恩[①]的摄影师、电台节目的音控人员——那个人也非常高兴去见一个对其工作的艰深专业之处有着真正兴趣的人的话，大卫就能干出最漂亮的活儿来。大卫喜欢为细节本身去追究细节，但他对细节的关注也是释放暗锁在他心里的那份爱意的一种途径：在相对安全保险的中间地带，去跟他人有所沟通、产生共鸣的一种方式。

这大致也就是我俩对文学的描述，那是九十年代初期我俩通过书信和交谈形成的想法。自打收到大卫写给我的第一封信开始我就爱上了他，但头两次上他在麻省剑桥的住处去见他本人时，他都失约了。即便开始会面交往以后，我们面谈时总有些紧张局促——远不如书信往来那么亲近。自从对他一见钟情以来，我就一直在努力向他证明我足够风趣和聪明，而他则会用一种仿佛在远眺数里之遥的眼神让我觉得好像我的话没能打动他似的。跟能让大卫开怀大笑起来相比，我生活里很少有什么事情能让我有更大的成就感。

不过，那"和他人进行深度沟通的中立中间地带"，是我俩确定的小说的功用。"避免孤独的一种途径"则是我俩都同意的

[①] 约翰·麦凯恩（John McCain，1936—2018），美国政治家，2008年共和党总统候选人，长期出任亚利桑那州联邦参议员。

提法。大卫对书面语的掌控，比对其他任何东西都要更加彻底、更加华美。在所有在世的作家里头，他具有最精湛、最激动人心、最善于创新的修辞技艺。读他写的长句——长达三页充满阴森森的幽默或极为错落有致的自我意识的段落里，在读到第七十个、第一百个、第一百四十个字时，你会像嗅到雨后的空气那样，嗅出他句子结构嘎啦嘣脆的精准度，他在高中低音、专业术语、时髦说法、书蠹呆傻、哲思达观、方言土语、炫技杂耍、勉励忠告、铁石心肠、柔肠寸断、抒情浪漫的种种文辞音阶之间轻松自如、音准完美地流动跳跃。和他结交二十年的绝大部分时间里，每每这些句子和篇章被付诸纸面，就会像回到自己家里那样带给他无比的真切感、安全感和愉悦感。所以我尽可以给你们讲述我俩驾车出游时的小吵小闹，或是每次他留宿我公寓时嚼烟草搞得到处都是冬青油味，或是我俩下棋时的那份尴尬和有时我们打网球时更为尴尬的连续对打——一边是竞技比赛令人称心的条理结构，一边是有些怪异的兄弟间的暗地斗法——不过真正核心的东西还是写作。我认识大卫以来，我和他之间最激烈的互动交流，可算是我一连十个晚上独坐灯下读《无尽的玩笑》手稿的那些日子。那是他首次按照自己的意愿来编排他自己和世界的一本书。在最微小的层面上：大卫·华莱士是世上最为热情洋溢、最为清晰精准的作文大家。在最总括的层面上：他创作了一千页世界级的诙谐文字，尽管其幽默的风格和质量贯穿全书从未消减，文字却逐节变得越来越不好笑滑稽，以至于临到结尾你觉得书名原本该叫《无尽的伤悲》。大卫史无前例地办到了。

而现在这个英俊、出色、风趣、善良的中西部男子，这个拥有一位令人称奇的伴侣和一个强大的本地社会支持网络，事业成功，又在一所充满顶尖学生的顶尖学校拥有一个上佳教职的男子，自行了结了他的生命，撇下我们这些人去问（引用《无尽的玩笑》里的话来说）："嗨，说你呐，伙计，你这是怎么回事啊？"

一种合理、简单、现代的说法也许会这样讲："一个可爱的天才人物成为脑内化学物质严重失衡的受害者。一边是大卫这个人物，另一边是这种疾病，它像癌症那样夺去了他的生命。"这种说法多少有点道理却又完全不恰当。如果你信了这种说法，那你就无须阅读大卫写过的那些小说故事了——尤其那许许多多对个人和疾病的二元对立、二元分离提出质疑，或直截了当地加以嘲讽的故事。当然啦，一个很明显的悖论就是，大卫自己最终在某种意义上开始去信这种简单说法了，不再认同他以前写过的和将来也许会写的那些更为有趣的故事。他的自杀念头占了上风，让人世间的一切都变得无关紧要了。

但这并不意味着我们就想不出其他更有意义的说法来了。我就可以讲给你听十种不同的说法，解释他是如何走向九月十二号晚上那一刻的，有些说法非常阴暗，有些令我非常愤怒，大多数说法都考虑到了大卫出于他青春期晚期自杀未遂的过去而对成年生活所做的许多调整。不过有那么一种不太阴暗的说法，我自知是真实的，我想现在就讲给大家听，因为和大卫做朋友于我一直是一种莫大的幸福和殊荣，也是一项无休无止且饶有趣味的挑战。

凡事喜欢自己掌控做主的人，处理亲密关系时就会有困难。亲密关系是不受辖制的，是互相的，从定义上就跟掌控支配不兼容。你想要去支配事物是因为你心里有所担忧，而大约五年前，很明显地，大卫不再担忧了。部分原因是他在波莫纳学院谋得了一个令他满意的稳定教职。另外一个真正重大的原因是他终于遇上了一位女子，不仅与他合适般配，而且让他这辈子第一次有可能过上更为充实、少一些刻板规范的生活。我们通电话时，我留意到，他开始告诉我他爱我，我忽然觉得我不用再费尽心力去让他开怀或向他证明我有多聪明了。凯伦和我一起把他弄到意大利去待了一周时间，他没像几年前那样整天躲在旅馆房间里看电视，而是在阳台上用午餐，吃章鱼，还跟我们一块儿去赴晚宴，并真切地享受跟其他作家随意交流的机会。他让大家大吃了一惊，而且大概更是让自己大吃了一惊。那还真是桩他很可能想要再度享受的乐事。

大致一年过后，他决计不再服用已经帮他稳定了二十余年生活的药物。当然就他究竟为何决计停药又有许多种说法。但我俩谈及此事时，有一点他跟我讲得很清楚，那就是他渴望得到一次过更正常的普通生活的机会，少一点怪僻的控制欲，多一点寻常的生活乐趣。那个抉择是出于他对凯伦的爱，出于他想写出愈加成熟的新颖作品的愿望，出于他已经瞥见了一种不同的未来。对他来说，这是一次非常可怕而又勇敢的尝试，因为大卫整个人充满了爱心，但同时也充满了恐惧——陷入无尽伤悲的种种深渊于他而言可是太轻而易举的事了。

因此这一年里起起伏伏，六月里他曾旧病复发几近崩溃，接着又度过了一个极其难挨的夏季。七月里见到他时，他又消瘦得跟他青春期晚期头一次经历重大危机时那般模样了。随后在八月里，最后几次跟他通话时，有一回他叫我给他讲一个境况将会如何好转的故事。我就给他复述上一年间我俩交谈时他跟我说过的那些话。我告诉他，他目前处于一种可怕危险的境地，只因他想在做人和写作两方面做出真正的改变。我说，上一回他挨过九死一生的关头，一康复就写出来了一本书，比危机以前写的东西不知道超越了多少光年。我说，他是个固执的控制狂和百事通——"你也是！"他回呛了我一句。我又说，像我们这样的人总在担心会失去掌控，以至有时唯一能迫使我们敞开自己和变革的途径就是让自己去吃苦受难，把自己逼到自我毁灭的边缘。我说，他之所以决计改变用药习惯，是因为他想要成长，去过更好的生活。我说，我认为他最好的作品正在未来等着他去创作出来。他说："我喜欢这个故事。你能否帮我一个忙，每隔四五天就给我打个电话，给我再讲一个类似的故事？"

不幸的是，我只再得了一次机会去给他讲这种故事，可那时他已经听不进去了。他已是每时每刻都陷于可怕的焦虑和痛苦之中。那次之后我又给他打过几次电话他都没接，也没回我的留言。他已坠入那个无尽伤悲的深渊，不再有哪一个故事能抵达那里了，他没能逃出来。可他所拥有的是一种美丽的、充满渴望的纯真，而且他曾经一直在竭力尝试。

中国海鹦[1]

那只卡通海鹦是我哥鲍勃送给我的圣诞节礼物。那鸟儿装在一只没有标志的塑料袋里，看上去像是一只玩偶或长毛绒玩具。鸟体有羊毛衬里，头上那只橘黄大鸟喙让人看了真想捏一把，双眼是用两块三角形黑毛皮做的，让它看上去像是伤心、焦虑，抑或不以为然。我很快就喜欢上了这只鸟儿。我还给了它一个滑稽好玩的嗓音和个性，用它来逗乐跟我同居的那位加州人。我给鲍勃写了封热情洋溢的感谢信，他回信告诉我那只卡通海鹦根本就不是什么玩具，而是高尔夫配件。那是他在俄勒冈州西南部班顿沙丘高尔夫度假村的专卖店里买的，为的是提醒我到他居住的俄勒冈去玩，就能同时享受观鸟和打高尔夫球的乐趣。那只卡通海鹦其实是一根高尔夫发球杆的杆头套。

我不太喜欢高尔夫球，尽管为了交际上说得过去，每年我得

---

[1] 本文以《海鹦之道：漫游于中国世纪》(The Way of the Puffin: Travels in the Chinese Century) 为题首发于 2008 年 4 月 21 日《纽约客》。

去打一两次，但我讨厌它的所有。打这种球的目的好像就是让有钱白种男人有条不紊地去消磨整个工作日长度的大块时光。高尔夫吞噬土地，消耗水资源，迫使野生动物流落他方，鼓励违规开拓扩建。我讨厌高尔夫那种自鸣得意的礼数规范，讨厌电视分析专家那种妄自尊大的细气轻声。我最讨厌的是我自己球技极差。要知道高尔夫倒过来拼写就成了被棒打[①]。

我有一套便宜的高尔夫球杆，但我绝不会把我那只海鹦套到杆头上去。理由之一是那位加州人每晚上床睡觉都紧拽着它不放手。那海鹦很快就成了家里的一个配角。在大自然中，真的海鹦（以及许多其他海鸟）正惨遭海洋的过度捕捞和巢址环境退化的威胁，但对身处纽约市中心的人们来说，大自然可能过于无情抽象而难以使人心生爱意。那玩具却是毛茸茸的，并且近在身边。

简·斯迈利在她的伟大小说《格陵兰人》里讲过一个北欧农人的故事，那农人把一只北极熊崽领回他家里当作自己的儿子来抚养。尽管熊崽学会了认字，却熊性难改，以熊巨大的胃口，最终很快就吃光了农人养的羊。那农人知道他得灭掉那只熊，但他怎么也不忍心下手，因为（按照故事里不断重复的说法）那熊长着一身相当漂亮柔软的皮毛，有着一双相当漂亮黝黑的眼睛。对斯迈利来说，熊所暗喻的那种破坏性激情真是太可爱了，令人无

[①] 高尔夫英文拼写是 golf，倒过来拼写是 flog，有鞭笞、棒打的意思。

法抗拒。但是这个故事也直截了当地警示情感上盲目崇拜的危险。人类这种动物罔顾冷酷的自然法则，试图相信其他动物是其大家庭中的成员。我能就我们为何应当对其他物种负责给出相当漂亮的伦理论据，可我有时怀疑我对生物多样性和动物福祉的关心，可能来源于我小时候卧室里那整群的长毛绒玩具：幻想着超越物种的和谐关系和拥抱其他物种。斯迈利笔下的这位完全被他极度饥饿的熊孩子迷住了的农人，最终痴迷到把自己的手臂都奉献了出去。

去年深秋，《纽约时报》刊载了一系列长文，报道中国的环境污染、水资源短缺、沙漠化、物种灭绝和森林砍伐等危机状况，每篇我读不到五十个字就读不进去了，电视转播美式橄榄球赛期间正在不断插播一个很棒的吉普车新广告。你晓得的：那里头有一只松鼠、一匹狼、两只角百灵跟一位多功能越野车驾驶员，一边行驶在穿越原始森林的空旷高速公路上，一边齐声歌唱。我尤其喜欢那一刻，那匹狼吞吃了其中的一只百灵鸟，被驾驶员狠狠地瞪了一眼之后，就又把那鸟儿完好无损地吐了出来，大声唱起歌来。我完全知道多功能越野车比狼对角百灵更具威胁；我晓得自己的日常消费是那洪水猛兽的一部分，它正在吞噬中国和亚洲其他地方的自然界，可我还是喜欢这段吉普车广告。我喜爱我那个高尔夫配件忧虑的双眼和柔软的皮毛。我实在不想知道我已经知道了的那些事情。同时，我又无法容忍自己不了解那些事情。有天下午，心怀不祥的预感，我走进卧室，拎起卡通海鹦的翅膀,把它放到一盏明亮的台灯底下,把衬里翻出来一看,果然有个标签上写着:中国手工制造。

我决计要去造访生产这只卡通海鹦的那一方天地。生产这只假鸟的那个产业系统正在摧毁真鸟,我想要到那个无法掩盖这种因果联系的地方去。从根本上来讲,我想要知道事情到底有多糟。

我给卡通海鹦商标上注明的美国公司——达芙妮杆头套公司,位于亚利桑那州凤凰城——打了个电话,跟他们的总裁简·斯派塞通了话。我原本担心她可能会闭口不谈她的中国供货来源,尤其是最近有几桩涉及中国制造玩具的丑闻被曝光以后,可她却相反地滔滔不绝。我们首次通话时,她就跟我讲起她名叫阿斯本的金毛猎犬、她捡来的名叫芒果的猫、她已过世的母亲达芙妮(她十岁时跟她母亲一起开办了这家公司)、她的丈夫史蒂夫负责生产方面的事务,还有她最有名的顾客泰格·伍兹[1],曾跟被戏称为弗兰克的毛茸茸卡通虎头杆头套在二〇〇三和二〇〇四年间一同出演耐克电视系列广告等等。她告诉我,她母亲达芙妮是个来自英格兰的移民,坚持雇用移民劳工缝纫制作高尔夫杆头套。她自己有一回把几位雇工借给了一位制作猫玩具的妇人,后者失去了自己的雇工,正急着要完成多项订单。几年以后,因果轮回神秘莫测,她发了家,而简早已忘记了陈年旧事,那妇人突然打电话给简,说:"你还记得我吗?是你救了我的生意。我一

---

[1] 泰格·伍兹(Tiger Woods,1975—),美国高尔夫球手。

直在想怎样来报答你，所以我想把你引荐给我的几位中国朋友。"

达芙妮公司制作的高尔夫卡通动物杆头套在全世界都属佼佼者。我造访该公司位于凤凰城的总部时，简把我引见给她称作"动物园员工"的工人们，他们的工作是检验那些杆头套产品，并按物种把它们分门别类放到带塑料衬里的箱子里去。她帮我找到了堆满海鹦杆头套的箱子，它们看上去还是那么生动可爱，又像是一堆不会动弹的衣物。在样品间里，她给我看整箱整箱的未经许可生产的仿冒品，上面堆着成沓成沓的法律公文。"我们绝大多数的诉讼是针对美国公司的，"她说，"通常中国的加工承包商根本就不知道他们侵权了。"她的老虎头和地鼠头（因电影《疯狂高尔夫》①的缘故）是受侵权最多的产品。还有一只海象杆头套，面料使用的是真实动物的棕色密质皮毛。"这皮毛本该还在那只动物的身上，"简厉声说道，"干这等勾当的家伙终将得到因果报应的，不过我们的律师会先找到他头上去。"

当我问她我是否能面见她在中国的承包供应商时，简说大概能成。无论见与不见，她想让我知道，她的中国供应商雇工的平均工资是当地最低工资的两倍或几近两倍。"我们愿意花钱买完美，"她说，"我们想要在那里建立好的因果循环——想要快乐的工人在快乐的工厂里做工。"她跟史蒂夫还继续做一些产品设计，但他们已经越来越多地放心让他们的中国合伙人去搞了。史

---

① 《疯狂高尔夫》（*Caddyshack*），美国喜剧电影，上映于 1980 年。

蒂夫从凤凰城通过电子邮件寄个草图过去,一周以后就可收到一只毛茸茸的样品。如果他本人去中国,合伙人的团队午餐以前就能出样品,当天下班以前就能出改进后的样品。语言一般不成问题,尽管史蒂夫有一回的确难以给中国团队解释吸附在灰鲸身上的"藤壶"是什么东西,还有一次有位中国员工来找他,问了一个奇怪的问题:"你说过你想要所有的卡通动物能看上去很愤怒。为什么?"史蒂夫回答,不是的,恰恰相反,他和简想要他们的卡通动物看上去很快乐,让大家都很想去触摸。原来被错译成愤怒的那个词是逼真①。

* * *

"先工作,后休闲。"我访问中国官方日程的第一天,大卫·徐②就畅快地告诫我道。徐是宁波市外事办公室的,宁波是位于上海南边一百英里的一个正在急速发展的城市,而我们要做的"工作"就是乘一辆租来的面包车从一家工厂赶到另一家工厂。从面包车后座朝外看,在我眼里大宁波地区的每一寸土地上都在进行施工建设或者同时还在施工重建。我住的那家刚刚落成的新酒店,就建在另一家还是非常新的酒店的后院里,只相隔几英尺。这里的公路很现代化,不过表面坑洼严重,好像大家都明

---

① 对应的英文分别是 angry 和 realistic。——编者注
② 本篇涉及的中国人名均为音译,绰号则按字面意思译出。——编者注

白这些路面很快就会给挖了重铺似的。乡间到处都在搞住房改造，有些村子里，很难看到门前没堆沙子或砖头的房子。农田里到处发芽似的冒出了许多工厂，而就在不算最新的工厂外面，正在建造的高架通道支承柱从脚手架后面拔地而起。近年来宁波的年增长率一直保持在百分之十四左右，光是看着眼前的一切，很快就看得累得慌了。

好像是要重振我的精气神，徐在前座转过身来，脸上挂着灿烂的笑容强调说："中国是个发展中国家。"徐有一口漂亮的牙齿。他戴着镜架有棱角的时髦眼镜，怀着还没拿到终身教职的文学教授那种奉承殷勤，他很讨人喜欢，对所有想象得出的话题都很直白坦诚——我们的司机缺乏最基本的驾驶技巧啦，同性恋的漫长变迁史啦，宁波旧城区拆迁重建的突如其来啦，甚或长江三峡工程的争议。徐还很有礼貌，一直没过问我昨天下午正式抵达宁波以前在上海逗留的那七天里头都干了些什么。为了回报他的善意，我尽量对他领我去访问的显然最无代表性的工厂表现出热切的兴趣，譬如作为"水融"车身上漆法等绿色制造工艺的创导者、意气勃发的吉利汽车制造厂（"'绿色'意味着对环境无害"，徐说），又如海天[①]重型设备制造商的雇工每年一般可挣九千美元（徐说："那是我工资的两倍！"），许多员工开自己的车上下班。

---

① 音译。

徐承诺我工作结束以后的犒劳节目，就是请我以贵宾身份去参观即将落成的杭州湾大桥，该桥全长三十六公里，是世界上最长的跨海大桥。不过去那座大桥之前，我们还得先到欣欣向荣的慈溪市去参观全地形车车身部件的喷漆流程、摩托车轮的铣削过程、腈纶纤维的挤压和精巧的处理过程。慈溪市去年的出口额达四十亿美元，市内有两万家私营企业，只有一家国营企业，由当地人拥有或经营的工厂是如此之多，以至于做日常工作的外来务工人口跟当地居民人口几乎对等。我读到过许多有关农民工的报道，我知道他们里头有相当大一部分人还不满二十岁，不过亲眼看到他们有多年轻还是令我始料未及。在腈纶纤维厂掌控控制中心的那四位工人看上去像是从高一教室里借来的。他们坐在那儿盯着平板屏幕上闪烁着的流程图和流动数据，那两个男孩、两个女孩身着牛仔裤和运动鞋，几乎不愿意交谈，只盼着不受旁人打扰。

等我们赶到了杭州湾大桥，太阳已经开始下山了。造桥的大部分资金（总额是十七亿美元）是由宁波市政府出的，宁波在大桥以东已经开辟了一个占地广大的新工业园区。这座大桥将缩短一半宁波和上海之间的行车距离，在二〇〇八年五月大桥正式开通以后，奥林匹克火炬将被传递过桥，北上北京去参加绿色奥运会。我们乘车上桥参观，来回的路上，我见到的仅有的动植物就是一对迅疾飞远的海鸥。大桥护栏每五公里就变换颜色，以防驾车者因单调犯困。在大桥的中点处我下了车，看着灰色浑浊的潮水拍打着混凝土桥墩，岸边正在兴建餐馆和酒店。那一刻我发现自己极为渴望看见鸟儿，随便什么鸟儿。

我签证申请书上说，我来宁波的目的是要探讨中国制造业对美国的出口问题，不过我已经特意让徐知道我对鸟类也非常感兴趣。此刻，为了迎合我的兴趣，让我们这一天有个圆满结局，他告诉司机下桥后往西走，去慈溪市政府设立的自然保护区，开进了一个满是芦苇荡的地方。那里大部分区域最近烧过一次荒，按徐的说法，正在考虑把这整个区域改造成一个"湿地公园"。

前几天我在上海已经参观过一处这种湿地公园。我尽我所能表现得很有兴致。

"丹顶鹤在这里到处可见，"徐从前座向我保证，"政府正在植树好为鸟类挡风遮雨。"

我暗自觉得他有点儿现编胡诌，不过我挺感激那份好意。我们驶过一片又一片这样的荒野，看上去像是时光倒流到远古年代去了。在跨越一条很宽的运河时，我一时以为望见了四只鸭子或鹧鸪，结果发现看错了。我们又驶过了一座"生态农庄"，里面围绕着鱼塘建有度假小木屋。最终，天色渐暗时，我们从草木茂密的沼泽地里惊飞了一群夜鹭。我们下了车，站在那儿望着它们在天上盘旋，越飞越近。大卫·徐真是欣喜若狂了。"乔纳森！"他大喊起来，"它们知道你是个观鸟者！它们在欢迎你呐！"

***

一周之前我抵达上海时，我对中国的第一印象就是，这是我见到过的最先进的地方了。上海规模巨大，从空中望下去是成千上万规整排列着的矩形房子——每处矩形房子近看才发现实际上是巨大的公寓大楼——到地面再一看，那些突兀的新摩天大厦，那些与行人抢占空间的街道，加上冬季天空烟霾密布的人为造成的昏黄（人工黄昏）都挺令人震撼的。

有天下午，我跟另外三位中国本地的观鸟者租了一辆车自上海北上。人工黄昏已经持续了好几个小时，而天色一直到我们下车时才真的暗了下来；我们来到盐城国家自然保护区的外围地带，跟着一位名叫驯鹿的鸟类向导走下了乡间小路。气温降到了零度以下。四下只剩下种种暗蓝灰色了。一只实在无法辨认的鸟自杂草丛里惊飞而起，冲进夜空深处不见了。

"某种鸡吧。"驯鹿猜道。

"太暗了吧。"我说，冻得瑟瑟发抖。

"我们想借最后一线天光。"那位管自己叫臭臭的漂亮年轻女子说道。

天色愈发暗了下来。走在我前面的那位叫作小影的小伙子激动了起来，说看到了一只雉鸡。我的确听到了响动，拼命左顾右看，企图辨清轮廓。驯鹿领着大家从我们的车边走过，我们雇用的司机坐在车里开足了暖气。我们盲目地沿着一条堤坝跑到了一处树林，棍子般的树干上的浅色树皮使得这片矮树林显得愈发昏暗了。

"我们到这儿来干什么？"我说。

"可能会有丘鹬，"驯鹿说，"它们喜欢湿地，那里的树长得不那么密集。"

我们在黑暗中四处乱窜，盼着能望见一只丘鹬。离我们三十英尺的公路上，小巴士、小卡车急驶而过，传来汽车转弯声、鸣笛声，扬起路上的尘土，我看不见却闻得到土腥味。我们停步留心倾听鸟鸣呢喃声，结果发现是远处传来的自行车轴承发出的声音。

臭臭、小影和驯鹿用英语交流时都是用他们的网名。臭臭的小孩已经五岁了，观察野鸟也有两年了。通过电邮，我和她商定了造访盐城，这个中国沿海地区最大的自然保护区，而且是她说服了我不使用官方向导，而是雇用她的朋友驯鹿，后者以每天七十美元的收费带我们去找鸟。我问过臭臭她是否真的要我叫她臭臭，她说是的。她到我入住的酒店来看我时，头戴羊毛黑帽，上着尼龙外衣，下着尼龙登山裤。她的朋友小影是生物系的学生，身着鸭绒服和单薄的灯芯绒裤，手头有的是时间，还有一台借来的专门用来拍摄野生动物照片的相机。我们从上海北上的前半程穿过了长江三角洲的核心地带，中国近年来几近百分之二十的国内生产总值产出于此。混合着工业区、中等高度的住宅区和破碎农地的区域，一大片接着一大片。每每蓦然回首南方地平线,在冬季的天色下仿佛海市蜃楼一般,总能望见某个神秘庞大的建筑——某座发电厂、某栋玻璃幕墙的金融大殿、某家壮硕的酒店、某座……那是座机械化粮仓吗?

坐在前座上的驯鹿一直在以好像有些烦躁的警觉巡视着天空。"生态这个词现在在中国很流行,你到处都能见到,"他议论道,"但那不是真的原生态。"

"中国直到四五年前才有了观鸟活动。"臭臭说。

"不——更久一些,"小影说,"该有十年了吧!"

"不过在上海只有四五年的时间。"臭臭说。

长江以北,进了苏北地区,我们好像一直行驶在一片又一片拥挤破落的郊区。房子都是块状沉闷的设计,不加粉饰,赤裸裸的;只有屋顶还留有远东特有的向上翻的轮廓线,这才添加了一分美观的气息。我们沿着运河水道行驶,看到到处都种着蔬菜,密集成行地种在路堤上、在成排的牙香树之间、在公路交叉的三角地里,一直种到每一栋房子的墙角根。

最终就连驯鹿都承认夜色已晚的时候,我们才离开保护区,坐车进了一个叫新洋港的村子。那里的房子都是两层楼,由不加装饰的水泥或砖头砌成。街上的照明主要靠从商店敞开的前门漏出来的那点昏暗的灯光。我们吃晚饭的时候,装在天花板上的取暖器吹着冷风,驯鹿跟我讲了他是怎样成为共和国首批专业鸟类向导的。他说,他小时候就喜欢动物,上大学的时候他时常进行鸟类写生,把他的自然观察笔记电邮给同学们看。但是没有一部完整的、带插图的中国鸟类野外手册，是不可能成为一个真正的观鸟者的，而第一部手册——由约翰·马敬能和卡伦·菲利普斯编绘的野外手册①要到二〇〇〇年才出版。驯鹿二〇〇一年买到了那本书。两年以后他在上海当了一名航空签派员。"那可是个很棒的工作。"臭臭跟我说。不过驯鹿自己却不以为然。他实在不喜欢值长夜班，跟飞行员和航空公司主管争辩不休，他甚至得跟用手机给他打电话的乘客争辩。不过他最大的抱怨是，那个工作和全职观鸟不可兼容。"有的时候，连续一个星期甚至两个星期，"他说，"我都没觉睡，就是不停地观鸟和上班。"

"但你能免费飞到其他城市去！"臭臭说。

那倒是真的，驯鹿承认。不过他的日程安排不允许他在任何城市待一天以上，他因此辞职了。在过去两年半的时间里，他以研究鸟类的自由雇佣者和向导的身份自居谋生。臭臭近来发现了脸书网站，正鼓动驯鹿创建一个网页向海外用户推广自己。她说，许多欧洲人和美国人都不知道中国也有观鸟者，更何况观鸟向导了。我问驯鹿二〇〇七年他有多少天在给别人做向导，他皱着眉头算了算。"不到十五天吧。"他说。

第二天一早六点半，找了个地儿吃过面条和包着香喷喷绿菜馅儿的糯米团以后，臭臭、小影、驯鹿和我又回到了保护区。跟中国其他自然保护区相似，盐城保护区也分成高度严格保护

---

① 指约翰·马敬能著，卡伦·菲利普斯绘的《中国鸟类野外手册》(*A Field Guide to the Birds of China*)。

的"核心区"和范围更广的"缓冲区",后者允许带望远镜的游客入内,也允许当地居民在那里居住和工作。华东地区绝少有原生态的鸟类栖息地,盐城保护区内当然一处也没有见到。看上去缓冲区的每公顷土地都被用来养鱼种稻、修路挖坑、收割芦苇、重建住宅,以及其他五花八门的需要移动土方、浇灌水泥的项目。驯鹿带领我们去看丹顶鹤(尾羽丰满,体态优雅,属濒危物种)、震旦鸦雀(体形娇小,脸相滑稽,属近危物种),以及其他七十四种鸟类(按照我的记录)。我们沿着一条运河去找鸦,那条运河正在进行拓宽改造,一队正在铺路的工人,骑着摩托车上前来问我们是不是在打雉鸡。在中国这样被问很常见,观鸟者也习惯了被错当成土地测量员,不是被告知"这地方没有鸟",就是被问"你在找的那种鸟是不是挺值钱的?"。

在一个广告牌边上我们看到了一只楔尾伯劳,那广告牌上不祥地号召着"开发土地,保护湿地,发展经济"。有位农夫正用铲子在为盖谷仓挖地基。我们进了一户农家的园子,那家人站在外面观看两个工人在维修一个变电站,而二十英尺开外,在一堆煤块边上,一只奇特美妙、羽色黑白相间、冠羽斑斓的戴胜正在枯草里觅食。我们又去了一处水库,驯鹿两个月前还在那儿看到过水禽。我们的车被一位骑在摩托车上、长相非常英俊的男子挡住了去路,他毫不退让地冲着我们以笑脸相迎,而驯鹿确认了这个地方已经被推平建成鱼塘,现在已经没了鸟的踪影。这天的行程结束之前,我们在保护区游客中心附近的树丛和灌木丛里寻鸟。这里在路的一侧,不用付钱你就能看见一只孤零零的鸵鸟,而在路的另一侧,花费四美元你就能看见几只驯服的丹顶鹤,无精打采地待在围栏里,黄黄的草、脏脏的水,你还能爬上一座塔楼远眺保护区的核心区。

这个游客中心"是一片荒地,而不是湿地",驯鹿痛心地说,"中国许多自然保护区面临的问题是没有得到当地人的支持。保护区附近居民的想法是,都怪保护政策,我们无法致富,不能盖工厂,不能造发电厂。他们不明白到底什么是保护区,到底什么是湿地。盐城保护区应该对公众开放一部分核心区,激发大家的兴趣。帮助他们去认识了解丹顶鹤。这样他们才会支持保护区。"

擅自闯入核心区的罚款名义上是四十美元,但可高达七百美元。理论上讲,封闭核心区为的是把人类对稀有候鸟的干扰程度降到最低,但如果你斗胆自行进入核心区,在二月下旬的某个早晨,你将看到的是喧喧嚷嚷的蓝色卡车排成长长的车队,在纵横交错的土路上颠簸前行,扬起一阵阵的尘土,排出一股股的柴油废气。那些卡车是空车而来,满载着堆得有房子那么高、马路那么宽的芦苇而去。你会很容易找到像震旦鸦雀那样的近危鸟种,因为鸟群都被逼到尚留有植被的狭长条状地带,而边上就是宽广无边的泥滩——数平方英里的泥滩,一直延伸到地平线——植被被齐根割除了。幸运的话,你还会看到世上仅存的两千来只黑脸琵鹭中的一只,在浅水滩上跟濒危的东方白鹳和濒危的鹤鸟一起觅食，而与此同时，就在它们后面的一方土地上，工人们正在把一捆捆的芦苇扔上卡车。

按照保护区一位管理员的说法，当地的规章制度允许在候鸟飞来之前和离开以后收割芦苇。二十世纪八十年代保护区刚设立，中央政府没有给予足够的资金拨款来维持运作的时候，保护区曾向割芦苇的农民收费，现今，割芦苇被合理化为一种防范野火的措施。"国际上一些非政府组织想要中国按西方的方式来保护环境，但又不想让每一个中国人都能开自己的车，"另一处海岸自然保护区的主任跟我这么说，"这就是为什么我们必须以中国特有的方式来办事。"对盐城保护区的丹顶鹤来说，是野火带来的威胁更大，还是在核心区每年齐根割除芦苇造成的威胁更大，于我并不那么显而易见。

驯鹿列举了在华东过冬或繁衍的一些鸟种——花脸鸭、中华秋沙鸭、青头潜鸭、黑头白鹮、硫黄鹀、白头鹤，它们正在消失。"甚至只是十年前，你能看到这些鸟的数量都要多得多，"他说，"问题不只在于偷猎。最严重的问题是栖息地的流失。"

天快黑的时候，在离开游客中心不远的路上，小影高声叫喊起来，他看到了四只绿翅鸭和一只扇尾沙锥。

* * *

臭臭要找的是营销或公关方面的正式工作，不过她想要一份不要求加班的工作,而现今工作都要求加班。她和她的丈夫在美国住过两年。虽然跟在中国的日子比起来,他们最终觉得在美国的日子太单调乏味、尽在预料之内,但他们现在又觉得自己比那些待在国内没挪过窝的朋友少了点"灵活性"。"要我们两个人放弃我们的原则就更难一点儿了,"臭臭说,"比如,在中国和美国,大家都说家庭优先。不过在美国他们是当真的。在中国,现在凡事都以事业为重、以成功为准。"她和她丈夫已经在四川成都买了个退休公寓,因为那儿的人以懂得休闲、享受生活出名,只是眼下她丈夫在苏州加班加点地上班,每周只有几天回上海的家,而臭臭忙于她自己的新业余爱好也并不空闲。自从两年前参加了一次上海野鸟会组织的踏青观鸟活动,她一直负责该组织的财务账目,主管该组织的几项推广宣传活动,积极在网上发布当地观鸟记录报告。去年夏季在福建她看到了世界上最稀有的鸟种之一:中华凤头燕鸥。

一个星期天早晨,我跟她一同去参加上海野鸟会的年会。四十位成员,其中十二位是女性,聚集在林业局大楼十九楼的一个办公室里。很容易辨认出新近入会的会员——他们比较腼腆,在那儿互相交换印着常见鸟种的小卡片。臭臭穿着入时的黑色牛仔裤,浓密的长发披在肩上,跟几位朋友寒暄过后,给大家做了一次清晰精美的财务报告,所用的电子报表上还用了一张硬币落入可爱小猪存钱罐的卡通画作为装饰。从今年开始,该会董事会成员由会员直选产生,而不再由上海野生动植物保护协会来指派。一位年长会员站起来以调侃的语气对九位候选人进行了简短介绍，包括"一位超级模特"（指臭臭）、"一位极为年轻的学生"（指小影）和"一位非常随和友善的家伙"（指上海最佳业余观鸟者）。会员们依次上前冲着一架照相机微笑，以半开玩笑的方式把粉色的选票投入票箱。

臭臭在董事会选举里得票最多，四十人投票她得了三十八票。极为年轻的小影是出局的两位候选人之一。自助午餐过后，我们一起观赏了那位非常随和友善的上海最佳观鸟者放映的幻灯片，那是他最近到生物极为多样化的云南省拍摄的。（"这一张里，"他一边点击一边解释，"我遭到了一只水蛭的袭击。"）臭臭一直全神贯注地听讲。她自己行将去云南两周观鸟，撇下她丈夫和女儿不管，带着驯鹿同行，希望能见到至少一百种她以前从来没见过的鸟。我问过她，她丈夫对她这个爱好作何想法。"他认为我在独享天下所有的快乐。"她说。

从办公室窗户，我能望见金茂大厦的上半部分——我住的酒店就在那上半部分里头。金茂大厦之前还是全世界第五高楼，直到几个月前被比邻的上海环球金融中心超越，而后者作为亚洲最高建筑的桂冠能戴到后年，直到边上另外一栋更高的建筑按计划拔地而起。在我位于七十七层楼的酒店客房里，当视线渐渐适应窗外煤雾弥漫的苍白天空，我开始揣度室内种种物品的货源，客房里每一件闪闪发亮的固定设施都让我思忖，要消耗多少能源去开采原材料，处理加工这些材料，把它们运到工地，再把它们吊到离地面九百多英尺高的地方。这切割成型、打磨抛光的大理石，这经过热加工成形的玻璃，这经过电镀加工的钢材。这客房在我看来实在是过于奢华了。

"无论什么鸟种，你在森林里没能找到的话，"那位上海最佳观鸟者打趣道，"你可以去当地的集市，总能在某只鸟笼里看到。"

会上有两位年轻小伙张翼飞和马克斯·李自告奋勇明天带我去长江出海口转转。翼飞身形修长，眉清目秀，以前做过记者，现在在世界自然基金会上海项目办公室工作。马克斯是上海本地人，去斯沃斯莫尔学院①学过工程，回国后成了一个素食观鸟者，想要在生态领域干一番事业。("尽我所能吧，要在此地做一名素食者真够艰难的。"马克斯从街头摊贩那儿给我们买来煎蛋早餐时说。）在崇明岛自然保护区转了一上午之后，翼飞和马克斯想带我去参观上海郊区的一个湿地公园。对中国环保人士来说，湿地公园这个词大致跟动物园等同。这些湿地公园通常都有清除了淤泥的池塘和颇为上相的小岛，各个小岛之间由令鸟类讨厌的宽敞木质人行道纵横交错地连在一起。上海的那座湿地公园跟一个军事基地比邻，靶场传来的一阵阵枪声又近又响，令人就像置身于有许多电子游戏机的娱乐场里一般；我还看到一枚曳光弹从我们头顶飞过。那里还有许多彩色聚光灯，播放着中国流行乐的巨型假石，直线排列密集种植的三色堇。翼飞看

---

① 斯沃斯莫尔学院（Swarthmore College），坐落于美国费城的一所文理学院，成立于 1864 年。弗兰岑是该校校友。

着这些三色堇说:"蠢。"

我们乘坐一艘又老又慢的渡轮渡江。江水是混凝土水泥的颜色。船要靠岸之前,数百位乘客全部挤到船舱口,要挤过狭窄的舱口,下到一个狭窄的平台,再走下一段陡直狭窄的金属楼梯。虽然我喜欢这个国度的生活节奏——中国人下飞机是如此神速,电梯门都是一触即开即关的那种——我实在无法忍受被挤到像梯子般陡直的楼梯边缘的那种感觉。我对纽约街上的人群已是习以为常,不过还没有领教过这样的人群。两者之间的差别就是人流的敏捷程度,哪怕是一丁点儿能抢先的机会都会被立即抓住,他人哪怕是有一丁点儿踌躇都会被马上利用。更不可思议的是,挤在我周围的妇女(乘客大多数是妇女)仰着头的角度会让她们自己看不清前路。那种角度只能让人看到前方仅仅一步之遥的距离,这么做没有让我觉得被他人挑衅或反感(那种在纽约乘坐列克星敦大道地铁时能让我血压升高的境况),但同时又多少把我变成无生命体。我对她们来说,也就是个缺少知觉的障碍物罢了。

我问马克斯和翼飞,如何看待大多数中国老百姓对环境危机(尤其是野生动植物)看上去的漠不关心。

"中国有着悠久的文化传统,要'和自然和谐相处',"马克斯说,"这些思想已经持续了数千年,是不会突然消失的。它们只是在这一代被遗失。近些年,传统观念被打破了。所以现在人们想的就是,我要发家致富。你越有钱就越能得到他人的尊重。

九十年代首批致富的是广东人。其他省份的人就开始效仿广东人的生活方式，其中包括去吃许多海鲜来炫耀你自己有多富。"

"我们缺乏研究人员对环境变化进行研究，"翼飞说，"我们现有的研究人员又不公开表达他们的想法。提供的不是真实的信息，而是许多虚假的信息——就像你听说过的，'中国拥有丰富的自然资源'。这个国家的总趋向是好的——正在走向更大的思想自由——但目前还是相当有限度的。所以到头来大家都是各自只顾自家事了。生活的目标变得只是为了个人生存了。"

* * *

在宁波，我提出是否能去参观一家生产高尔夫球杆的工厂，不知疲倦、笑容灿烂的大卫·徐答应了我的请求。直到我们抵达工厂前的那一刻，徐都还在跟那家公司的总裁通话，向他保证我真的是一个作家，而他本人真的是在外事办公室工作的。因为一年前，这家公司有个竞争对手曾经派遣了多个假扮成记者的暗探到工厂窥探。

现代高尔夫球杆看上去极为高科技，但其制造过程其实完全少不了密集型劳动。宁波这家工厂雇用了五百位工人，他们大多来自中部和西部地区。他们住在工厂的宿舍里，吃在工厂的食堂里，而且按该公司一位年轻销售经理劳伦斯·罗的话来说，他们对他们制作的产品并没有多少了解。罗说他自己每年只打几次高尔夫球，都是在公司要检验新产品的时候。该工厂生产的大多数球杆都是跟一只笨重的球袋配套，在美国的大型零售店出售。工厂不加粉饰的混凝土厂房和简陋的照明条件，看上去既可能是一年前才造起来的，也可能已经有五十年的历史了。男工们操作的那些油腻发黑的机床，也同样让人说不准已经用了多少年了，那些机床把钢管原材料卷进一个锥体冲压通道，把一圈圈整齐的波纹纹路压到最终成型的杆身上。女工们则在往一条条碳纤维复合材料上涂粘胶，再把它们卷到杆身上，然后加热黏合到杆身上去。一架重型冲床把薄钢片冲压到镂空的发球杆杆头上。在另一部机床的两侧站着两位男工，他们用镊子把发球杆杆头根面插入机床，待机床在根面上压出水平横向的沟槽纹路之后，再把它取出来。冲压过后的发球杆杆头又放到水冷式磨床里去研磨，磨床被放在一个昏暗的房间里，由几位戴着口罩的壮汉操作。罗向我保证，磨床用的是回收用水，房内的通风条件已经比以前大有改进，不过眼前的情形还是颇为震撼。楼上，在一间喷漆味浓重到令人震惊的房间里，几位看着不好惹的姑娘，头顶蓬松烫发，脚蹬防寒靴袜，在那里检验发球杆的成品抛光，去除小瑕疵。其他年轻工人在对杆头做喷砂处理，往杆身上贴花，给商标纹路手工着色，往镂空的发球杆杆头里注射粘胶以防剩余的沙砾发出响声。在底楼一个拥挤的空间里堆放着各种成品，层层叠叠闪闪发亮的球杆杆头像森林那般，在五颜六色的球袋堆成的山峦，以及以球杆杆身为茎、以加了软垫的握把为穗构成的浩瀚芦苇荡间若隐若现。

就跟中国的自然保护区一样,这家工厂也为各种难题所困扰。公司的工资总支出(目前平均每个工人每月大约两百美元)每年都在上升,而且新出台的全国性法律至少在理论上提高了最低工资标准,而且要求公司给除短工之外的所有工人都提供社保和遣散费。由于中央政府还倾向于发展内地,在像宁波这样的沿海城市,雇主得用越来越高的奖励刺激从内地吸引劳工并留住他们。与此同时,中国对出口税收的抵免额度正在下降,原材料价格正在逐月上升,美国经济发展正在放缓,美元疲软,而工厂又不能把增长成本转嫁到消费者头上——美国买家马上就会去跟其他工厂接洽。

"我们的利润率已经变得很小很小,"罗说,"就跟十年前台湾制造商迁到大陆来那样。我们现在看着越来越多的商机跑到越南去了。"

"越南可是个很小的国家。"大卫·徐脸上堆着笑容反驳道。

我们要离开时,在大门处看见一只巨大的高尔夫球袋,里面装满了塑封好的球杆。

"这些是我们制作的最好的球杆,"罗跟我说,"是最高档次的。出于你对高尔夫的兴趣,我们总裁希望你能当礼物收下。"

我看看徐,再看看我的翻译王小姐,两个人都没能明确告诉我该怎么办。就像身处梦中,我眼看着那球袋被装进面包车的后厢。我看着车门关上。该有某项众所周知的新闻职业道德规范适用于眼下的情形吧？

"哦，我可吃不准，"我说，"我完全不能肯定这是否合适。"

我还没缓过神来，罗已在跟我们挥手告别，我们已坐车驶进上午晚些时候的雾霾里去了。一阵充满废气的强劲暖风吹愈烈，空气质量突然变得很糟糕。如果我心里对商界礼数更有底的话，我想我也许能成功地婉拒这件礼物的。老实说，我在关键时刻更是被"最高档次"这种充满诱惑力的措辞和试手这些光鲜性感的最新款球杆的想法麻痹了；对那家工厂延长了的参观时间也让我对成品的兴致大增。直到此刻我才意识到要把它从宁波带回纽约可是件繁重的搬运活儿。再说了，收了人家如此贵重的礼物，我还要去写充斥着浓重喷漆味儿的车间，是否太不礼貌了？再说，我不是不喜欢打高尔夫球的吗？

"我在想我们应该掉头回去把球杆还给人家，"我说，"我们能那么做吗？总裁会不会不高兴呢？"

"乔纳森，要不你还是收下这些球杆吧。"徐说。我解释说，带着超重行李旅行很麻烦，身形不比球袋大多少的王小姐自告奋勇帮我带回上海暂存，直到我回美国。"我正好需要减肥。"她说。

"它们会是你此行的纪念。"徐说。

"你绝对应该收下这些球杆。"王小姐赞同道。

我当时在想着一个月前的俄勒冈之行。为庆祝我大哥的重要生日，我终于跟他一起去了一回班顿沙丘高尔夫度假村。在那儿的专卖店里我看到了成筐成筐愁眉苦脸的卡通海鹦,我愈打愈不耐烦,十八只漂亮的球洞先后都糟蹋在我手里,而鲍勃却好像能把远在县郡这一端的球一推杆推进远在县郡另一端的球洞。从鲍勃家到班顿的路上,我们搭乘了从波特兰市区到飞机场的轻轨线。如果你想要体验一下做个容光焕发、悠闲自在的白男是什么感觉,那你很难找到比在早晨通勤时段去挤公共交通,迫使一群族裔混杂的劳动民众绕着你的高尔夫球袋挤来挤去更妙的途径了。

我跟大卫·徐说,我想把我这袋新球杆作为礼物送给他。他拒绝道:"我这辈子连高尔夫球场的大门都没进过!"不过最终他几乎没有其他选择而只能接受。"这会让我记住你的,"他达观地说,"它会给我的生活增添一种奇妙多彩的情趣。"

*　*　*

江苏野鸟会的会址设在跟上海市比邻的江苏省省会南京市,其网站上数以千计的网帖里有个话题的首帖是由一位新入伙的成员笑笑哥发的,因为上传了多幅从动物园拍摄的鸟类照片,他招来了一片严厉训斥声。笑笑哥反唇相讥道:

没听过哪个动物保护组织对动物园表示反感……所谓的野生动物保护区,其实不就是开辟一块地方把它们"囚禁"

在里面做好保护吗？①

他继续写道：

> 就拿一个傻瓜机想近距离拍鸟恐怕只有到动物园吧？否则就得花几万块钱去拍鸟，这不是类似于贵族运动吗？……观鸟、摄鸟的帖子，我看多以鸟的美丽形态浸淫其中而不能自拔，以在某个地方发现新鸟种浸淫其中而不能自拔。

如果观鸟者们真的在乎鸟类的话，笑笑哥写道，他们就该少花点精力在制作漂亮图片上，多花点时间去保卫大自然，抵御人类的威胁。

有一条回应笑笑哥的跟帖指出，南京最早的观鸟者一直用——

> 一个普通的两百元的望远镜观鸟，他也成长为全国知名的高手，坚持五年多，一直到今年才换望远镜哦。

还有一则跟帖表达了他自己的内心矛盾：

---

① 笑笑哥的发言采用网帖原文，处理了个别错字，微调了部分表达。

从我个人观点来说我不喜欢动物园，不喜欢人把动物囚禁在牢笼里，我心里也真想把那牢笼砸了，但我没有那个胆量，我砸了肯定犯法。

对笑笑哥发的这些偏激牢骚做出的篇幅最长、最有耐心、最有道理的回帖是由一位叫罗马十三（跟意大利足球有关[①]）的网友写的。罗马十三承认如果管理得当，动物园的作用很大，尤其对新手来说。他对动物园和保护区之间的差别做了解释：保护区保护的其实是一方天地。他告诉笑笑哥，他（罗马十三）自己就上传过很多反映"环境破坏、捕鸟等不良现象"的照片，但这不能成为这个网站唯一的关注点。对笑笑哥做出的观鸟者自我沉溺的指责，罗马十三承认，没有几个人一开始就是出于要保护鸟类的冲动而去观鸟拍鸟的，但最后大多数有此爱好的人都会倾向于保护自然环境。再者，他写道：

> 如果观鸟拍鸟的不浸淫在美丽、新鸟种的愉悦中，不感叹于鸟儿的美好，那么又该从哪里得到去保护它们的动力和缘由呢？

正是这位罗马十三在两年前他才二十岁的时候，创建了江苏

[①] 原文为 asroma 13，而罗马足球俱乐部的缩写是 A.S. Roma。

野鸟会。用英语交流时他管自己叫伯劳。某个星期天早晨，我在南京跟他见了面，我们一同坐出租车去位于树林茂密的紫金山上的植物园，路上出租车收音机里恰巧在播报一则新闻：野鸟会在南京市南面的一个湖上看到了一群迁徙路过的天鹅。过去两年里伯劳一直在把观鸟新闻发送给当地媒体的编辑。"如果你能让一家电台或一份报纸报道一个故事，其余的也都会跟着感兴趣的。"他说。

伯劳是个高个头、高颧骨、看上去非常年轻的生物医学工程专业的学生。他说他知道南京每一种鸟的每一个细节，我相信他的话。一个灰蒙蒙的冷天，在植物园里很慢地兜了两圈——我们在那儿总共待了六个小时——他竟然能从一座市区公园里找出三十五种鸟来。（我们还在一个垃圾筒边上看到了三只野猫，那是我在中国的几个星期里见到的唯一自由漫步的哺乳动物。）伯劳扛着一部装在三脚架上的照相机，就好像是为大自然背负一座小十字架那般，领着我在草丛里转悠来转悠去，直到我真切仔细地观察到了一只画眉，那是中国最具魅力、最招人爱的鸣鸟之一。画眉的羽毛呈多种棕褐色，只有眼睛周围不可思议地有一圈白色眉纹（像戴了一副白色镜框的眼镜），它因此得名（字面意思就是"画上去的眼眉"）。那只画眉警觉到我们在边上后，像北美的唧鹀那样，紧张地扒拉着地上的枯枝落叶。伯劳说，紫金山的其他地方有人布网抓画眉，不过植物园的围墙使偷猎者无法入内。

伯劳生长在南京，是一位工程学教授和一位工厂工人的独生子。他十六岁时买了副双筒望远镜，跟自己说："我要到野外去观察动植物。"他在一本笔记本的封面上写上了"生态记录"的字样，揣着它就去了植物园。他望见的第一只野鸟是只大山雀（北美小山雀一种羽色缤纷的近亲）。半年后，他把笔记本封面上的"生态"字样给划掉了，以"观鸟"取而代之。二〇〇五年，通过互联网，他和另一位观鸟者（一名警校行政人员）联系上了，他们一起在网上设立了一个论坛，后来就成了江苏野鸟会。该会现有大约两百名会员，照伯劳的说法其中有二十名会员"非常积极"，不过跟上海的姊妹会不同的是，该会并不正式存在。"我们自己开玩笑说，这是一个已被到处曝光的地下组织，"伯劳说，"由于媒体的报道，本市现在有越来越多的居民知道我们的存在。现在有的时候，我们外出观鸟时，会听到过路的旁人相互说，'噢，他们是在观鸟'。"

除了环境污染和栖息地流失以外，在中国对鸟类最大的威胁来自非法网捕和毒杀鸟类以食用的行为。在某些古老的城市里（包括南京），很常见的是将野鸟当作宠物在市场上售卖，或由相信放生会带来好运的人逢年过节的时候用来放生。（在南京一座寺庙外面有个尼姑跟我说，放生者一般并不在乎放生的是哪种动物，他们注重的是数量。）据伯劳讲，禁止买卖野鸟的法律无法执行的理由是有可能会危及"社会稳定"，因而他和他的团伙就尝试去教育从市场买鸟的民众。"我们宣传活动要传播的信息是

'爱鸟就不该捕鸟——让它们自由自在地在蓝天飞翔'，"他说，"我们还告诉民众他们有可能接触感染各种寄生虫和病毒。我们试图说服他们，不过我们也吓唬他们！"

伯劳很不情愿地答应带我去南京的鸟市看看。在秦淮河北面迷宫般的小巷里，我们看到刚抓获的云雀在笼子里扑棱。我们看到一个小男孩抚弄着鸟头，驯教一只拴着绳子的麻雀。我们看到成堆的鸟屎。最不让我揪心的可算是笼子里的鹦鹉和文鸟，它们大概都是家养繁殖的。其次的就是色彩缤纷的外来鸟种——雀鹛、叶鹎、凤鹛，它们都是在饱受蹂躏的南方森林里被抓，迅速被运到南京来卖的。我非常不想在这里看到它们，而它们看上去也半真半假，只因我没能在它们的原生地观察了解它们。这差异就如同在黄片里见到你最要好的朋友和看某个古怪的陌生人那样：最令人揪心的是看到最熟悉的鸟被关在笼子里——蜡嘴雀、鸫鸟、麻雀。让我震惊的是，这些被关在笼子里的鸟儿们比在植物园见到过的，看上去小了许多，也更狼狈落魄。这正是伯劳告诉过笑笑哥的话：保护区保护的其实是一方天地。不仅仅是动物栖息在那一方天地里，没有了那一方天地，也就没有动物了。

南京最受欢迎的两种野鸟都是鸣鸟，一种是玲珑如珠宝的日本绣眼鸟，另一种就是那不幸的画眉。刚抓来的鸣鸟只卖一点五美元一只，不过经过一年驯教的鸣鸟就有可能卖到三百美元一只。绣眼鸟被关在相当宽敞的精致鸟笼里，看来还能去幻想或期望这样的监禁多少有些像是软禁。不过我看到的大多数画眉都被圈养在看上去令人沮丧、侧壁都封死了的木头牢房里，空间是如此之局促，鸟儿将将能转过身来。那些画眉透过它们好似白色镜框的眼眉，静默地透过木笼前侧的格栅，看着自己被卖掉换成现钞。

* * *

大卫·徐接受了新高尔夫球杆礼物后做的头一桩事就是把它们借给我用。我们结束又一整天活动（"先工作，后休闲"）的方式，就是去宁波现有两座高尔夫球场里较早建成的那一家。尽管空气质量随着天色越变越差，我们终于还是来到了环境较好的那片城区。忽然间，路上的交通也不那么拥挤了，田野里种的东西也更有选择性了，建筑碎料被小心周到地隐藏起来而不是随意倒在路边，广告牌上宣传的是诸如卡纳湖谷此类的房地产开发项目。而眼前位于受严格保护的山地森林和东钱湖一片宝蓝色淡水之间的，就是宁波启新绿色世界高尔夫俱乐部。

这座高尔夫球场是一九九五年修建的，当时有一位退休商人坐着飞机周游中国各城市，寻找投资地点。在去宁波的飞机上，他的眼镜掉到了地上，边上那位帮他捡起那副眼镜的就是宁波市市长。宁波当时正好决定要建一座高尔夫球场，而且愿意为此以优惠价格出让一片森林保护区的土地来修建。

俱乐部的总经理是一位名叫格蕾丝·彭的漂亮女性，她开着一辆电动高尔夫球车带我们参观。球道狭长而葱绿,周边种着的结缕草那样的草,到了冬天就会发白。起伏绵绵的金色土丘像大漠沙丘一般延伸消失到阴霾里,球童大多由女性担任,她们像阿拉伯的劳伦斯那样把白布缠绕披挂在帽子上和脖颈间。我们看到有三组人在打前九洞,后九洞那儿什么人都没有。"高尔夫球在中国还只限于富人和商人,非常小众私密,无人打扰。"彭说。终身会员会费要价六万美元,再出一百万美元你就能在旁边有门卫的度假村里买下一栋别墅。据彭说,二百五十位终身会员(包括送我高尔夫球杆的那位厂主)里,大多数人极少来打球或从来就没有来过。只有很少几位每个星期来这里多达五次,而且都是差点数为个位数的高手。在球场的制高点上,站在森林保护区的边缘,我们看着三位常客在一个又长又难的球道上开球。其中的一位把球打出逶迤的球道,落到乱蓬蓬的草丛里去了,彭冲着他喊道:"哈哈!不太妙哟!"

我原先想带大卫·徐去练习场,用他的新球杆来教他打球,可一旦彭提议我自己上正式球场打它几洞,我就对教别人全无兴致了。一位球童忙着拆我们球杆上的塑料包装,而一位职员在租赁柜台翻箱倒柜地为我找一双合脚的高尔夫球鞋。彭指给我看正在修建的一栋新会所,就在建了才十年而且非常舒适的现有会所旁边。"宁波的有钱人都相当年轻,"她解释道,"跟在美国不同,那儿的富人都比较年长一些。中国的变化很快,你也得飞快兴修。得飞快地更新你的设施才能吸引新的顾客。"

徐、王小姐和我跟着球童来到了第十洞场地。那是个五杆洞、狗腿状的球道，开球那一杆就得惊险地飞越水塘。我勘察了一下眼前空无一人的沙丘般的小土丘，再远处的是锯齿状的山脊轮廓——像是用硬纸板剪出来的黑色图案。球童递给我的发球杆是糖果红色的，锃光发亮，轻如鸿毛。我意识到，高尔夫本该如此：异域风光、最高档次的崭新球杆、后九洞除了我跟几名随从以外空无一人，而我的随从里有两位直接为我雇用，第三位则受政府雇用，对我奉承有加。徐、王小姐和球童都礼貌地站在远处。我能感应到他们在心里许愿我能杆下出彩，而于我而言，一股决心要打得精彩的责任感涌上了心头。这辈子就这么一次，绝不挥杆过幅。任球杆自行其责。要保持低头的姿态，挥杆时要转动髋部。我用那红色的新球杆练习了几回。然后猛击开球，那球就直飞远处球道的正中。

"好耶！"球童大喊。

"乔纳森，你可真棒啊！"徐说。

我打高尔夫球时有个习惯，强势开球之后紧接着的八杆十杆都是一塌糊涂，而我在宁波启新绿色世界高尔夫俱乐部紧接着用一柄三号木杆击球两次也都差一点打偏。不过，我的第四杆一下就把球打到了离球洞区八十码以内的地方了，再来一杆之后我的球就击中了旗杆的顶部。

"好耶！"球童说。

球童递来给我使的铁杆各项性能俱佳。用起来像是在操纵精

205

美的手术器具。打第十一洞时，我推球三次打了个双柏忌①，不过感觉是个不错的双柏忌成绩。这一刻我真是后悔已经把这些球杆送给了徐。第十二洞是个三杆洞，我发球有些偏右——"斜击耶！"球童嚷道，不过球道边有的是富有弹性的草，我轻轻松松就以四杆的成绩完成了。我是真想继续打第十三洞。

"乔纳森，"徐和言道，"我想我们该走了。"

我冲着徐做出苦闷失措的样子。我知道我们定好了要跟他的上司共进晚餐，不过我不太甘心我这辈子打得最棒的一场高尔夫球到此就结束了。我把我用的推杆递给了徐，要他尝试推球，尝尝打高尔夫球的滋味。他试探着把双手放到球杆握把上，止不住咯咯地笑出声来。我把球放在离旗杆十码的地方。他胡乱拨弄，击了几下球之后，就把球杆举到眼前，又止不住咯咯地笑了起来。我建议他站得离球更近一些。他试着再次击球，仿佛那球是只小动物，他想要吓跑它而不想伤害它似的。球只挪动了几英寸的距离。徐双手捂着脸，按捺不住又咯咯笑起来。过了一会儿，他打起精神，猛力击球。那球直奔球洞而去，撞上了旗杆，就卡在那儿了。徐细声叫起来，狂笑不止，直不起腰来。

我们坐车回到拥挤繁忙的宁波市中心，一路少话。我乏味地望着窗外漫长的薄暮，地面的一切已经沉浸在昏暗之中，可太阳还高挂在天上，呈杏色，就是一直盯着也不伤眼。上下前后左右

---

① 比标准杆数多两杆。

到处都是建筑施工、车水马龙、商业交易——中国大地上的每一个人都还在以令人敬佩的勤奋精神（也许不完全是那么乐观的精神状态）忙碌着——我则再次被刚到上海头一夜的那种感觉深深打动了。不过我那时描述成先进的东西，我现在觉得更该说是一种迟暮：那种由现代性带来的伤感，那种夜幕降临之前长长一段令人不安的黯黪。

＊＊＊

生产卡通海鹦杆头套的承包供应商季先生是在苏北长大的，就在离盐城自然保护区不远的地方。他父母是"文革"前在南京认识的，那时他们还只是十几岁的青少年。跟他们那一代的许多城市青年一样，他们被送到农村，向农民学习劳动的价值。在苏北，他们用泥土和稻草盖了个棚屋，在墙壁上开了些狭缝充作窗户。季是一九六九年出生的，先是由他的祖父母在南京带了两年，但他母亲实在太想他了，就把他带回苏北了。每年早春，家里的猪被宰杀吃掉以后，全家人因饥饿而无力做事，只有躺在床上，有时一躺就是数周，以稀饭充饥，等着收麦子。

季十四岁的时候报考了当地的高中，学校一共录取三百名学生，在一千五百名考生里他名列三百零二位。不过，排在他前面的有三位被取消了资格，他因而挤了进去。一年以后，他又挤进了南京一所更好一点的高中，再过了两年，他又挤进了成都大学。跟当时其他许多优秀学生一样,他把自己的注意力由政治转到了生意上,在省级进出口公司的玩具部找了份工作。二〇〇一年,他和他妻子从朋友那儿借了钱,又从美国霍尔马克贺卡公司得到了一张信用证,自己开了家公司。现下他们拥有四家工厂,雇用了两千名员工。他们的客户包括霍尔马克贺卡公司、冈德玩具公司、拉斯贝里玩具公司——都是业内的顶级公司,季本人最近被当地政府授予劳动密集型产业界模范公民的称号。

"我是最幸运的人。"季说。他答应带我参观他公司的总部,但我不得使用他的真姓实名。("我干吗要打广告?"他说,"想扩展业务时,我只要告诉人家我们是霍尔马克贺卡公司的承包供应商就足够了。")他的办公室位于华东近郊一个工业园区里,比邻一条岸边是树荫成行、水泥河床的宜人河道。他迈着略带跳跃的欢快步伐,带我参观他保留在此地的一家小型工厂。过去的四年间,他大多数的生产设施都搬到了安徽,他说,那儿的工人情愿领取低得多的工资以换取离家近一些的便利。较低的工资和遣散费用当然在财政上对季有好处,不过他相信这样也对社会有益——婚姻得以稳固,父母离家不远也能更好地照料他们的孩子,跟吸引农民工到城里来相比,把工厂建在农民工的家乡对中国来说是更具有可持续性的经济模式。

季展示给我看他自己设计的、用激光来切割人造皮毛的机械臂车床。像卡通海鹦那样小体积的产品,只能手工剪切布料。设计部的员工们向我展示了一块块布料是怎样用机器拼缝到一起的，里面先是朝着最外面，充当卡通动物眼睛的尖头塑料茎穿过毛皮用垫圈系住，然后卡通动物再里外翻个个儿——平平常常的布料就这样神奇地变成毛茸茸的好朋友。聚酯纤维做的绒毛从卡通动物头上的一只小洞塞进去，再把洞给手工缝起来，修剪干净接缝处，梳理整齐皮毛，再添上达芙妮商标。整个加工过程平均花费每个工人二十分钟时间。季送给我三只卡通海鹦成品，其中一只的身上绣着我哥的名字。

"我猜卡通熊猫该是中国国内最畅销的杆头套吧。"我闲话道。

"在中国国内？"季摇着头笑道，"中国人或许想要一只卡通秃鹰做杆头套。或是乔治·布什像吧。"

作为民主党人，我当时颇感罪恶地有些失望，没能找到我那只卡通海鹦背后有什么更可怕的产业秘密。其美国销售商是个动物爱好者，其中国供应商是个模范公民。就连污染问题也没那么明显地糟糕。一周以前，我在南京参观了海欣丽宁旗下的两家工厂，该公司在生产仿动物毛皮面料（或业内称为"毛绒面料"）方面在业内领先，我学到了合成纤维跟天然纤维相比的优势之处。海欣丽宁生产的仿动物毛皮面料，是用从日本进口的大包大包像棉花那样的腈纶纤维织成的：先是把纤维梳织成毛茸茸的线，计算机控制的针织机再把这些线编织成宽幅人造毛皮面料，摸上去有动物皮毛的质感。腈纶纤维的主要原材料是石油——既不用耗费水资源去种植棉花，也不用过度放牧致使草场荒漠化，而且如此利用石油比吉普多功能越野车要高明得多，并且腈纶染色工序要比处理羊毛或棉花干净多了，后两者为各种杂七杂八的蛋白质所污染。"如果染色不佳，我们就无法出口成品，也就是说如果原材料纤维不干净，你根本就无法把染料染到位。"海欣丽宁的总裁郑桐告诉我。跟季的情况相似，郑因占有市场优势而能负担得起无污染的生产流程，他买进的天然纤维都是已经染了色的，而且他不会去过问他的供应商任何涉及染色流程的问题。("有一点我很清楚，"他说，"那就是如果你循规蹈矩，你将会是市场上最无竞争力的一员。做一个良民，你很快就会看着自己从商界卷铺盖滚蛋。")我那只卡通海鹦的皮毛是纯腈纶纤维的，如果日本生产腈纶纤维的工厂跟我在慈溪参观过的那家由青少年操纵的腈纶纤维厂相似的话，那么在那儿也不会有什么严重的环境问题。我的卡通海鹦其实是高于我预想的奢侈品。

  鉴于他的产品是以动物形象为主的玩具，我问季他是怎么看待动物的。他说了一个故事，与他小时候他们家里养的一头猪有关。这头猪，他说，很会把猪圈的泥草墙拱出个洞来逃出去。季的父亲最终忍无可忍，就在那猪嘴上穿了三四个铁环，打那以后那猪就再也没逃过了。"现今这成了我跟我小孩说的玩笑话，"季说，"你可别在你鼻子或肚脐上穿个环，因为那会让我想起我那头猪来的！"

  他的孩子在北美长大，所以穿鼻环确是个让他担心的事。季和他的太太一直想要在（用他的话来说）"西方环境"里抚养他们的小孩，两年前在他被授予模范公民称号之后不久，他们最终向西半球进发了。按照中国的人口政策，模范公民是不可以有第二个小孩的。季已经和前妻有了个儿子，他的太太也和她的前夫有个女儿。他太太当时怀着他们俩的第一个孩子，也就是季的第二个孩子。他太太怀胎六月时的一个晚上，他们共同决定他太太应该到加拿大生下这个孩子。三个月后那孩子在温哥华诞生了，季也保住了他模范公民的称号。

＊＊＊

就发展中国家的经济增长和环境保护之间的关系有两种截然不同的理论。一种理论恰巧非常符合工商界的利益，认为社会一般只有先被允许造成污染，实现了中产阶级的富裕、安逸和权益之后才会开始担心环境问题。另一种理论则指出，成熟发达的西方各国并没有停止对资源的过度消耗和对自然环境的污染，这种理论的支持者通常多是整天担心世界末日将临的人，为中国、印度和印度尼西亚正在步西方模式的后尘而抓狂。

支持"先发展，后环境"理论的人现在能颇感欣慰的是，在中国国民生产总值突飞猛进后，马上就涌现出来了许多西方式的自然爱好者。可问题是中国状态良好的土地所剩无几，同时又在如此迅速地变化发展着。新一代人可能正在学习如何去保护环境，但还是赶不上自然栖息地正在流失的速度。中国日益机动化的中产阶级一窝蜂拥向国家自然保护园区，把这些地方爱到无法喘息。在北美，你还是能够带中小学生去某处自然保护区，每次去一车学生，让他们在那里待上一天或一个礼拜观察动物。在上海，人口很快就要增长到两千万，但仅有一处向公众开放的自然保护区——崇明东滩，一座位于长江口的冲积岛。该保护区管理精良，但也为渔业作业和上游带来的污染所困扰。占保护区三分之一面积的整个北部覆盖着一种引种的水稻，它对鸟儿并不有利；保护区的西部边缘地带正在修建一座巨大的湿地公园，里面包括一个"度假村园区"和"湿地高尔夫球场"。二〇一〇年以后，新修建的桥梁和水下隧道交通网将把该岛和上海市中心直接连接起来。你将能够用大巴载着上海的每一位学龄儿童到崇明东滩去待上一天接触自然，只不过那些大巴将排成一条龙，跨越长江口。

现下在中国能见成效的环保努力，多半完全绕过一般民众的参与，而直接求助于政府。在上海，先前当过记者，现为世界自然基金会工作人员的张翼飞，努力让市政府考虑当地的可持续最大人口以及未来饮用水的水源问题。该市目前的计划是依赖长江口的水资源，但不断升高的海平面可能导致水源过咸而无法使用；翼飞正在敦促市政府通过清理支流黄浦江，修复其流域环境，以达到另辟水源的目的——这样做的附带好处是会建立新的野生动物栖息地。"我们从不气馁，因为我们并不抱有很高的期望。"翼飞说。长江上游有数以百计的湖泊被永久切断了和长江水系的连接，世界自然基金会于二〇〇二年定了个目标，要说服湖北省政府重新连接其中的一个湖泊。"没人相信那事儿能办得成,"翼飞说,"那简直就是白日做梦,是痴心妄想。但我们搭建了一个演示场所,两三年过后我们说服了当地政府季节性地开闭水闸,让鱼自由进出那座湖泊。还真的成功了!接着我们便给当地政府提供小笔资金设立一系列试点项目。我们以疏通一座湖为起始目标。现在我们已经重新连接了十七座湖泊。"

在北京,我见到了一位名叫周海翔的环保人士,他搞过许多卓有成效的基层活动。周热衷于业余观鸟拍鸟已有二十年了——他觉得在这方面他算得上是全国先驱——不过只是近来才投身于环保活动的。二〇〇五年秋,他从新闻里得知了他的家乡辽宁省暴发了禽流感,有政府官员宣称是野鸟在传播流感病毒。周担心这有可能导致一场不必要的屠宰,就请了假,赶到辽宁,他发现那儿的水禽和迁徙过路的鹤鸟却出于诸如狩猎、毒杀和饥饿等更为寻常的原因正在消亡。

周戴着一副巨大的眼镜,看上去盖住了他的半张脸。"如果某个非政府组织想要成就某桩事情,就必须跟政府合作才行,"他跟我说,"观鸟者和环保人士可以做各种调查,但要实际办成任何事情,你就得找到某个角度。当地民众总是希望能有更多的发展,而政府从政策上要求可持续的发展和对环境的保护并举。由于资金非常有限,如果你能帮助政府官员展示他们真的在干他们职责分内该做的事情,他们会很高兴的。如果某个环保项目进展良好,地方领导就会受到许多好评,脸上增光。"

在一台笔记本电脑上，周给我看了在他家乡修建的野生动物观赏台上领导要人笑容满面的照片。周近来在位于辽东半岛的老铁山自然保护区搞了一个项目。每年秋季，中国东北地区的所有候鸟都得穿过辽东半岛向南飞，而就在半岛的公共领地上，当地的偷猎者布下了数以千计的天罗地网来捕杀候鸟。其中最贵重的要算是大型猛禽类，有许多不是濒危就是近危。当地很少有人会去吃抓来的鸟，周说，绝大部分都被运到南方省份，在那里这些鸟儿可是山珍野味。周和他在保护区当义工的女儿一起搜集数据，上报中央政府，用来协调地方政策。从他拍的照片里可以看到：协管员不分昼夜地追捕偷猎者；偷猎者为了拦下协管员的卡车砍倒大树横在路上；缴获的偷猎者摩托车；满满一屋子堆到齐脖高的五颜六色卷成一团团的捕网——协管员们单个早晨缴获的赃物；被偷猎者遗弃、关在鸟笼里的小鸟，那是他们用来诱捕大鸟的诱饵；有的树干被绑到其他树的树顶上，这样偷猎者可以把捕网支撑到老鹰飞行的高度；挂在高枝上、用劈柴加了重的老鹰捕夹；房子般巨大的捕网，上面粘着各种斑鸠、白尾海雕和猎隼；粘在网上还活着的鸟，但翅膀开放性骨折，骨头都支了出来，看上去惨不忍睹；一网袋缴获的猎鹰和猫头鹰，有的已经死了有的还活着，它们像一袋子脏内衣那样挤在一块儿；戴着手铐的偷猎者，身着漂亮的衬衫，脚上穿着新运动鞋，脸部被数字化模糊了；协管员满头大汗地把一只缠在捕网上的猎鹰解救下来；一堆总共四十七只死鹰和死雕，每一只的鸟头都被偷猎者砍掉了以防啄咬，这一堆死鸟也是单个早晨缴获的赃物，同一天早晨也找到了偷猎者扔在地上的一小堆血淋淋的鸟头。

"干这种营生的那些人并不穷困，"周说，"那不是为了谋生，而是一种习俗。我的目标是要教育民众，改变这种习俗。我想要教育大家，鸟类是他们的自然财富，我想要让生态旅游得到推广，作为人们谋生的另一条蹊径。"

能毫发无损地飞跃老铁山的候鸟绝大多数当然都飞向东南亚地区：那里森林被齐根砍伐，外加露天采矿，快要变成一个巨大的烂泥坑。对生物多样性造成的创伤正在蔓延到全球各地。看来，要求中国人民既要努力保护老铁山、保持空气新鲜、饮水安全、可持续发展，还得密切关注东南亚、西伯利亚、中部非洲和亚马孙流域的严重破坏情况，是要求过高了。还能有像伯劳、周海翔和张翼飞那样的人们存在，已是非同寻常了。

"眼看着某样东西被毁灭，而又无能为力，有时是很令人伤心的事。"伯劳跟我这么说。我们当时就站在南京市郊一条污染严重的河边，两年前还是湿地的地方现在全是新建的工厂了。不过还有那么一小块区域没有被开发，伯劳要带我去看一看。

评《大笑的警察》[1]

是我大学室友埃克斯特罗姆，一个真正的瑞典人[2]，向我推荐的这本书。他给我的是平装本，封面用了一张俗气的照片，里面一个身着雨衣、戴着摩登墨镜的男人冲着读者的脸举起了冲锋枪。那是一九七九年的事了。当时我只读伟大文学（卡夫卡、歌德），虽然我能原谅埃克斯特罗姆还没意识到我已成了个严肃认真的人，但我是绝对没兴致翻开一本封面如此骇人眼目的书的。一直要到好几年以后，有天早晨我生病卧床，实在无力去读福克纳、亨利·詹姆斯，我才碰巧捡起了那本小小的平装书。那时我已经跟另一位作家结了婚，并且我一向是挖空心思尽量避免得感冒的，因为我一感冒就既不能写作也不能抽烟了，而我一旦不能

---

[1] 本文是作者为瑞典作家玛伊·舍瓦尔（Maj Sjöwall, 1935— ）和佩尔·瓦勒（Per Wahlöö, 1926—1975）共同创作的、于1970年出版的小说《大笑的警察》（*The Laughing Policeman*）2009年平装版写的导言。
[2] 弗兰岑本人是瑞典裔美国人的后代。

写作不能抽烟就无法觉得自己聪明了，而自认聪明基本上是我对抗外面世界的唯一防线。结果《大笑的警察》带来的慰藉是再完美不过的了！一旦我跟探长马丁·贝克熟络上了，我就再也不怕得感冒了（我太太也再也不用担心我一得感冒就会冒出来的坏脾气了），因为从那时起，感冒就跟瑞典刑事警察那个令人沮丧又令人捧腹的世界联系在一起了。以马丁·贝克为主角的推理小说共有十本，每一本都可以在喉咙最痛的日子里津津有味地从头读到尾。其中我最爱读、重读最多的就是《大笑的警察》。这本书的两位幸福伴侣作者玛伊·舍瓦尔和佩尔·瓦勒[①]，把类型小说令人惬意的简练风格跟伟大文学里的悲喜剧精神紧密结合了起来。他俩写的这个系列，把精妙娴熟的侦探工作，跟喉咙正痛的人想要读到的对苦痛的纯粹有力的描绘结合了起来。

"天气真可恶。"作者在《大笑的警察》开篇第一页上就这么跟我们说，随后那天气就一路可恶下去。警察总部的地板总是被那些"被汗水和雨水搞得湿乎乎的烦躁易怒的"男人弄得"脏兮兮"的。有一章发生在"讨厌的星期三"。另有一章是如此开的头："星期一。下雪。刮风。酷寒。"就像那天气，全国上下也都是那副德行。舍瓦尔和瓦勒对战后瑞典的不满——一个贯穿十本书的主题——在《大笑的警察》里达到了狂乱谵妄的巅峰。不

[①] 两人的情侣合作关系延续了十三年，直至1975年瓦勒患癌症过世为止。在1965年至1975年的十年里他们共同创作出版了十本以马丁·贝克为主角的推理小说。两人从未注册结婚。

仅仅是瑞典冬天的气候无可救药地糟糕，瑞典的新闻记者也都无可救药地愚蠢，一心只求轰动效应，瑞典的女房东无可救药地都是种族主义者，并且贪婪成性，瑞典警方的管理层都无可救药地自私自利，瑞典的上流阶层都是无可救药地颓废恶毒，瑞典参加反战示威的人士都必然受到迫害，瑞典烟灰缸里的烟灰照例都满到漫出来，瑞典人做起爱来不可避免地要么邋遢污秽要么令人倒胃口地露骨无耻，圣诞节期间瑞典的大街上也肯定像噩梦一般。当警探伦纳特·科尔伯格好不容易晚上得空，给自己斟上一大杯阿克瓦维特酒的那一刻，找他有紧急公务的电话保准就会马上响起来。或许六十年代晚期的斯德哥尔摩真是如此丑陋和迷茫，但这本小说勾勒出来的完美的丑陋和完美的迷茫，明显属于喜剧夸张。

不用说，这本书里的模范受苦人马丁·贝克，就没能参透个中幽默。的确，这本小说之所以读来能如此安抚心扉，恰恰就在于它剥夺了主人公得以安逸的机会。圣诞节当天，他的孩子们放《大笑的警察》唱片给他听，歌手查尔斯·彭罗斯在每句唱词之间都要开怀哈哈大笑几声，孩子们也都跟着笑声阵阵，就只有贝克板着脸在听。贝克擤着鼻涕，打着喷嚏，苦挨着好像永远也好不了的感冒，抽着让旁人讨厌的佛罗里达雪茄。他佝偻着双肩，肤色灰白，棋下得很臭。他有胃溃疡，咖啡喝得过多（"就为了要让他的溃疡更糟一点"），独自睡在起居室的沙发上（"就为了要躲避太太的唠叨"）。在侦破这本书第二章里上演的大谋杀的整个过程中，他未曾帮上任何忙。他确实产生了一个颇有价值的洞见——他猜到了一位已故的年轻警探重操的是哪桩悬案，可他又忘了告诉别人他的这个想法，没有去全面搜查那位已故警探的办公桌，结果让他的部门在长达一个半月的时间里都在遭受完全能够避免的折磨。他在整本书里最令人难忘的举动就是，因从枪膛里卸掉了子弹而防止了另一桩罪案的发生，而不是侦破了哪桩案子。

作为推理小说作家，舍瓦尔和瓦勒的与众不同之处，就在于他们有意不去偏袒笔下的主人公。他们把马丁·贝克写成一个现实生活中的警察，也就是说他们抵住了诱惑，没有把他塑造成一个浪漫的反叛者，一个与他人格格不入的英雄，一个聪明能干的神探，一个让人觉得有趣的酒徒，一个匿名行善的侠客，或是其他推理小说作家喜欢写的各种自吹自擂的典型人物。贝克很是谨小慎微、缩头缩脑、迟钝冷漠，完全不像是个从作家笔下写出来的人物。舍瓦尔和瓦勒对他们笔下的贝克罕有怜悯，这无疑是宣誓忠实于警察职业的真实性。偶尔他们也会在其他配角身上放纵一下，享受写作的片刻欢愉，这一点在伦纳特·科尔伯格这个角色身上就很明显，他是个"好色之徒"，主张枪械管制，在他发表的左派长篇大论里头很难不夹杂作者自己的观点和言论。最能说明这一点的就是，科尔伯格就是那个在思想上跟警察局渐行渐远的警探。在这十本推理系列的后面几本里，他最终辞职不干了，而马丁·贝克则始终坚持着努力步步高升。舍瓦尔和瓦勒雄心勃勃试图用十卷的篇幅打造出腐败现代社会的画像，在这一点上他们已有所斩获（且十分正确），同样毫不逊色于这种志向的是，他们诚心诚意地透过马丁·贝克这个角色去挖掘警察这一行当是何等地异于社会常态。

只要那桩大谋杀案还没破，贝克就只能处于苦不堪言的境地。他得跟同事们一起去调查上千条毫无用处的线索，顶着凛冽寒风挨家挨户地探察，忍受愚民恶人的污言秽语，在冰天雪地里长途开车艰难跋涉，读堆积如山的枯燥乏味的报告。干警察这个行当，概而言之，就是得活受罪。作为读者，因为我们不是马丁·贝克，我们尽可去嘲笑那世道有多么糟糕，它又以如何残酷的高效率送警探们去受苦；我们作为读者一路读来开心得很。不过，最后还是这些活受罪的警察们干了一件漂亮活儿：同时侦破了一件很老的案子和一件很新的惨案，破那两个案子全靠精彩绝妙地破解了一辆轿车之谜，破案关键被一个又一个的证人提及，"真可笑你早就该知道了……"。《大笑的警察》讲的是经历真实社会之丑恶，走向出色办案本身之美妙的一段旅程，从头至尾充满作者反乌托邦的悲观看法跟推理小说这种体裁必然具备的乐观精神之间的矛盾冲突。小说读到最后一页，马丁·贝克终于笑了，他笑的是所有那些活受罪原来都是毫无必要的。多么离奇古怪。

逗号 – 然后

有太多东西要读而时间又太少了。我总在找理由放下某本书不再拿起来继续读下去,而某位作者能给我的最佳理由之一,就是把"then"① 这个词当连词来用,后面没有紧跟一个主语。

She lit a Camel Light, then dragged deeply.②

He dims the lamp and opens the window, then pulls the body inside.③

I walked to the door and opened it, then turned back to her.④

---

① 然后/接着。
② 她点了根骆驼牌特醇香烟,然后深深地吸了一口。
③ 他调暗了灯光并打开了窗户,然后把尸体拖进了屋里。
④ 我走到门边开了门,然后转过身背朝着她。

如果你的书头几页里就频繁使用这种"逗号－然后"组合，除非被逼着去读，否则我不会再读下去，因为你已经让我了解到你作为作家的几个特点，没有一个是好的。

首先，你告诉我的是，你写作的时候没有注意倾听英语是怎么说的。除了在创意写作课上以外，没有哪个以英语为母语的人会说出以上几句话。真正说英语的人会说：

She lit a Camel Light and took a deep drag.[①]

He dims the lamp, opens the window, pulls the body inside.[②]

He dims the lamp and opens the window. Then he pulls the body inside.[③]

He dims the lamp and opens the window and pulls the body inside.[④]

---

① 她点了根骆驼牌特醇香烟并深深地吸了一口。
② 他调暗了灯光，打开了窗户，把尸体拖进了屋里。
③ 他调暗了灯光并打开了窗户。然后他把尸体拖进了屋里。
④ 他调暗了灯光并打开了窗户再把尸体拖进了屋里。

When I got to the door, I turned back to her.①

I went to the door and opened it. Then I turned back to her.②

　　说英语的人真的很喜欢用"and"③这个词。他们也爱把"then"这个词放在独立分句的开头，但只是当作副词用，从来都不当作连词来用。像"我唱了两首歌，然后凯蒂上来自己也唱了几首"④这样的句子，实际上是两个句子合二为一，为的是达到递进的效果。如果类似的句子里只有一个主语而不是两个主语，以英语为母语的人非要用"then"的话，总会在前面再加一个"and"。他们会说，"我唱了几首歌，接下来⑤我请她上来唱几首"。

　　诚然，书面英语会运用许许多多口头英语里罕见的惯例常规。我敢肯定"逗号－然后"不在这些有用的惯例之列的原因——我知道跟勇敢地使用分号或是令人敬佩地使用分词短语不同，这是一个令人讨厌的偷懒做法——在于这几乎只出现在过去几十年的"文学"写作里头。狄更斯和勃朗特从没用过"逗号－然后"不也写得挺好，而如今寻常人写电邮、期末论文或商务信

---

① 到门边开门时，我转过身背朝着她。
② 我走到门边开了门。然后我转过身背朝着她。
③ 意为"和/并/再"。
④ 即"逗号－然后"的结构。
⑤ 英文原文：and then。

223

函时不用它也同样过得去。"逗号－然后"是包含许多行为动词的现代叙事散文里特有的一种毛病。染上这种毛病的句子,几乎总是跟其他中间带有"and"的陈述性短句为伴。当你用"逗号－然后"去避免使用"and"的时候,你在告诉我,要么你以为"逗号－然后"听上去比"and"要好些,要么你意识到你的句子听上去多有雷同,但你以为如此粉饰一下就能把我骗过去。

你骗不了我的。如果你有过多雷同的句子,解决的办法只有重写,变换句子长度和结构,让句子读起来更有趣。(如果连这一点都做不到的话,大概你所描述的行为本身就不太有趣。)下面这三句:

She finished her beer and then smiled at me.[1]

和

She finished her beer, then smiled at me.[2]

或者,更糟的:

---

[1] 她喝完了她的啤酒并随后冲我笑了笑。
[2] 她喝完了她的啤酒,然后冲我笑了笑。

She finished her beer then smiled at me.①

它们之间唯一的差别就是,后两句听上去像是小说创意写作课上的英语。它们听上去是未加思考就写出来的,而所有散文该做的一件事情就是促使作者去思考。

---

① 她喝完了她的啤酒然后冲我笑了笑。

真实可信但又恐怖可怕[1]

[评弗兰克·魏德金[2]的《春情萌动》]

弗兰克·魏德金弹了一辈子的吉他。如果晚生一百年,我几乎可以肯定,他会是个摇滚巨星,唯一的那点儿犹疑之处在于他在瑞士长大。相反地,他成了那个时期德国最经久不衰的最佳剧作《春情萌动》的作者,这是福音还是遗憾,多取决于个人的艺术价值观了。《春情萌动》的几大优点——喜剧性、个性、语言,大多也是优秀摇滚乐的长处。虽然这部剧作难以迎合普通观众的口味,但也具备了摇滚乐特有的一些优势:青春活力、颠覆力量和真实可信的感觉。在猫王、吉米·亨德里克斯[3]和性手枪乐队[4]

---

[1] 这是弗兰岑为他翻译的魏德金剧作《春情萌动》(*Spring Awakening*)写的导言。
[2] 弗兰克·魏德金(Frank Wedekind,1864—1918),德国剧作家。
[3] 吉米·亨德里克斯(Jimi Hendrix,1942—1970),美国音乐人,被认为是流行音乐史上最具影响力的电吉他手。
[4] 性手枪乐队(Sex Pistols,1976—1978),英国朋克摇滚乐队。

带来的震撼在几十年过后无法再震撼任何人的情况下，要说《春情萌动》跟一百年前相比有什么不同，那就是它变得愈发能触人心绪，抨击指责的意味也愈发激烈了。剧作家放弃高分贝音响所换来的是享誉后世。

魏德金的母亲是个走江湖的年轻歌手，也是个演员，父亲是个政治思想激进的医生，岁数是她的两倍；他母亲在加州怀上了他，父母为他起名叫本杰明·富兰克林[①]。他母亲十六岁时跟随她的姐姐和姐夫离开欧洲去了智利的瓦尔帕莱索。姐夫不久就遇到了经济困难，两姊妹为维持生计，转徙于中南美洲沿海地带巡演献唱，姐姐患黄热病去世后，弗兰克的母亲迁居旧金山，不停演出供养姐夫全家。二十二岁时她跟弗里德里希·魏德金医生结了婚，魏德金医生是在一八四八年德国政治暴动被镇压下去以后移民到加州旧金山的。父母婚后回到了德国，一八六四年弗兰克出生，他父亲不再行医，而是专门从事政治鼓动。随着德国的政治环境变得愈发险恶，俾斯麦上了台，全家于一八七二年搬到瑞士的一个小城堡里永久定居了。

尽管魏德金父母时常争吵，但这个大家庭里彼此关系亲密，志趣也都很高雅。不管在家里还是在学校，弗兰克都颇得厚爱。高中毕业时，他已在创作话剧和诗歌，用吉他弹唱自创的歌曲了。他后来成了个激进的无神论者，一方面对社会环境的适应能

[①] 与美国开国元勋本杰明·富兰克林同名。

力很强，另一方面又完全不适于传统工作和中产阶级的生活。他跟父亲就他的择业考虑发生激烈争吵，以至他对父亲动了拳脚，离家去慕尼黑当起了职业作家。《春情萌动》是他在一八九〇到一八九一年的那个冬季里创作的，于复活节最终定稿。随后的十五年里，为了让他写的话剧得以公开演出，他不断努力去刻意讨好戏剧界。他结交的好友里有个名叫威利·鲁丁诺夫的人，是个从事黑市艺术品交易的马戏团演员，以吞火和鸟鸣口技闻名。魏德金有一次还试图让一家马戏团表演他的话剧。他在慕尼黑创办了一家名叫"十一个刽子手"的卡巴莱夜总会，自己就在那里演出。多年间，他愈加频繁地亲自登台，一方面是出于和各家剧院搞好关系的需要，另一方面是为了示范表演他后期话剧作品时他想要的那种反自然主义的演出节奏。一九〇六年，在成功和名望终于降临到他头上时，他和一位名叫蒂莉·纽斯的非常年轻的女演员结了婚，他之前曾精心栽培蒂莉，让她在他的话剧《潘多拉的魔盒》和《大地之灵》里出演女主角璐璐（阿尔班·贝尔格①后来创作的歌剧《璐璐》就是据此改编的）。他和太太两个女儿，她们后来回忆父亲时都提到了他对小孩极为尊重，就好像她们和大人没有多少差别。

演出的辛劳构成了部分原因，魏德金在第一次世界大战期间病倒了，并于一九一八年因腹部手术引起的并发症离开了人

---

① 阿尔班·贝尔格（Alban Berg，1885—1935），奥地利作曲家。

世。在慕尼黑举行的葬礼上，发生了给摇滚巨星送葬时才会有的骚乱。许多德国文化界的头面人物，包括当时年纪尚轻的贝托尔特·布莱希特①，都出席了葬礼，更有一伙年轻、古怪、癫狂的人——那些文化自由人、性解放者，认同他的畸异，以他的怪诞为豪——蜂拥而来冲过墓地抢占墓坑四周的好位置。一个名叫海因里希·劳登萨克的诗人，也是"十一个刽子手"之一，情来不能自持，把一束玫瑰花圈抛到棺柩上后跳进了墓坑里，哭喊道："悼念我的老师、我的榜样、我的大师弗兰克·魏德金，你最不值得一提的学生敬上！"与此同时他的朋友、一个来自柏林的电影制片人，为后人拍下了整个过程。这位爱出风头的送葬者加上他的摄影师同谋：一派摇滚风光已然眼前。

* * *

《春情萌动》依然风险四伏、充满活力的一个例证，就是二〇〇六年，也恰好是原话剧首演一百周年之际，在百老汇上演了那出平淡无奇的摇滚音乐剧版，而且它马上就变得过誉了。魏德金于一八九一年定稿的剧本，因性描写太过直白而无法在维多利亚时代晚期的任何剧院上演。待到十五年之后这出戏终于得以公演时，德国没有哪个地方政府或外国政府允许该剧在不经删节的

---

① 贝托尔特·布莱希特（Bertolt Brecht，1898—1956），德国戏剧家、诗人，曾提出间离效果等戏剧理论，代表作有《四川好人》《大胆妈妈和她的孩子们》等。

情况下演出。与现在为了把一部危险剧目打造成当今大热门，而对原剧本横加摧残阉割相比，即便是一百年前最为严厉的审查删节，都显得温和得多了。

魏德金原作里因一次考试成绩不好而自杀的那个忐忑窘迫的少年莫里茨·施蒂菲尔，在百老汇音乐剧里变成了一个朋克摇滚明星，以新版莫里茨的才华和魅力很难想象他会为一次成绩欠佳而感到沮丧。原作里主角梅尔奎尔·加博漫不经心地强奸温德拉·贝格曼的情节，到了百老汇舞台上就变成了两人兴高采烈合欢的壮观场面。原作里魏德金笔下耽于声色的少年汉斯·瑞娄自我克制不去自慰的情节——他不情愿地销毁了那份行将"吞噬"他大脑的色情书画——到了二十一世纪呈现在我们眼前的却是精心编排的手淫霍霍、精液横飞的喜悦抖舞。除几句搞笑夸张双关语之外，没有用任何猥亵之词，魏德金就把汉斯的窘境拿捏得精准到位。他深晓孤独感是自慰者感到羞愧的真实原因，他深谙自慰者对虚拟对象的那种古怪柔情，他深知色情画面具有极强腐蚀力的自主性，而这一切都令人不安地切中了我们情色泛滥的现代社会的要害，因而这出音乐剧不得不对魏德金采取消毒措施，把汉斯的苦境涂改成是只不过有点儿黄色下流罢了。（其结果就是"好笑"，是蹩脚情景喜剧的那种"好笑"。每次一提到性，观众就紧张地笑出声来，结果他们因为听到自己在笑，就以为在看的戏一定令人捧腹。）至于工人阶级的女儿玛莎·贝塞尔，原作里老是被她父亲殴打，资产阶级出身的受虐狂温德拉·贝格曼对此极为嫉妒。但二〇〇六年版的玛莎除了变成受性虐待的神圣年轻象征以外，还能成为什么呢？支持她的姊妹朋友们跟她一起合唱的那一首"我所谙熟的黑暗"，是因被成年人当作肉欲对象感到悲哀而唱的圣歌。原作里玛莎讲起她的家庭生活时那份令人震惊的冷静客观（她说她"只在特殊场合"才挨打），到了音乐剧里却变成感伤敏感和糟糕信仰的现代迷雾。一伙成年人改编创作了一出以少年性爱为主要卖点的音乐剧（百老汇头一批海报上印着的就是男女主角男上女下的画面），剧中的少女们刚冲着绝大多数是成年人的观众哀号她们是坏女孩加痴情狂，紧接着又向前一步歌唱倾诉，因自身让成年人神魂颠倒的青春期性征而感受到的痛苦是如此地沉重，如此地不公。如果从玩贝兹娃娃到以布兰妮式穿着来打扮的成长道路，最终让一位少女觉得自己好像是他人手中的玩物，那显然不可能是商业文化的过错，因为商业文化拥有如此伟大的摇滚音乐剧，这世上没人比商业文化更理解青少年，更敬佩青少年，更努力地去给予青少年以真实感，更竭力强调青少年消费者一贯正确，无论他们是身为道德楷模还是道德受害者。那肯定是其他缘由的过错：也许是那个说不清道不明的苛政——摇滚乐至今还在幻想着要去大造其反；也许是那个制定种种刻板规则的无名暴君——商业文化一直在鼓动大家去打破那些陈规；也许两者都是。归根结底，青少年真的在乎的，就是能够得到非常郑重其事地尊重对待。在《春情萌动》看来不适于被改编成商业化摇滚音乐剧的各种理由当中，弗兰克·魏德金最犯众怒之处就是：在郑重其事地尊重对待青少年的同时，他又在同等程度上径直取笑嘲弄他们。所以现今比以前任何时候，都更加需要对他的剧作进行审查。

* * *

魏德金给他的这部戏取的副标题是"一出儿童悲剧"，这一用语含有一种怪异的、难以解读的、几乎滑稽可笑的意味。听上去好像悲剧弯下腰来挤进了儿童游戏房，或是穿着大人衣服的小孩踩到了过长的衣角绊了一跤那般。尽管十一点夜间新闻报道青少年自杀事件时可能会用悲剧这个词，悲剧人物的常规属性——权力、显赫、自我毁灭的傲慢、对自我进行成熟的道德考量的能力——当然都超越了儿童的范畴。该剧主角梅尔奎尔·加博最终毫发无损，又从何谈起说是一出"悲剧"呢？

多年来，许许多多剧评家和制作人就魏德金的这个副标题达成的某种共识，就是把它视作一种革命性的系统悲剧。按照这些人的读法，悲剧英雄不是由某个单一角色来扮演的，而是由整个社会来承担的，正是那个口口声声热爱孩子的社会正在对孩子肆意摧残。《春情萌动》早期在德国的几次公演都刻意突出了对该剧在这些方面的解读，提醒观众温德拉、莫里茨和梅尔奎尔都是像春天般生气勃勃的天真无辜的人，却都沦为早已腐朽过时的十九世纪资产阶级道德观的牺牲品。爱玛·戈德曼[①]于一九一四年写道,该剧是对在"性无知"环境里长大的儿童所遭受的"痛苦和折磨"提出的一项"强有力的控告"。英国剧作家和导演爱德华·邦德六十年之后写道,该剧是对"凡事皆循规蹈矩"的"科技社会"做出的谴责。这些解读的缺陷并不在于那些阐释在事实上站不住脚——毕竟该剧的确令人悲恸地结束了两条性命——而在于低估了该剧逐行逐句里的幽默。早在一九一一年魏德金就在反对对该剧做过多的政治解读,强调剧本的原意应当是一幅"阳光温馨的生活画卷",除了一个情节以外,在所有场景里他都试图尽可能挖掘出所有"随心所欲的幽默"让众人开怀。

　　剧评家和剧作家埃里克·本特利的《春情萌动》英译本,跟其他译本相比缺陷要来得少一点,而且尊重魏德金有关幽默笑料的见解,但是又以该剧的副标题为证,认为魏德金抗议过头了。撇开这个副标题带有讽刺意味的可能性,也不管那是否是在跟歌德的《浮士德》(同样难以按其副标题给它戴上悲剧的帽子)相呼应,本特利建议把《春情萌动》当作"悲喜剧"来读。无论该剧展现的生活画卷是否阳光,都无法否认从第一页开始该剧就充斥着对死亡和暴力的种种预感。悲喜剧这个词,就像儿童悲剧那样,以非常尴尬的含义,贴切地反映着年少情爱种种令人沮丧的荒谬之处:少年的悲伤显得可笑之至,少年的可笑又是如此

[①] 爱玛·戈德曼(Emma Goldman, 1869—1940),无政府主义者,无政府主义政治哲学发展和实践的关键人物。

可悲。

　　这个词让人觉得不够贴切的地方，就在于跟该剧所展现的实际行为不符。戏剧性的悲剧，不管是古希腊的、莎士比亚的、现代的还是半喜剧的，都只有在一个道德规范严谨的世界里才合情理。（哈姆莱特先生，这就是卓越人士自我意识过强会有的下场。洛曼先生[①]，这就是把美国梦这个弥天大谎在下班后带回家里的下场。）观众看悲剧所得的回报是对宇宙间的某种正义的肯定，不管它有多么地残酷，观众都能从自己的生活经历出发对这一切感同身受。《春情萌动》真正令人触目惊心之处——在一九〇六年令人震惊的地方，依照百老汇音乐剧拼命删节压制的程度来看，到了二〇〇六年还是同样地令人震惊——就在于剧中的行为是如此漫不经心地、如此彻底地没有道德感。温德拉·贝格曼和莫里茨·施蒂菲尔从一开始就满心顾虑着死亡，这似乎多少让他们日后的命运显得无法避免，但是悲剧要求的是比必然更多的东西。在哪个道德是非分明的世界里，像莫里茨·施蒂菲尔这样搞笑、生动、可爱的角色必然会过早地消亡呢？他的死，就像许许多多青少年的自杀一样，完全是随机的、偶然的、毫无意义的，因而跟他无神论朋友梅尔奎尔的世界观相一致，按后者自己的话来说，他"完全不相信这世上的一切"。

　　剧中本该主事的成年人也跟莫里茨同样无奈。你尽可对校

[①] 美国剧作家亚瑟·米勒剧作《推销员之死》的主角。

长哈特-佩恩和学校其他行政人员的威权行为深感厌恶,但他们所面临的是一个他们自己无法理解的"自杀风潮"。他们的罪恶就在于他们是成年人,古板保守,毫无想象力;他们是心虚的小丑,但并不是应该受到道德谴责的凶手。同样,你尽可对梅尔奎尔的父亲加博先生斥责儿子时的铁石心肠深感厌恶,但他儿子的确强奸了一个他不爱的女孩,就只为一己的感官愉悦,而且无法保证不会再犯。

要对《春情萌动》里的人物做出评判,唯一能讲得通的视角是喜剧性的和美学性的,而不是道德上的。我们因而又回到了当初魏德金已经强调过的立场,他的儿童悲剧其实是一出喜剧。莫里茨在即将用枪把自己的脑袋崩得四分五裂之际,决计要自己在扣动扳机的那一刻也想着掼奶油("令人感到饱足,余味甜美")。伊尔莎告诉玛莎说,她知道莫里茨为何自杀("平行六面体!")而且拒绝把自杀用的手枪交给玛莎("我要留作纪念")。温德拉因肚子变大(照大夫的话来说,"我们那可怕的消化不良")而被迫卧床,宣称自己将死于浮肿。"你没得浮肿,"她母亲回道,"你怀上小宝宝了。"魏德金在此兑现了十个场景之前(温德拉的母亲贝格曼太太告诉温德拉,小宝宝出自婚姻)铺陈设置的一个精彩笑话,写出了如下双关语:

温德拉:可那是不可能的,妈。我还没结婚……

贝格曼太太:伟大全能的上帝呀,问题就出在这儿,你还没结婚呐！

贝格曼太太由于自己过于老实厚道，让加博先生从她手里拿走了梅尔奎尔写的可以用作法律罪证的信，就是最后领着堕胎收生婆邻居进温德拉的病房时，她还在对温德拉满口甜言蜜语，呵护哄骗。该剧里确有几个品行恶劣的成年人——像莫里茨的父亲、布里克黑德牧师、普鲁克医生——另有几个配角男孩也同样恶劣，还有温德拉的朋友茜娅，她看上去也在步她父母的后尘，变成一个心胸狭窄墨守成规的人。成年人里那些更为主要的角色都还至少流露出一丝人性，即便只是恐惧。事实上，他们不仅确实流露了，而且他们必得流露，否则他们就不可能成为真正的喜剧的主体。想要把人性（包括你自己的人性和其他人的人性）好好地嘲笑讽刺一番，你就得好像在写悲剧那样保持一定的距离而且不留任何情面。不过，跟悲剧不同，喜剧并不需要编排一个庞大的道德体系。喜剧是一种比较粗犷的体裁，更适于没有宗教信仰的年代。欣赏喜剧只要求你拥有一颗能体认他人内心的心灵。尽管确实是贝格曼太太的怯懦直接导致了爱女的死亡，但也正是这种人性的脆弱使得贝格曼太太成为一个丰满生动的喜剧角色，而不只是个老套的讽刺性典型人物。你非得是个持道德绝对论观念的青少年，或者是个想要迎合道德绝对论青少年口味的当代流行文化供应商，才会对因自己的恐惧而身陷众多麻烦的贝格曼太太不抱有怜悯之心。

就像不能把成年主角写成无可救药的恶劣同时还能去搞笑那样,青少年主角也不能写得一点缺陷也没有。莫里茨的自怜和对自杀的痴迷,梅尔奎尔的施虐癖和是非不分,温德拉的受虐癖和几乎斗气似的故意让自己愚昧无知,汉斯的愤世嫉俗的淫秽:《春情萌动》让百老汇想用愈加猥亵的羞辱来掩饰的极为难堪的窘境、它给予当代社会的虔诚最冷酷无情的一击,就在于魏德金像对待迷人的小动物那样来对待他的儿童角色,他们有瑕疵,可爱、危险、愚蠢。这些角色都远远越过了把青少年写得正直老成的中间安全地带。魏德金笔下的青少年既天真无辜得让人受不了,又堕落邪恶得让人受不了。

在他生命行将结束之际,魏德金制作了一张形容词表,把自己和同时代的竞争对手剧作家格哈特·霍普特曼[1] 相对比,对自己加以形容描述。这张列数魏德金自我特质的词表末尾,写着的是真实可信但又恐怖可怕。这条自我描述的有趣好玩、忧伤悲凉和屈从无奈正是《春情萌动》剧作精神之所在。

---

[1] 格哈特·霍普特曼(Gerhart Hauptmann, 1862—1946),德国剧作家、诗人,曾获 1912 年度诺贝尔文学奖,代表作《织工》《群鼠》等。

纽约州访谈[1]

此次访谈是二〇〇七年十二月，在曼哈顿的上东区，靠近市长麦克·布隆伯格和时任纽约州长艾略特·斯皮策的住所附近进行的。

纽约州公关人员： 非常非常抱歉！今天早上所有日程都延后了，只因我们的前总统大人不期造访，他老这么来着，而我们可爱的小州看上去对比尔[2]从来都是拒绝不了的！不过我可以向您保证和她的半小时访谈日程不变，就算重排整个下午的日程也要兑现对您的承诺。您真慷慨，对我们如此包涵。

JF： 不过，我们说好了是要访谈一个小时的。

---

[1] 本文是作者为马特·韦兰德（Matt Weiland）和辛·威尔斯（Sean Wilsey）编辑的《吾国吾州：美国全景肖像》（*State by State: A Panoramic Portrait of America*）撰写的一篇文章。该文集汇集了五十位作家，分别就美国五十个州撰写一篇报道或回忆文章，由伊珂出版社出版。

[2] 指美国前总统比尔·克林顿。

纽约州公关人员：是的，是的。

JF：我记下的访谈时间是从九点到十点。

纽约州公关人员：是的。这是为了，嗯，写个导游手册吗？

JF：是系列文集。涵盖全美五十个州。我真心希望她不会甘心自己的那一章将会是最短的一章。

纽约州公关人员：对的，不过，哈哈，她也是五十个州里头最忙的一位，所以把日程安排得紧凑简短些也是有一定道理的。按照您刚跟我说的来看，要她参与的只不过是一个面向五十个州的公开试镜……我早先并没意识到这一点……

JF：我很肯定我告诉你的是——

纽约州公关人员：非得五十个州都要不成。就不能，比如说，只写五个州吗？合众国最重要的五个州什么的？甚或最重要的十个州？我想啊，您知道我是什么意思，有些不重要的小州可以去掉。或者也许，如果您非得涵盖所有五十个州的话，把它们放到附录里去怎么样？像这样：先是最重要的十个州，然后在书末尾的附录里头，才是其余那些个——您知道的——也存在的州。不知您意下如何？

JF：很遗憾，不行。不过也许我们最好重新定个日子做访谈。等她不太忙的时候。

纽约州公关人员：老实说，乔恩，每天的日程都是如此。而且越来越糟。因为我答应了您今天有整整半个小时和她访谈的时间，我认为您最好听取建议，接受已经安排好了的日程。不过,我明白您说的章节长度的意思——假定您铁了心非得包括那些不重要的小州不可。那我非常想给您看一些令人惊艳的最新照片,那是最近她自己照的。是她通过她的一个基金会设立的项目搞出来的。请二十位世界顶级艺术摄影师,对美国的一个州创作一组前所未有的最私密的掠影。非常别出心裁,极其非同寻常。我无意对您怎么写作指手画脚。不过我要是您的话?我大概会设想二十四页世界顶级水平的独一无二的照片,紧接着配上一小段非常个性化的访谈,我国最伟大的州会在访谈里揭秘她最大的热爱。那就是……艺术!我意思是说,那可是纽约州啊。因为,不错,很显然,她漂亮,她有钱,她有势,她魅力四射,她认识所有的人,她经历过最神奇的人生旅程。可在她最私密的灵魂深处呢?全被艺术占据了。

JF: 哇。谢谢你。那将会是——谢谢你!唯一的麻烦是,我吃不准这本文集的格式和纸张跟这些照片是否合适。

纽约州公关人员: 乔恩,我说过的,我不想对您怎么去写指手画脚。不过除非您有办法在一页里挤进上千字的老调子,不然还是这些照片更管用啊。

JF: 你说得极是。我去伊珂出版社问问看——

纽约州公关人员: 哪家呀,您说什么?埃科什么来着?

JF: 伊珂出版社。是他们出版这本文集。

纽约州公关人员: 哦天呐。您的书是一家小出版社出版发行的?

JF：不不不，他们是哈珀柯林斯旗下的一个子社。那可是一家大出版公司。

纽约州公关人员：哦，原来是哈珀柯林斯。

JF：是的，很大很大的出版公司。

纽约州公关人员：因为，上帝呀，您刚可是把我的心都吊起来了。

JF：不不不，是规模庞大的出版公司呀。全世界最大的几家之一。

纽约州公关人员：那让我去看看日程进展如何。说起来，要不您现在就先跟范甘德先生聊聊，请随我进来朝这边走。且慢，是的，这样好，带上您的包。这边走……里克？你能抽出个把分钟时间跟我们的，嗯，我们的"文学作者"聊聊吗？

纽约州私人律师：当然啦！好极了！请进请进请进！哈罗！我叫里克·范甘德！哈罗！很高兴见到您！我是您的铁杆粉丝！您在布鲁克林过得还滋润吧？您是住在布鲁克林，对吗？

JF：不，我住在曼哈顿。以前在皇后区住过，不过那是很久以前的事儿了。

纽约州私人律师：啊！意想不到！我以为你们搞文学的作家现在都住在布鲁克林区呐。至少真很时髦嬉皮的那一族是那么干来着。你这是想告诉我你不属于嬉皮一族的吗？还真是的，你这么一说，我发现你看上去还真不那么嬉皮。对不起！我在《纽约时报》上看到过一种说法，说是所有伟大的作家都住在布鲁克林。我也就自然而然地假定……

JF： 那是个非常漂亮的老市区。

纽约州私人律师： 是的，最适合看艺术了。我太太跟我找机会尽可能多上布鲁克林音乐厅去看演出。不久前我们还去看了一出完全用瑞典语表演的话剧。我得承认，对我这个不会讲瑞典语的人来说，不免有些不可思议。不过我们玩得挺开心的。不像你熟悉的曼哈顿夜晚，这是肯定的！不过，现在，请告诉我，今天我能如何为你效劳？

JF： 我其实也不清楚。我预先并不知道要跟你谈。我以为我是来采访纽约州的——

纽约州私人律师： 那就对了！被你说准了！这就是你现在在跟我谈话的原因！我今天能为你做的就是审查你访谈要提的问题。

JF： 审查要提的问题？你开玩笑吧？

纽约州私人律师： 我看上去像是在开玩笑吗？

JF： 不像，只是，我有点惊讶。以前要见她是很容易的。也就是，你知道我的意思，约着一起出去散散心，聊聊天。

纽约州私人律师： 没错，没错，你说的意思我明白。以前什么事情都很容易的。以前在第九十八街和哥伦比亚大道的交叉口很容易买到可卡因！以前很容易就能让哈得孙河底铺满多氯联苯和重金属物质。以前很容易就能把整个阿第伦达克山脉齐根砍光，看着河流变成泥浆水。以前很容易把布朗克斯区开膛破肚硬开一条高速公路直穿过去。以前很容易在下城百老汇用亚裔奴隶劳工开血汗工厂。以前很容易就能租到租金管制公寓,租金便宜到你整天除了给房东写辱骂信,别的什么都不用干。以前所有的事情都太容易啦!但这个州最终长大成熟了,开始知道要更好地照顾自己了,如果你知道我说的是什么意思。这就是我现在要帮她做的事。

JF:我想我看不出来,纽约州从前对一个来自中西部的孩子所展示的开放包容、有求必应、激动人心、罗曼蒂克,怎么能跟污染哈得孙河等同起来。

纽约州私人律师:你是说你爱上她了。

JF:是的!而且我觉得她也爱上了我。就好像她一直在等着碰上像我这样的人。就好像她需要我们这样的人。

纽约州私人律师:唔。那是什么时候的事儿?

JF:七十年代末八十年代初。

纽约州私人律师:好家伙。那正是我所担心的。那是些疯野的岁月。那时候她的精神状态不那么好。如果你能不向她提起那整段时期,就是你能对她表示的最大善意——顺带着也帮了你自己的忙。

JF:可那些岁月正是我想要跟她谈的呢。

纽约州私人律师:而那就是我得审查你要提什么问题的原因!听我的,你会发现她并不喜欢这个话题。就算到了现在,不时还会有人自以为是地想找出更多她在那些年头的照片将其公之于众。通常都是恶意中伤——你总会碰上一两个讨人嫌的狗仔队候在康复诊所外面，等着要拍某位远比他们上等的人，记录在她除此之外灿烂辉煌的人生里某个令人遗憾的时刻。难以置信的是，那些人居然认为那时的她更美，因为她很容易被弄到手。那些人居然以为暴露她蓬头垢面、衣冠不整、魂不守舍、邋遢不堪、身无分文的模样，是为她好。犯罪率高、垃圾成堆、低劣建筑、倒闭的工业镇、破产的铁路业、拉乌运河①、山姆之子②、阿蒂卡监狱暴乱③、泥泞牧场上的嬉皮士④：数不清有多少赖账坯和潦倒艺术家跑上门来，为她神魂颠倒、感伤怀旧，自以为他们了解那个"真实"的纽约州。然后抱怨她怎么和过去迥然不同了。那还——真他妈的说对了，她是变了！那是桩好事！只要想象一下，如果你愿意的话，就会发现她现在的生活终于走上了正轨，再要让她回首那些不幸岁月里的所作所为，她该有多羞愧呀。

---

① Love Canal，位于美国纽约州尼亚加拉瀑布城，二十世纪七十年代后期化学污染事件的所在地。由于在掩埋了化学废料的土地上修建住宅，破坏了掩埋废料的表层黏土，使有毒废料泄漏进入地下水，阻断了含泄漏毒物地下水外流的通路，造成环境污染。该地区人群出现了包括高流产率、先天畸形、癌症、神经疾病在内的各种健康问题。拉乌事件继而成为受到全国乃至国际关注的一桩工业污染和城市规划丑闻。

② Son of Sam，指美国连环杀手大卫·伯克维兹。1976年7月至1977年7月，他常在纽约市作案并在作案现场给警察留下署名"山姆之子"的字条。纽约因此立法（俗称"山姆之子法"）限制嫌犯和囚犯从媒体对他们罪行的报道里牟利。

③ 指1971年纽约阿蒂卡监狱发生暴动，要求保障囚犯政治权益和改善牢狱生活条件，最终导致三十九人死亡（包括十名作为人质的看守人员），成为美国囚犯民权运动最著名的一次暴动。

④ 指1969年8月15日至18日在纽约州沙利文县一处牧场上举办的名为"伍德斯托克音乐与艺术嘉年华"的音乐节。它不仅被公认为流行音乐史上的关键事件，也成了七十年代反主流文化群体的核心象征。

JF：那，照你这么说，我猜我被归到赖账坯和潦倒艺术家那一类里去啦？

纽约州私人律师：嗨，你那时候还年轻嘛。就此打住吧。告诉我你还想提哪些问题。贾内尔有没有跟你提起过我们新搞的那个很棒的摄影项目？

JF：是的，她提起过。

纽约州私人律师：那你会想腾出足够的时间聊聊那个项目。其他还有什么要问的？

JF：唔，坦白地说，我原打算能跟她做更为私下的交谈。一起追忆那些往事。多年来她于我意义重大。象征了许多。也催生了许多的奇思妙想。

纽约州私人律师：当然！那是理所当然的啦！对我们所有人都是如此！"私下"里谈很好——不要误会我的本意。近距离、"私下里"交谈就很好。她并不只在乎权势和财富，她对家庭、亲属和爱情也很投入。就该那么去访谈，我完全没意见。只是记住要避免提起某些特定的年代。比方说六五年到八五年那阵子。在那之前的东西你打算写点什么呢？

JF：那之前的东西，没多少好写的。也不过就几幅微型肖像特写罢了。你知道的——在中西部观看电视直播的话，年夜时代广场的水晶球十一点钟就落下来了。还有尼亚加拉大瀑布，后来才知道每天晚上都要被关掉，这很让我惊讶。还有自由女神像，学校里教的是说它是用法国学龄儿童捐献的铜质分币铸成的。

245

还有帝国大厦。还有《伊利运河上走它十五里》[①]。仅此而已。

纽约州私人律师："仅此而已"？"仅此而已"？你刚刚列举的是五个一流正宗的美国巨型标志。整整五个哟！我得说，这不少噢！还有哪个州能举出这么多来？

JF：加利福尼亚州？

纽约州私人律师：加州以外其他的州呐？

JF：不过那只是些媚俗的东西。对我来说没什么意义。就我个人而言，我认识纽约州是从一本名叫《密探海芮》[②]的童书开始的。我爱上的第一个文学人物，就是那个来自曼哈顿的小女孩。而且我不只是爱她——我想成为她那样的人。我甘愿完全放弃近郊的宜人生活，搬到曼哈顿上东区去做海芮·M.韦尔施，揣着她的笔记本，带着她的手电筒，和不干涉她生活的父母生活在一起。然后，更精彩的是，两年过后，续集里出现了她的朋友贝丝·艾伦。也是曼哈顿上东区的孩子。她暑假都是在蒙托克[③]过的。家里有钱，身材苗条，白肤金发。而且她是如此津津有味

[①] 伊利运河是1807年开始企划并于1825年落成开通的，东起纽约州奥尔巴尼市哈得孙河，西抵纽约州布法罗市伊利湖，连接两大船运水系，长达三百六十三英里。此后纽约市取代费城成为美国东海岸最大都市和港口。《伊利运河上走它十五里》(*Fifteen Miles on the Erie Canal*) 是美国著名民谣歌手皮特·西格（Pete Seeger）创作的歌曲。

[②] 《密探海芮》(*Harriet the Spy*) 是出版于1964年的儿童侦探小说，作者路易斯·菲兹修（Louise Fitzhugh，1928—1974）。该书被誉为儿童文学史上的里程碑式作品。

[③] 纽约长岛最东点，属东汉普顿县。

地不快乐着。我当时心想我能让贝丝·艾伦变得快乐。我心想我是这世上唯一一懂得她的心思、能够让她幸福的那个人，如果我有朝一日能离开圣路易斯的话。

纽约州私人律师：唔。这听上去有那么一丁点儿，呵……不正常。我意思是说，有关未成年人的方面。纽约州当然以保持多元兼容和宽容大度的悠久传统而深感自豪——讲到这里，请允许我稍稍停一下，我有个主意。（拨电话）是杰里米吗？是的，我是里克。听着，你能腾出个把分钟见一位客人吗？是的，是我们的"文学作者"，是的，是的，他在写个导游手册什么的。我们正在让他探讨多种视角，而且——哦。噢，太好了，我没意识到。宽容大度和多元兼容？太棒了！我马上带他来见你。（挂电话）纽约州历史学家给你准备了一些材料。整整一包专门为你准备的。事情多到疯掉了，右手都不知道左手在做什么了。

JF：不过我吃不准我是否需要这一大包材料。

纽约州私人律师：听我的没错，你会想要这个的。杰里米，嘿嘿，总能搞出一包很棒的材料。不是要伤你的自尊，不过到了你要写你那本书的时候，你还真有可能发现这包材料会派上用场的。以防访谈没能如你所愿。顺带再问一遍，访谈的规矩底线都清楚了吧？你能复述给我听听吗？

JF：不要去触及那些有声有色的年代？

纽约州私人律师：是的。不错。还有你对小女孩的癖好。

JF：可当时我自己也是个小孩呐！

纽约州私人律师：我只是要告诫你，她是不会容忍这些东西的。如若你对她本人和她的那些令人振奋的新项目抱有巨大的热情？没问题！绝对可以！而你对某个虚构的、出自野蛮的六十年代、尚未进入青春期的上东区少女的激情？那就不大行了。请跟着我往后面来。

JF：我们是否有个大致估计，什么时候我才能见到她本人呢？

纽约州私人律师：杰里米？让我给你引见我们的"文学作者"。他还是个曼哈顿居民，有点儿意思。

纽约州历史学家：宽容大度……多元兼容……中心地位。这就是标志着纽约州卓越超群地位的三句标语。

纽约州私人律师：我让你俩聊一会儿吧。

纽约州历史学家：宽容大度……多元兼容……中心地位。

JF：嗨，幸会。

纽约州历史学家：北面是清教徒新英格兰地区。南面是众多动产奴隶制种植园殖民地。中间是优质的深水港和四通八达的内河船运水系，外加丰富的自然资源，居民又多是商人和众人皆知宽容大度的荷兰人。荷兰人是最早明确地把良好商机和个人自由——把致富和启蒙联系起来的国家之一，新尼德兰[①]就是这种思想的结晶。荷兰西印度公司公开禁止宗教迫害——专

[①] 新尼德兰是在荷兰东印度公司雇佣英国探险家亨利·哈得孙于1609年发现特拉华湾和后来以他名字命名的哈得孙河后在北美洲东部设立的殖民地（1614—1667），主要包括哈得孙河流域即今日美国的纽约州、新泽西州、康涅狄格州等州的部分地区，在曼哈顿岛建立的新阿姆斯特丹是纽约市的前身。

制的总督彼得·史岱文森经常为之恼火并痛斥如此苛刻的约束。首批犹太人于一六五四年抵达纽约,跟从英格兰来的贵格会教徒和从麻省逃出来的清教徒背教者(包括安妮·哈钦森[1]和她的家人)会合于此。史岱文森因骚扰犹太人和贵格会教徒受到了公司的斥责。他在为自己辩护时抱怨说新尼德兰充斥着"来自各国的人渣"。对我们所有人来讲颇为幸运的是,新尼德兰的神奇孙女,我们最亲爱的帝国大州,至今仍是如此。她是联合国优雅大方、唯一可行的东道主,是为同性恋者和变性者争取平权的热心倡导者,是搅动文化大熔炉的长柄勺,是全美女权运动的摇篮。单就在皇后区艾姆赫斯特一个学区里就读的学生而言,家里父母讲的语言几乎多达一百五十种。可所有人又都讲同一种通用语言——

JF: 是金钱?

纽约州历史学家: 是宽容。不过,是的,当然也会讲金钱。这两者是齐头并进的。纽约州巨大的财富确实证明了这种观点。

JF: 不错。你说的这些甚至把我的胃口都有些吊起来了,不过可惜的是那完全超出了我要写的范畴——

纽约州历史学家: 独立战争:漫长而艰难的角逐,打的是消

---

[1] 安妮·哈钦森(Anne Hutchinson, 1591—1643),因裂教信仰被驱逐出麻省,全家在今纽约市布朗克斯区落户,后因与当地印第安人的冲突被杀,全家几近灭门,只有一个女儿幸存。她是众多美国政坛要人的先祖(包括罗得岛州第十任州长、美国革命时期效忠英国的麻省州长、美国最高法院大法官、哈佛大学校长、三任总统富兰克林·德拉诺·罗斯福和大小布什)也被后人誉为倡导民权女权和信仰自由的杰出代表人物。

耗战、持久战。狡猾的华盛顿将军一直在规避决定性的正面交战。就在这个从来不像是个战争，狼狈地玩捉迷藏、你追我逃、东躲西藏这类蹩脚游戏的漫长过程中，有两场战斗脱颖而出，成了关键转折点。以伤亡人数计，这两场战斗规模都不大。那么两场战斗都发生在哪里呢？

JF： 这是，哇，这真的是——

纽约州历史学家： 为何莫名惊诧，自然是在纽约州啦。在处于中枢核心地理位置的纽约州。话说头一场战斗是在哈林高地。华盛顿和他的散兵游勇之师被围堵在曼哈顿，形势严峻。威廉·何奥将军率领一支名副其实的舰队刚抵达纽约港——三万余人组成的整装待发、训练有素的精锐部队（包括史上有名的黑森佣兵）。我们的大陆军因伤亡惨重而士气低落，正处于不堪一击的时刻。关键的交战在哈林高地，靠近今日哥伦比亚大学的地方。华盛顿的部队在此跟英军打平，使华盛顿将军得以出逃到新泽西州，兵力基本上完好无损。英军因此失去了一次绝佳战机，华盛顿则得到喘息机会而士气大振，活下来继续作战——或继续逃避作战！

JF： 对不起能否打断一下——

纽约州历史学家： 第二场战斗：萨拉托加的比米斯高地。年份：一七七七年。英国打赢这场战争的计划：够简单的。把南面由何奥率领的占绝对优势的远征军和北面由约翰·伯戈因将军（绰号"绅士强尼"）率领自加拿大南下的八千英军会合起来。建立补给供应线，控制哈得孙河和尚普兰湖的水运通道，把新英格兰地区和南部殖民地分隔开来。分而治之。可他们转战的是沼泽连绵的北国，陷于虫害猖獗的泥沼里。而美军尽管许多人并非专业军人，却在贝内迪克特·阿诺德将军英勇无畏精神的感召下，在萨拉托加的比米斯高地严阵以待，向"绅士强尼"发起了一系列进攻，给予英军严重打击，致使英国人于一周内全部缴械投降。好一场鼓舞人心又具有巨大战略意义的胜利！美军胜利的消息促使法国彻底站到了美国一边并向英国宣战，此后六年的战争岁月里，号称世上最精锐的军队在跟美国人作战时愈发显得踌躇不决、徒劳无能了。

JF： 嗯？

纽约州地质学家： 杰里米？

纽约州历史学家： 由此得出的经验教训是？掌控了纽约州，也就控制了全国。纽约州是关键枢纽。是热力四射的中心。是最重要的症结之所在，如果你愿意这么去说的话。

纽约州地质学家： 对不起，杰里米，打断一下，我得领客人到走廊另一头走走。他看上去有点被你吓着了。

纽约州历史学家： 新成立的美利坚合众国的第一个首都，被写进它灿烂辉煌的新宪法的首都，位于哪里呢？乔治·华盛顿又是在哪里宣誓就任我们共和国首任总统的呢？有谁答得出来……是纽约市？尽管我们还在襁褓中的州很快失去了首都的主人地位，她依然身怀另外一两项绝技！沿大西洋海岸线将年轻的共和国缝合起来的，是一道难以逾越的山脉，从佐治亚州一直延伸到缅因州。想要跨越这些山川去开发内陆巨大的经济潜力，只有三条可行的通道：到遥远的南方绕过佛罗里达穿越墨西哥湾；到遥远的北方绕过新斯科舍穿越荒凉的加拿大圣劳伦斯水域；或者，在正中间，在正中央，通过哈得孙河和莫霍克河在山峦间劈开的一条狭缝。只需挖一条穿过沼泽低地的运河，无穷无尽的木材、钢铁、谷物和肉食就能顺流而下经纽约市运出来，而工业产品就能逆流而上运进去，让国民过上丰裕的日子，直到永远。哎哟，你瞧瞧！想不到吧！

纽约州地质学家：跟我来——这边走。

纽约州历史学家：真是的！这就走了！

JF：嗨，多谢！

纽约州地质学家：是谁领你去杰里米那里的？

JF：是范甘德先生。

纽约州地质学家：里克·范甘德，好一场恶作剧。顺便自我介绍一下，我叫哈尔，是地质学家。待在这头儿我们可以轻松一会儿了。要不要来个甜甜圈？

JF：谢谢，不用了。我只想能做成我的访谈。至少我以为那是我想做的事情。

纽约州地质学家：当然啦。（拨电话）是贾内尔吗？那位作家？他问起他要做的访谈？……是，好的。（挂电话）她会过来接你过去的。如果她还记得我的办公室在哪儿的话。等她这会儿我能帮你做些什么？

JF：多谢。我此刻感觉好像挨了几闷棍似的。我原想我能跟纽约小州去一家小餐馆坐坐，告诉她一直以来我有多么喜欢她。很随意地，就我们俩。然后我再去描述她的美丽。

纽约州地质学家：哈，这么干如今可行不通了。

JF：我第一次见到她时，就为遍地的碧绿葱郁所倾倒。塔考尼克风景干道、帕里塞兹林荫干道、哈钦森河风景干道。它们就像童话仙境一般，沿途有着那些漂亮的老式桥梁，两旁的树林和绿地连绵不断，都跟我老家单调的柏油路和玉米地截然不同。那气度，那沧桑。

纽约州地质学家：确实如此。

JF：我母亲的小妹妹在斯克内克塔迪市住过很长时间，她丈夫在通用电器公司工作，他们有两个女儿。我上高中的时候，公司把她丈夫从斯克内克塔迪市的制造部门调到位于康涅狄格州斯坦福市的总部。他在职业生涯的最后几年里，负责领导团队设计公司的新徽标，结果最终定案看上去跟旧徽标几乎一模一样。

纽约州地质学家：斯克内克塔迪市已风韵不再。原先制造业发达的那些老城市无一幸免。

JF：我姨妈姨夫后来又逃徙到文艺气息浓郁的西港市。我十七岁那年夏季，我父母和我驾车到西港去看他们。一到那儿我就狂热迷恋上了表姐玛莎。她当时已满十八岁，活泼风趣、身材修长，但视力欠佳。因为我们是表兄妹，我能做到稍微自在地跟她说话。而且不知怎么地就安排了玛莎和我驾车去曼哈顿，不知怎么地还得到了我父母的首肯，让我们俩单独到那里待上一整天。那是一九七六年八月，热热的，臭臭的，空气里满是花粉，天随时会打雷，人都有气无力的。玛莎当时在做临时保姆，给当地一户人家的三个女孩当司机，她们的父亲带着妻子和情妇一同去了南美待上两个月。三个女孩，大的十六岁，老二是十四岁，小的十一岁，长得都非常瘦小，还都一门心思要减肥。老二会吹长笛，比较早熟，老缠着玛莎开车带她去参加高中生聚会，好结交年纪大一点的男孩。玛莎开的是一辆巨型黑色城市车。到了八月里，她就已经撞坏了一辆，得给她雇主的办公室打电话，要他们再给她重新安排一辆。我们沿梅里特风景干道快车道一路飞速南下，车窗全部敞开，滚烫的热风穿车而过，三位公主四仰八叉靠在后座上——老大老二长得过于可爱且年龄和我过于接近，致使我冲着她们说不出话来。其实她们对我毫无兴趣。我们抵达曼哈顿上东区，停在大都会博物馆附近，女孩们祖母的公寓就在那里。让我印象最深的是，老二进城一整天连双鞋都不穿。我还记得她赤脚走在第五大道滚烫的人行道上，上着无袖背心，下着小短裤，拿着那把长笛的样子。我从来没见过，甚至从未想过这样的我行我素，仿佛是一项权利。这既超出了我的理解范围，又令我陶醉不已。我父母是典型的中西部人，一辈子都觉得欠了别人的，不断地感到抱歉，完全不觉得自己有享有任何权利的资格。你知道我的意思。那天中央公园灰蓝朦胧的天空飘着巨大雪白的云朵。还有那一栋栋石头建筑和那些门卫，整条第五大道看起来就像一条用黄色出租车打造出来的实心钢梁，一路延伸到上城方向，消失在溴褐色的废气烟霾里。这一切构成了浩瀚无边的都市风情。跟我令人心动的纽约表姐玛莎一同来到此地，一整个下午都跟她一起在街上漫步，再像大人那样跟她共进晚餐，去中央公园欣赏免费音乐会；那天里我所感受的那个自我，之所以能让我认出那是我自己，是因为我已对那个自我心驰神往太久太久。在纽约市度过的第一天里，我就在自己身上看到了那个我想要成为的人。晚上十一点，我们到女孩祖母家把她们接出来，再到大都会博物馆的车库去取车，结果临到那时我们才发现右后车轮胎瘪了，成了一摊黑橡胶。玛莎和我就像一对夫妻，肩并着肩，大汗淋漓，用千斤顶把车撑起来，再把轮胎换掉，老二全程都跷着腿坐在别人车后厢盖上吹着长笛，脚底被城市的街道弄黑。搞到午夜过后，我们才驱车离去。后座上女孩们都睡着了，就好像是我跟玛莎的小孩似的。车窗大开，空气依然闷热，但这会儿稍微凉快了一点，弥漫着海湾的气味，道上车影全无，有的只是路面坑洞；路灯是神秘的钠橙色，不像在圣路易斯，到处还是蓝幽幽的汞蒸气灯。我们驶过了布朗克斯白石大桥。就在那一刻我见到了让我着迷的场景。就在那一刻我义无反顾爱上了纽约：就在那深夜时分我望见共有公寓城的时候。

纽约州地质学家： 别太夸张了吧。

JF： 真的不开玩笑。我刚在曼哈顿待了一整天。我刚目睹了这世上最大、最城市化的都市。这会儿我们驶离这座城市已经十五到二十分钟了，要是在圣路易斯那已经足以让你如同置身河底般漆黑的玉米田里了，可突然间，闯入我眼帘的，是那些巨型公寓大楼，每一栋都比圣路易斯最高的建筑还要高，我数都数不过来有多少栋。最远的那几栋跟我们隔水相望，笼罩在水汽里如世外桃源一般。成千上万的城市生活就这么全都包装堆叠在一起。布朗克斯区东南部公寓数量很多，让人觉得不可计数地浩瀚、令人激动地广袤，就像自己当时认为的未来那般辽阔，加上玛莎在我身边驾车时速达七十英里。

纽约州地质学家： 那天之后有没有开花结果？你和她后来怎样？

JF： 四年以后我在她的沙发上借宿过一晚。还是在曼哈顿上东区。在像共有公寓城那样的某栋无名公寓楼里。玛莎刚从康奈尔大学毕业。她跟另外两个姑娘合租了一套两室一厅的公寓。我跟我二哥汤姆一同到纽约。我们先是和我大嫂家里的人在唐人街共进晚餐——我大哥在几年前娶了个他中意的曼哈顿姑娘做太太。夜里汤姆到他艺术学院的一个女朋友那儿过夜，我去了上城玛莎处。我记得第二天一大早，她起来干的第一桩事情就是打开起居室里的立体声唱机，放起了罗伯特·帕尔默的专辑《幽会败露曲》[①]，还调高了音量。之后，我俩一同乘坐拥挤不堪的六号线

[①] 罗伯特·帕尔默（Robert Palmer，1949—2003），英国流行歌手。《幽会败露曲》(*Sneakin' Sally Through the Alley*) 是他的首张个人专辑。

地铁下到苏豪区,她的工作是推销《苏豪新闻》的广告版面。我当时心想:好家伙,这才叫生活呐!

纽约州地质学家: 你这么说大概并没有嘲讽的意思吧。

JF: 不带半点揶揄的成分。

纽约州地质学家: "纽约城里才是我的栖身之地!我一闻到干草味就会过敏!"①

JF: 我该给你怎么讲呢?中西部和纽约之间有一种特殊的联系。既不仅仅是纽约为中西部的产品提供了市场,而使得中西部成为中西部。也不仅仅是中西部给纽约输送了这些产品,而使得纽约成为纽约。纽约就像代表"阳"的那个咄咄逼人的圆亮小眼,置身于中西部代表"阴"的那些毫无特权、不求闻达的平原中间,而中西部又像代表"阴"的那个天真烂漫、满怀希望的小眼,置身于纽约冷酷无情、贪得无厌的那一片"阳"的中央。某些中西部人东去纽约得以充实完满,正如某些纽约人西去中西部得以重获新生。

纽约州地质学家: 嗬。还挺深奥的呐。要知道,真正有趣的是,这两处地方在地质上也有联系。我是说,想想看,纽约是东海岸唯一同时属于五大湖地区的州。你以为伊利运河的开凿修建之处只是碰巧如此吗?有没有驾车沿莫霍克河畔的风景干道向西开过?在离南岸很远的地方,许多英里开外,你能远远望见高大

---

① 引自美国哥伦比亚广播公司的电视情景喜剧《绿色田野》(*Green Acres*)(1965—1971)。

的陡岸。嗯，听我跟你讲。这些陡岸原先曾经是莫霍克河的河岸。早先融化的冰川自大陆中部喷薄而出，汇成数英里宽的滔滔洪水，朝着海洋奔腾而去。为后世开辟了这条通往中西部方便通道的是：最近的那个冰川期。

JF：地质年代上来说，我想那时候离现在很近。

纽约州地质学家：地质年代上来说，也就昨天下午的事。只不过一万年前还有乳齿象和猛犸象在熊山和西点一带出没呐。乱七八糟什么动物都有——加利福尼亚秃鹰出现在锡拉丘兹，跟加拿大交界的地方有海象和白鲸。都是不久以前的事。大致也就昨天下午。两万年前整个纽约州都被一层冰所覆盖。到了这些冰消融而去的时候，整个北美大陆到处都是无处可去的融水形成的巨型湖泊。水就这么越积越多，直到某刻夺路而出。有时向西流，再沿密西西比河南下，有时为庞大的冰坝阻挡而只能向东流。每每某座天然堤坝要崩塌，那就是一塌到底，比《圣经》里的大洪水还要大。真是令人叹绝生畏。那正是在纽约州中部发生过的事情。积水积到某个时候，洪水流泻的水道正巧途经今日的斯克内克塔迪市。滔滔洪水在今日莫霍克河南边冲刷出条条陡壁，刻蚀出整个哈得孙河谷，继而在大陆架上刻划出长达两百英里延伸入海的峡谷。再后来冰壳继续融化向北方越退越远，直到打开了另一个缺口：从阿第伦达克山脉顶峰朝东麓倾泻而下，流经今日的乔治湖和尚普兰湖，注入哈得孙河。所以今日的哈得孙河实际上是密西西比河的近亲。这两大河流是覆盖整个大陆的冰层融化积水南流的两大主干水系。

JF：听得让人头晕目眩的。

纽约州地质学家：纽约市四海一家的都市风范，从地质学角度来看也是由来已久。我们已经不断招待外国游客长达五亿年之久。最值得提起的是，非洲大陆于三亿年前造访，一头扎进美洲大陆，待了足够长的时间，造出了阿勒格尼山脉，才打道回府东去。你去看看纽约的地质图，它很像今日纽约人口种族分布图。纽约上州的基岩地质像白面包似的相当千篇一律——它们来自纽约处亚热带浅海时期的大片大片石灰岩。可越往哈得孙河下游走，直到曼哈顿支线时，岩石越发不可思议地变得异质多样、折叠扭曲、碎裂零散。其他地壳板块撞进北美大陆时遗留下来的每一种乱七八糟的岩石，外加因裂谷引发岩浆上涌带来的其他五花八门的东西，再加上被冰川挤压下去的杂碎。纽约下州就像一个大熔炉，有待好好地搅和一番。要问为何如此这般？就因为纽约总是处于中心的地理位置。纽约位于北美原初地壳的远东南角，处于阿巴拉契亚褶皱带的最上角，东面毗邻新英格兰地区附着在大陆上的那些疙疙瘩瘩烂糟糟的火山岛，又地处不断变宽的大西洋的西北角。正因为处于这一切的交会点上，由此北上加拿大或中转去中西部的交通又很便利，致使纽约成为整个东海岸线上最开放、最具吸引力的一个州。因为数亿年来纽约确确实实一直风头强劲。

JF：好玩的是，听着你说的这番话，这些个地质活动好像比我自己二十出头时的那段经历还要来得近，三亿年甚至没有我大四到现今这段时间长。甚至我上大学那几年，好像也要比毕业后的那些岁月离现在更近些。我说的是我结婚有家的那些年头。如果你有兴致聊叙一桩扭曲痛苦的深层地质状况的话。

纽约州地质学家： 你不会是娶了你那个活泼风趣的表姐吧？

JF： 不不不。不过的确是个纽约女孩。正像我一直梦想的那样。她父亲家祖上自十七世纪以来就一直定居奥兰治县。她母亲名叫海芮。她有两个身材瘦小的妹妹，很像坐在玛莎开的城市车后座上的女孩。而且她还津津有味地不快乐着。

纽约州地质学家： 不快乐在我眼里从来不会是津津有味的。

JF： 唔，出于某种原因，于我却是如此。那是三亿年前了。我们大学一毕业就在曼哈顿西一百一十街上转租了一间公寓。到了那年的夏末时节，我跟这座城市沉浸爱河，以至于几乎把要向她求婚这桩事都抛之脑后了。我们是一年后结的婚，在奥兰治县内的一个山坡上，靠近帕里塞兹林荫干道的终点处。婚礼当天晚些时候，我们开着我们那辆雪佛兰新星牌轿车，经熊山大桥跨过哈得孙河，回波士顿去。我跟大桥收费员说我俩刚刚办完婚礼，他就挥挥手免费放行了。还真不是吹的，当时我们很快乐，接下来的五年也很快乐，快快乐乐地住在波士顿，快快乐乐地不时造访纽约市，快快乐乐地在心里向往相隔一定距离的纽约市。一直到我们决计要搬到纽约定居，麻烦才上了身。

纽约州公关人员：（远远地）哈尔？人呢？哈尔？

纽约州地质学家：哎呀，对不起！贾内尔！走错道了！朝这头儿来！贾内尔！她永远找不到我这儿……贾内尔！

纽约州公关人员：噢，这下可糟了，太糟了！乔恩，她已经等了你五分钟了，可我还在这个兔窝穴道里转悠来转悠去。我知道我答应给你半小时时间，我担心你大概能有十五分钟就不错了。我很抱歉，不过跟哈尔躲在这后边，你自己也得承担一部分咎责。老实讲，哈尔，你得安装逃生通道指示灯之类的东西才成。

纽约州地质学家：我能有资金资助已够幸运的了，哪敢另有奢求。

JF：很高兴跟你聊天。

纽约州公关人员：走吧，走啦。跟着我跑吧！我过来的时候真该一路撒些面包屑才是……有谁倒在这儿死在这儿，这世上恐怕永远也没人知道……她讨厌等人，哪怕五秒钟都不行！你知道她会怪罪谁的，是吧？

JF：我吗？

纽约州公关人员：不！是我！我会被骂的！噢，到了，到了，我们来了来了来了来啦，这儿，快进去吧，她在等着你呐！进去吧，别忘了提起那些照片。

JF：你好！

纽约州：你好。请进。

JF：我很抱歉让你久等了。

纽约州：我也得道歉。我们原本就不长的会面时间变得更短了。

JF：我今天一早八点半就来了，然后，在过去的半个小时内……

纽约州：嗯。

JF：不说了，见到你太好了。你看上去棒极了。很是，嗯，状态很好。

纽约州：谢谢。

JF：我们已经好长时间没有单独见面了，我都不知道从何谈起了。

纽约州：我们曾经独处过？

JF：你不记得了？

纽约州：也许吧。或许你可以给我提个醒。或者还是别提醒。一些男人要比其他男人更令人难忘一些。我一般记不得那些廉价的约会。那场约会该不会是廉价的那种吧！

JF：我们有过的那些约会还是很不错的。

纽约州：哦！"那些约会"，还是复数呐。还不止一次约会。

JF：我是说，我知道自己不是莫特·祖克曼[1]、麦克·彭博[2]或是唐纳德·特朗普——

---

[1] 莫特·祖克曼（Mort Zuckman, 1937— ），加拿大裔美国房地产大亨，拥有《纽约每日新闻》和《美国新闻与世界报道》。

[2] 麦克·彭博（Michael Bloomberg, 1942— ），美国企业家，彭博集团创始人，曾三度出任纽约市市长。

纽约州： 独一无二的唐纳德！他好可爱呀。（咯咯笑）我觉得他挺可爱的！

JF： 噢我的天呐。

纽约州： 哦，帮帮忙好吧，承认了吧。他真的挺可爱的，你不觉得吗？……什么？你真的不那么认为？

JF： 对不起，我正在……设法消化理解所听到的一切。这一整个上午。我意思是说，我明白我俩之间已是回不去了。可是，我的天呐。现在一切都事关钱，也都只讲钱了，是吗？

纽约州： 一切向来就是以钱为重的。只是你以前太年轻，注意不到就是了。

JF： 这么说你记得我啦？

纽约州： 也许吧。或许我在凭经验揣测。浪漫多情的年轻男人是从来都注意不到的。我母亲在战争年代甚至还觉得英国佬挺帅气的呐。除此之外我们又能指望她做什么呢？让英国佬把所有东西都烧个精光？

JF： 我看你们家里是上行下效一脉相承的！

纽约州： 噢，省省吧。别孩子气了。你真想就这么花掉我们仅有的十分钟时间吗？

JF： 嗯，我上个月故地重游。想去重访举行婚礼的那座山坡，她祖父的家宅就在那里。我驱车北上奥兰治县去找那栋房子。我记得门前是一片绿草坪，顺着山势溢流而下，直到一排栅栏挡住去路，还有一个树木环绕、牧草茂盛的大牧场。

纽约州：是啊，奥兰治县。那是我的一个可爱貌相。我期望你能抽出时间去细细欣赏熊山四周许多壮观的风景区，细想一下我的土地总面积里有如此之高比例的土地保证是公有用地和"永葆原生态"区域。自然啦，那些土地有相当大一部分是非常有钱的男人捐赠给我的。也许你想要我保持纯洁贤惠的风范，那就把那些地退还给他们去开发如何？

JF：我无法确定我是否真的找到了那座山坡，那地方变化太大了。搞出来许多面目可憎的杂乱扩建住宅区、交通车流、家得宝、百思买、塔吉特百货。镇上高中的老砖房边上冒出来一栋航空母舰般庞大的崭新粉色建筑，入口处的标牌上写着"请缓慢驾驶，我们关爱我们的孩子"。

纽约州：我们所珍惜的自由权利也包括变得俗气和让人讨厌的自由。

JF：我竭尽所能也就只能锁定两处山坡。可那两处也都在大兴土木。建筑物般高大的土方设备正在挖地掘土，寸草不留。整个山势坡形都给改掉了——弄出来一些个虚假可爱的小谷小丘，再造一些个奇丑无比的居家住宅，卖给那些个愤世嫉俗的感情用事之人，这些人非得把他们的愤慨广而告之，见于笔墨，写在路标上，宣布他们关爱他们的孩子不可。柴油废气熏天，整棵被砍倒大卸八块的橡树像一堆堆小棍子似的堆在那儿，鸟儿们惊恐地嗖嗖四处乱窜。我可以想见那一派灰不溜秋又温吞中庸的未来。既没有都市风范，又全无乡土风情。整片国土沦为乌七八糟造起来的一堆什么都不是的荒土废地。

纽约州：然而，尽管如此，我依然相当美丽漂亮。这看上去有点不公平吧？金钱能买什么呢？树木自有办法又会长出来的。你以为你说的那个山坡上，十九世纪的时候就有橡树生长？那时候全国大概也没有超出一千棵橡树活着呐。所以还是别谈过往岁月了吧。

JF：可我就是在过去爱上你的。

纽约州：那就更有理由不谈啦！到这儿来，挨着我坐下。我想给你看几张我自己的照片。

情书

[为詹姆斯·帕迪[①]的《尤斯塔斯·奇泽姆及其诗作》荣获小说中心法迪曼奖所致的贺词]

我不知道在座各位是否还记得去年斯坦福大学和加州大学伯克利分校之间的橄榄球赛。不过提醒你们一下：斯坦福队规模小，实力弱，有2胜7负的纪录，但上半场比赛让人觉得斯坦福似乎真能战胜加州大学，因为斯坦福的防守阵营士气如此高昂，好像球员们完全不害怕受伤似的。只见年轻球员们展开双臂，全速飞奔，用尽全力向对手扑过去，而更为强壮的对手也以同样的方式冲过来。精彩壮观又惨不忍睹的对撞不断——好像眼睁睁地

[①] 詹姆斯·帕迪（James Purdy, 1914—2009），美国作家，著有十几部长篇小说和多部诗集、短篇小说集、戏剧集。《斯坦塔斯·奇泽姆及其诗作》（*Eustace Chisholm and the Works*）是帕迪于1967年出版的长篇小说，为当时主流社会和媒体所不容，也影响了帕迪在文学界的名声和地位，至九十年代后期才逐渐受到更多人的欣赏。

看着人们闷着头全速往电线杆上撞似的——越来越多斯坦福球员受伤严重，被载离球场，可他们仍不管不顾地向对手猛扑过去。目睹他们注定失败的努力，看着这些求胜若渴的年轻人一次又一次地像敢死队那样尽情地冲撞，在一场充满悬念、看起来很过瘾但结局已然注定的比赛里对这种混沌的亲历：我找不出更好的比喻来形容阅读《尤斯塔斯·奇泽姆及其诗作》的感受。

帕迪先生的小说是如此精彩，使你紧接着读到的几乎任何一本小说与之相比都至少会显得有点儿做作、不诚实，或者孤芳自赏。比如，曾被帕迪先生说成是"写得最差劲的书之一"的《麦田里的守望者》，肯定会前所未有地显得多愁善感而且在修辞上装腔作势。理查德·耶茨相比之下可能稍微好一点，他行文的凶猛程度有时可匹敌帕迪先生，但你得用轻率的爱覆盖掉耶茨每一处自卑自怜的痕迹；你得把耶茨的沮丧抑郁提升到命中注定的高度，让那种苍凉感看上去更像欣喜若狂。即便是索尔·贝娄，他对语言的热爱和对世界的热爱是如此具有感染力，但如果你读完《尤斯塔斯·奇泽姆及其诗作》之后直接读贝娄，他也容易显得啰唆、学究和显摆。贝娄在《奥吉·马奇历险记》[①]一个比较阴暗的章节末尾，讲述了奥吉陪他的朋友咪咪到芝加哥南区一家堕胎诊所的事情。贝娄给诊所拉上了一道帘子把这里发生的一切遮掩了起来，而帕迪先生却在《尤斯塔斯·奇

[①] 索尔·贝娄凭这部长篇小说首次获得美国国家图书奖。

泽姆及其诗作》里以一种出了名的、令人难以忘怀的方式表现了那真实的恐怖。(那是个令人难以置信的场景。)索尔·贝娄(也是绝大多数小说家,包括我自己)笔下那个稳定熟悉的世界的极端边缘,在帕迪先生的世界里处于极为正常的一端。众人停笔之处,正是他动笔之始。他跟随着他笔下的酷儿男孩、潦倒的艺术家、放荡的百万富翁去到如此场所:

> 这个地处偏远、靠近州界的冰激凌小店,是运送走私货的卡车司机最喜欢的歇脚处,是女士们跟房贷经理幽会的好地方,就是在那儿一个牧师被他已不爱的寡妇一枪毙命,每到傍晚时分当地的男同也会在此出没……

并且,他给这些场所注入了些许悠然自得的怪异气息。你真心希望自己也曾去过那里,就像你期望跟娜塔莎·罗斯托娃[①]同乘一架雪橇那样。《尤斯塔斯·奇泽姆及其诗作》临近结尾处,书里两个人物走上了密歇根湖边的石堤:

> 他们在那儿坐下,回想着一年前他们坐在同一个地方,曾感到日子没那么走投无路,心情也曾轻快得多,然而,那时他们也是同样地走投无路啊!几只鸥鸟在泛着油污的湖面上绕着漂浮着的垃圾盘旋。

[①] 列夫·托尔斯泰长篇小说《战争与和平》的主人公之一。

对我们绝大多数人来说属于极端情况的东西，在帕迪先生的世界里只是家常便饭。他让你尝试一下走投无路的滋味，你发觉这没有预想中那样可怕。他笔下最古怪的怪人并不让人觉得有那么怪。奇特的是，他们就像是我自己。我读到《尤斯塔斯·奇泽姆及其诗作》里的屈辱、乱伦、自我厌恶、自我毁灭时，就跟读简·奥斯汀笔下销毁的婚约和挫伤的情感一样，带着的是一种同样鲜活的、同情的、是非分明的兴致。你可以肯定，任何一部帕迪的小说结局几乎都好不了，但他的伟大天赋在于，他能把滑向灾难的过程写得跟走向幸福结局的过程一样令人满意，甚至还挺鼓舞人心的。而当帕迪先生最终赏你一星半点普通寻常的希望和幸福时，就像在《尤斯塔斯·奇泽姆及其诗作》最后三页里那样，你很有可能因此而感激涕零。这本书就像被不由自主地设计好了一样，让你感受到，爱意终获回报，两个意气相投的人终成眷属，是何等神奇。你已是如此心甘情愿地忍受了他所写的不幸，你已是如此死心塌地地信服了他的宿命论视角，以至于一刻稀松平常的安宁、一丝善意都会让人觉得像是神的恩典。

不能把帕迪先生的作品跟他同时代的已故作家威廉·巴勒斯[①]的作品，以及巴勒斯以降众多违禁文学[②]作家的作品相混淆。

[①] 威廉·巴勒斯（William Burroughs，1914—1997），美国作家，"垮掉的一代"代表人物，代表作有《裸体午餐》等。

[②] 原文为 transgressive literature，也译为越界文学。

违禁文学（隐秘地或并不那么隐秘地）历来都是写给它所依赖的中产阶级看的。作为一名违禁小说的读者，你有两种选择：要么为之震惊，要么让别人对你没有震惊而感到震惊。尽管帕迪先生在他的公开发言里对美国社会充满了不可调和的敌意，在他的小说里他却把注意力投向内心世界。《尤斯塔斯·奇泽姆及其诗作》里根本找不到哪怕一句话是为了震撼某位读者而特地那样写的。这本书里与书同名的那位非英雄主角——一个残忍、傲慢、总想不劳而获的双性恋诗人，正用炭笔在旧报纸上创作一部现代美国史诗，沉迷于窥读别人的书信和日记：

> 跟小镇不同，城市中有许多来来往往的过客……他们漫不经心地随身携带信件，它们不是遗失了就是丢掉了。绝大多数过路人是不会蹲下身子去捡那一纸书信的，因为他们认为那里面没有什么内容会让他们感兴趣或者值得耽搁。尤斯塔斯则不以为然。他仔细地阅读那些本不属于他的书信。那些书信于他而言就像吐露心声的文字瑰宝。对尤斯塔斯来说最惬意的事情就是阅读每位作者的情书了，不管这些情书多么无关紧要，行文多么拙劣，至少文中写的都是**真情实感**。这种嗜好激动人心之处就在于撞上那些罕见的珍品：真实的、赤裸裸的、毫不掩饰的爱之声。

奇泽姆最终沉湎于旁人的真实人生故事，以至于完全放弃了他自己的创作，并且把全部精力都放到这本书里主要的爱情故事上：一个以前做过矿工的青年丹尼尔·豪斯和一个金发的乡村美少年艾莫斯·拉特利夫之间未能实现的疯狂恋情。帕迪跟他笔下的奇泽姆相比，是个更为高大、更为坚强、更才华四溢的人——他著有四十六本小说、诗歌和戏剧著作，可作为一位作家，他显然也同样无法自拔地痴迷和认同人间苦难，并为之驱使而去创作。不管帕迪先生显得多么自视甚高，不论他在公众场合发表的豪言壮语显得多么混蛋，每当他坐下来开始写作，不知怎的，他会放下所有的自负，完全沉浸到他笔下的人物里去。他曾经是，也将继续是美国最被低估的、理应拥有更多读者的作家之一。在他众多的优秀作品里，《尤斯塔斯·奇泽姆及其诗作》是最为丰满、文笔最佳、叙事最紧凑、结构最优美的一部。很少有比这更好的美国战后小说，在相同质量的作品里，据我所知，没有哪一部比这本书更为大胆和我行我素。我喜爱这本书，能选中这本书获法迪曼奖是莫大的荣耀。

我们这个小小的星球[①]

一九六九年,我们一家人开车从明尼阿波利斯回圣路易斯花了十二个小时,走的还多是双车道公路。父母一大早就把我唤醒上路了。我们与我在明尼苏达州的表兄妹刚刚度过了极为欢快的一周,不过我们的车刚开出我舅舅家的车道,这些表兄妹就像车前盖上的晨露那样从我的脑海里蒸发了。我独占着后座睡起觉来,母亲拿出几份杂志看了起来,而在这个七月天里长途驾车的重担就完全落在了我父亲的肩上。

为了挨过这一整天驾车的时光,我父亲把自己变成了一个算法程序、一台计算机。我们的车就像一把斧头,他一路挥舞着砍伐路标上的里程数目,从几近无法忍受的二百三十八英里,削减到了仍然使人气馁的一百七十九英里,随后一一砍倒一百五十几、一百四十几、一百三十几英里的路标,直到剩下一半还算仁

[①] 本文以《倒计时》(Countdown)为题首发于 2005 年 4 月 10 日《纽约客》。

慈的一百二十七英里，它可以往下折算成一百二十英里。这样他就可以自以为再开两个小时就行了，尽管前方满是载着牲畜的卡车和粗心大意的司机，大概还要开近三个小时才行。全仗着意志力，他撂倒了三位数里程中的最后二十英里，然后再以十英里或十二英里为单位地削减里程数，直到最终他瞥见了路标上写着："距锡达拉皮兹市三十四英里"。直到那时，这一整天里他才让自己松弛了那么一下，允许他自己去想一下，这三十四英里是到市中心的距离——事实上我们只要再行驶不到三十英里，就能抵达一个橡树成荫的公园，在那儿露天午餐了。

我们仨默默地吃着午餐。父亲从嘴里取出一个李子核，扔进了一只纸袋里，弹了弹手指。他想着要是能赶到爱荷华市就好了——锡达拉皮兹市还不到路程的中点——而我在想着要是能回到带空调的车里去就好了。锡达拉皮兹市于我像太空里一个遥远的地方。暖暖的微风是别人的，不是我的，头顶上的太阳毫不留情地在提醒我白昼终将过去，公园里陌生的橡树也在提醒我们正身处茫茫荒野。就连我母亲都没有什么话好说。

可真正让人觉得漫无尽头的是穿越爱荷华州东南部的行程。我父亲嘴上在念叨着，玉米长得有多高，土壤看上去有多黑，公路应该修得更好一点。我母亲放下前座的扶手，跟我玩起了纸牌游戏疯狂八，直到我跟她都厌烦了才作罢。我们每隔几英里路就会路过一个养猪场；每隔几英里路就得打一个直角拐弯；每有一辆卡车出现，后面就会有五十辆车排成长龙。每次当我父亲踩油

门加速要绕过堵车长龙时,我母亲就倒吸一口冷气:

"嘶——!

"嘶——!

"嘶——嘶!——喔!厄尔!喔!嘶——!"

东边有个白色的太阳,西边也有个白色的太阳。白色的天空映衬着白色的铝质筒仓。我们好像一连几个小时都在走下坡路,奔向密苏里州边界上仿佛一直在向后退缩的那片郁郁葱葱的树林。可怕的是时辰仍旧是下午。可怕的是我们仍旧身处爱荷华州。我们告别了我表兄妹栖居的那个欢乐友善的星球,往南一头栽向寂静幽暗带空调的住宅,在那里我身陷孤独却不知那就是孤独,它于我而言是如此熟稔。

我父亲一连五十英里都没吐过一个字。他默默地接过我母亲递上的李子,过一会儿,再把李子核递还给她。她则摇下她这边的车窗,把李子核扔进了风中,那风忽然变得凝重起来,透出龙卷风的味道。刚才看上去只不过是几缕柴油废气的云烟,迅即占据南边的天空。才下午三点钟黑暗就浓了起来。漫无尽头的下坡路愈发陡峭了,抽了穗的玉米起伏摇曳,所有的一切忽然都呈绿色——头上的天空是绿的,脚下的路面是绿的,我的父母也是绿的。

我父亲打开了收音机,在一片静电干扰噪音的交汇嘈杂中寻找电台。他记得——或许从来就没忘掉过——我们正在走另一段下坡路。收音机里噪音叠着噪音,层层叠叠的嘈杂疯狂地破坏着电台信号。不过我们还是分辨得出带得州口音的几位男子在报道越降越低的高程数字，在倒计里程数。这时倾盆大雨泼了下来，打在车前窗上发出热油煎炸般的轰响。到处电闪雷鸣。静电的嘈杂把那几个得州嗓音打得稀烂，雨水打在车顶的响声盖过了雷鸣，而我们的车此时也忽左忽右地晃动起来。

"厄尔，你是不是该到路边停一会儿了，"我母亲说，"厄尔？"

他刚刚跨过了州际边界线两英里的路牌，那几个得州嗓音也愈发平稳了，好像那几位察觉到静电噪声不能把他们怎么样似的：他们已经胜利在望。一点儿也不错，前窗上的刮水器又开始嘎吱作响，路面也开始变得干燥起来，团团乌云也逐渐散去，变成了无碍无妨的残云。"鹰号着陆成功[①]。"收音机里说道。我们跨越了州际边界线。我们回到了远在月球的家园。

[①] 原文为"The Eagle has landed"，是美国太空船阿波罗 11 号着陆月球时，指令长、宇航员尼尔·阿姆斯特朗向位于得州休斯敦市的约翰逊太空中心发回的汇报。"鹰号"是登月舱的呼号。

放纵过后[1]

[评陀思妥耶夫斯基的《赌徒》]

要想去赤裸裸地过活、肆无忌惮地放纵，就得游离于时间之外，并（暂且）游离于叙事之外。连续六十个小时不断按快感按钮的可卡因瘾君子，早中晚三餐全都耗在电子扑克机前废寝忘食的推销员，半加仑巧克力冰激凌已经一半下肚的饕餮之徒，从昨晚八点就扒下裤子趴在电脑前泡在网上的研究生，整个周末都不停地在嗑伟哥、吸甲基安非他命、泡夜店的酷儿同志，都能告诉你（如果你能让他们定神片刻跟你搭话的话），除了脑子及其刺激物，其余的一切都是不真实的。对于一个强迫性地不断刺激自我的人来说，不管是让灵魂得救、得以超凡脱俗的宏伟篇章，还是"我讨厌我那邻居"或"有朝一日去西班牙玩玩蛮不错的"之

---

[1] 本文是作者为陀思妥耶夫斯基的小说《赌徒》于2005年再版所写的导言。

类的细小生活琐事,都同样地虚无缥缈和无关痛痒。这种对身体的深刻的虚无主义态度,肯定会让那位瘾君子的三个小孩、那位推销员的雇主、那位冰激凌饕餮的丈夫、那位研究生的女友、那位酷儿同志的病毒专科医生担心的。但小说作家才是身份受到这种卑劣唯物主义威胁的人,因为他们的生活和事业都基于对叙事的信仰。

没有哪位小说家比陀思妥耶夫斯基更为激烈、更为机智地跟唯物主义进行了搏斗。一八六六年他的短篇《赌徒》出版时,宗教和神授社会秩序的老套维稳说教,正逐渐被科学、技术以及启蒙运动带来的政治余波摧毁瓦解;通向未来之道业已铺设:或共产主义者的唯物主义,或缺乏道德约束地追求个人享乐(在西方国家将导致更为微妙的消费主义者的堕落腐化和哀情愁思)。陀思妥耶夫斯基的成熟小说可以被解读为是对这两种唯物主义的反驳。他不仅把这两种唯物主义看作是对他那个伏特加横流、政治上放纵不羁的祖国的威胁,也看作对他自己身心健康的威胁。年少时光放纵不羁的理想主义,让他被流放西伯利亚达五年之久,为写作《罪与罚》和《群魔》提供了原动力;他的感官享乐主义、不能自制的秉性、苛刻的理性都成了个人的不稳定力量,跟他自己后来修筑起来的名叫《卡拉马佐夫兄弟》的城堡和略小一些的名叫《赌徒》的碉堡针锋相对。创作出足以抵御唯物主义者进攻的故事,于他既是爱国者的职责,又是个人的需要。

一八六〇年代初，陀思妥耶夫斯基造访莱茵河谷期间，发现自己对赌博有瘾；广为人知的是，数年过后当他被迫得在一个月内完成一整部小说时，这段经历仍然记忆犹新。由于《赌徒》是飞快写就的，这本书向我们展示了一幅作者如何应对内心空虚的潦草快照，即在玩轮盘赌时窥见的存在于自己内心的那片空虚。故事是从中间开始讲起来的，制造悬念的模式也只是"暂且秘而不宣"。书内有多处秘而不宣到了作者自己都不知所云的地步。一大家沾亲带故的绝望的俄国人跟几位其他国籍的附庸随从，长期滞留在一家大酒店，像是在一个非常杂乱无章的梦境里一般。这本书的叙事者阿列克谢·伊万诺维奇是这家人最小的孩子的家庭教师，正急切地又不那么令人信服地追求这家的大女儿波琳娜，而波琳娜心属何人、动机为何从头到尾都始终模糊不清。阿列克谢·伊万诺维奇的恋爱困境，就如同那家人的种种经济窘境一样，只不过是十九世纪惯用的老套写法。而真正生动、清晰、紧迫的场景都发生在赌场里。绅士赌徒的坦然淡定，多嘴多舌的波兰旁观者的卑鄙下贱，阿列克谢·伊万诺维奇为其他赌徒同好的"贪婪丑态"所吸引，继而头脑发热自我失控，开始盲目机械地豪赌，以及赌场惯有的那种发狂谵妄、毫无时间概念的感觉，全都跃然纸上。陀思妥耶夫斯基在《赌徒》以及随后出版的所有作品里，几乎过于出色地在替虚无主义鼓吹呐喊。一位富有的俄国老太太坐上了轮盘赌台，没多久这赌台就把她的财富以及它所代表的巨大叙事潜力——可以买下数座乡村教堂，可以让某个孙女独立自主地生活，可以收买某个侄儿侄女让他们听使唤——全都变成了一堆纯粹抽象、轻易就能挥霍殆尽的筹码。那位富婆被描述成"外表淡定"而"内心发怵"；整个世界都退隐而去，只剩那赌台了。与此相似，当阿列克谢·伊万诺维奇不再用波琳娜的钱去赌而开始用他自己的钱下注时，他立马就跟日夜困扰着他的与波琳娜的爱恋烦恼一刀两断了。驱使他去赌场的缘由恰恰就是他对波琳娜的爱慕和想要拯救她的期许，可一旦他被无法遏制的冲动摄魄勾魂，就只剩一种悬念而没有什么故事可写了：

> 我只支离破碎地记得她刚跟我讲过的那些话和我离开的缘由，而只不过一个半小时以前才感受到的那一切，此刻与我好似已经如此遥远、变了模样、过时作废了……

这本书自行其是地按所描述的演绎下去。对构造十九世纪小说宏伟大厦至关重要的那些东西——诸如Z将军能否得到他的那份遗产、法国的民族性跟英国的差别在哪里、年轻美貌的波琳娜私下里到底暗恋何人，统统都被一个有关赌瘾的现代故事弄得支离破碎。

在小说的结尾，阿列克谢·伊万诺维奇依然滞留在莱茵河谷；他的谵妄上瘾让位于后悔自责，但那只不过是又一轮谵妄上瘾的前奏。那位塑造了阿列克谢·伊万诺维奇的作家却逃离了德国，很快就静下心来写出了《地下室手记》和《罪与罚》。对陀思妥耶夫斯基来说——就像他的后世文学传人丹尼斯·约翰逊[1]、大卫·福斯特·华莱士、欧文·威尔士[2]和米歇尔·维勒贝克[3]——快感按钮不可能永远按下去，某个满心悔恨的苍凉清晨终要来临，这些都是虚无主义的漏洞，透过它们，人性化的叙事才有空子可钻，卷土重来。放纵过后，故事才能开始。

---

[1] 丹尼斯·约翰逊（Denis Johnson，1949—2017），美国作家，代表作有《耶稣之子》（*Jesus' Son*）和《硝烟之树》（*Tree of Smoke*）。

[2] 欧文·威尔士（Irvine Welsh，1958—　），苏格兰作家，以《猜火车》闻名，1996年由英国导演丹尼·博伊尔改编成同名电影。

[3] 米歇尔·维勒贝克（Michel Houellebecq，1956—　），法国作家，代表作有《地图与疆域》《基本粒子》等。

你凭什么如此确信你自己就不是魔鬼?[1]

[论艾丽丝·门罗]

有充分理由认为，艾丽丝·门罗是北美目前仍在写作的最佳小说家，在加拿大她的书名列销售排行榜榜首，不过在加拿大以外的地方，她的读者群一向不大。我甘冒听上去又像是在为某位怀才不遇的作家陈情辩护的风险——或许你已精于识破并不去理会这种恳请了？就像你已学会不去理会某某慈善机构的群发邮件那样了？行行好，请为唐·鲍威尔[2]慷慨解囊？每周只花你一刻钟就能助力约瑟夫·罗特[3]的作品跻身现代经典之列？——我想

---

[1] 本文是作者为艾丽丝·门罗 2004 年出版的短篇小说集《逃离》写的题为"《逃离》：艾丽丝的仙境"('Runaway': Alice's Wonderland) 的书评，刊载于 2004 年 11 月 14 日《纽约时报》，后作为导言收入 2006 年《逃离》平装新版。

[2] 唐·鲍威尔（Dawn Powell, 1896—1965）：美国作家，著有 15 部长篇小说、数百篇短篇小说、10 部话剧。作品于 20 世纪 90 年代再度受到重视。

[3] 约瑟夫·罗特（Joseph Roth, 1894—1939）：奥地利犹太作家。近年来作品再度受到重视，被翻译成英文出版。

围绕门罗这部名为《逃离》的最新杰作，就她的卓绝才华为什么没能为她赢得应有的名声做些猜测。

一、门罗的作品完全以讲故事为乐。

问题出在许多严肃小说的购买者，他们似乎非常倾心于那种抒情浪漫、真诚到让人颤抖的、伪文学的东西。

二、读门罗的书，你无法一心两用地把它充作公民教程或史料来读。

她写的主题就是人。人，人，人。如果你去读一本涉及文艺复兴时期艺术，或是有关本国历史重要篇章这类丰富主题的小说，你保证会觉得受益匪浅。可如果书里写的故事发生在现代，如果你很熟悉书中人物所关心的事情，如果你看得入迷，该睡觉了还不肯罢手的话，那么便存在一种风险：那书于你仅有些娱乐价值而已。

三、她没给她写的书起一个诸如《加拿大牧歌》《加拿大惊魂》《紫色加拿大》《加拿大时光》或《反加拿大阴谋》那样宏大的书名。

而且，她还拒绝用便利散漫的总结带出激动人心的关键时刻。同样，她在修辞上的自我约束、她对人际对话的高超把握、她对笔下人物几近病态的共情，都把她作为作者的那个自我埋没得一干二净，一连许多页都不露痕迹。此外，书封上照片里的她笑容可掬，好像把读者当作朋友相待，而不是横眉冷对，摆出一副要做严肃文学的样子。

四、瑞典皇家学院立场坚定。

很明显，斯德哥尔摩觉得有太多加拿大人，还有太多纯短篇小说作家已经得过诺贝尔文学奖了[1]。也该适可而止了！

五、门罗写的是虚构类作品，评论虚构类作品总要比非虚构类作品难得多。

就说比尔·克林顿吧，他写了本讲他自己的书，多有意思呀。太有意思啦。作者本身就够有意思的——要写一本有关比尔·克林顿的书，有谁能比比尔·克林顿自己更够格？——再说，每个人对比尔·克林顿都有自己的看法，都想知道比尔·克林顿在他讲自己的新书里谈了些什么，又闭口不谈什么，都想知道比尔·克林顿是怎样辩解这桩事的，又是怎样反驳那桩事的，不知不觉那篇评论就已经写得差不多了。

可艾丽丝·门罗是谁呀？她在远方，给大家讲述极为令人愉悦的各种人生经历。因为我不想对她新书的营销活动妄加置评，

---

[1] 艾丽丝·门罗于2013年成为第一位获得诺贝尔文学奖的加拿大人，而于1976年获奖的索尔·贝娄，虽出生在加拿大，但早年就已移民美国。并且，可以说从来没有纯短篇小说作家获得过诺贝尔文学奖。

也不想对她进行冷嘲热讽取乐，因为我不太情愿谈论她这本新书的具体内容（因为一谈起来难免过多透露故事情节），大概更妥帖的做法就是直接写一句赞美言，让艾尔弗雷德·A.克诺夫公司拿去招徕读者——

"有充分理由认为，艾丽丝·门罗是北美目前仍在写作的最佳小说家。《逃离》是个奇迹。"

并且跟《纽约时报书评》编辑提议，要他们在最醒目的位置上刊登尽可能最大尺寸的门罗照片，外加几幅多少能让人津津乐道的小一些的照片（她的厨房？她的孩子？），也许再从她为数不多的访谈里摘选一段——

回顾你自己的作品，总会让你感到疲惫和困惑……真正还留在你手中的，就是你眼下在写的东西。因此你身上的衣衫更是单薄。好像你出门只穿了件短褂似的，这短褂也就是目前你手头在写的那点东西，以及基于你从前写过的所有东西给你贴上的古怪标签。这多半就是我为何拒绝以作家身份成为公众人物的缘故。因为我无法想象自己会如此作为，不像个大骗子才怪呢。

——然后就此打住。

六、因为更糟的是,门罗只写短篇小说。

要评论短篇小说,那可是难上加难。整个世界文学里又有哪篇短篇小说在被浓缩为故事简介以后还能保住吸引力的?(在雅尔塔木栈道上的偶遇引出了一段穷极无聊的有妇之夫跟牵着条小狗的妇人之间的故事[1]……小镇的年度抽奖活动原来有着出人意料的目的[2]……一位中年都柏林人离开了一个派对以后反思人生和爱情[3]……)奥普拉·温弗里[4]是不会去搭理短篇小说集的。谈论这种书确实颇费脑筋,以至于大家差不多都会原谅《纽约时报书评》前编辑查尔斯·麦格拉斯的话,他最近把年轻的短篇小说作者比作"那些只在练习场,而不在高尔夫球场学打高尔夫球的人"。照此类比,真刀真枪上真球场打的就该是长篇小说了。

几乎所有商业出版社都抱有跟麦格拉斯同样的偏见,对出版商而言,出一本短篇小说集通常是预签两本书协议时就已被注定忽略的那一本,而合同里会明文禁止第二本再为短篇小说集。可是,尽管短篇小说处于灰姑娘的地位,或许也正因为如此,近二十五年里创作出来的最激动人心的小说当中有很高百分比是短篇小说——若有人问我留意到哪些了不起的作品时,我会不假思

---

[1] 安东·契诃夫所写的短篇小说《带狗的女人》。
[2] 雪莉·杰克逊所写的短篇小说《摸彩》。
[3] 詹姆斯·乔伊斯所写的短篇小说《死者》。
[4] 奥普拉·温弗里(Oprah Winfrey, 1954—),美国电视谈话节目《奥普拉脱口秀》主持人。

索地列举出来那些作品。那其中当然包括伟大的门罗。还有莉迪亚·戴维斯①、大卫·米恩斯、乔治·桑德斯②、艾米·翰珀③和已故的雷蒙德·卡佛——他们全都是纯短篇小说作家或几乎只写短篇——还有更多的作家（约翰·厄普代克、乔伊·威廉姆斯④、大卫·福斯特·华莱士、洛丽·摩尔⑤、乔伊斯·卡罗尔·欧茨⑥、丹尼斯·约翰逊、安·比蒂⑦、威廉·T. 沃尔曼⑧、托拜厄斯·沃尔夫⑨、安妮·普鲁⑩、迈克尔·夏邦⑪、汤姆·德鲁⑫以及已故的安德烈·杜

---

① 莉迪亚·戴维斯（Lydia Davis, 1947— ），美国作家，以短篇小说著称，代表作有《不能与不会》《几乎没有记忆》等。
② 乔治·桑德斯（George Saunders, 1958— ），美国作家，代表作有《十二月十日》等。
③ 艾米·翰珀（Amy Hempel, 1951— ），美国短篇小说家、记者。
④ 乔伊·威廉姆斯（Joy Williams, 1944— ），美国作家，著有长篇和短篇小说以及散文。
⑤ 洛丽·摩尔（Lorrie Moore, 1957— ），美国小说家，以辛辣尖刻又富幽默感的短篇小说著称。
⑥ 乔伊斯·卡罗尔·欧茨（Joyce Carol Oates, 1938— ），美国作家，著有四十多部长篇小说和多部短篇小说集，代表作有《狂野之夜！》《黑水》等。
⑦ 安·比蒂（Ann Beattie, 1947— ），美国作家，著有多部长篇小说和短篇小说集。
⑧ 威廉·T. 沃尔曼（William T. Vollmann, 1959— ），美国作家、记者，创作涵盖长篇小说、长篇非虚构、短篇小说等不同类型，2005 年获美国国家图书奖（虚构类）。
⑨ 托拜厄斯·沃尔夫（Tobias Wolff, 1945— ），美国作家，以短篇小说和记事录著称，也写过两部长篇小说。
⑩ 安妮·普鲁（Annie Proulx, 1935— ），美国记者、作者。代表作有《明信片》和《船讯》，以及短篇《断背山》。
⑪ 迈克尔·夏邦（Michael Chabon, 1963— ），美国作家，所著长篇小说《卡瓦利和克雷的神奇冒险》获 2001 年度普利策小说奖。
⑫ 汤姆·德鲁（Tom Drury, 1956— ），美国作家。

伯斯[1]）的写作跨越多种文体，可在我看来最能体现他们写作本色、最能让他们挥洒自如的倒是他们的短篇作品。当然，确实还有许多非常优秀的只写长篇小说的作家。不过，我如果闭上双眼，回想近几十年来的文学创作，我看到暮色景观之上的那些最诱人的闪光点、那些召唤我回访的地方，都来自我曾读过的某些短篇小说。

我喜欢短篇小说，因为这种文体让作者无处藏身。作者无法靠唠叨糊弄过去，因为几分钟之内我就能读到结尾，如果你的作品空洞无物无话可说我马上就看得出来。我喜欢短篇小说，因为写的场景一般都是现在的或是记忆犹新的；这种文体似乎对描绘历史的冲动很有抵抗力，而正是这种冲动使得那么多当代长篇小说读来让人觉得形容枯槁、苍白无力。我喜欢短篇小说，因为这种文体需要运用最出色的才华发明新鲜的人物和情景，去一遍又一遍地讲述同样的故事。写虚构类作品的作家都会为没有什么新东西可写而发愁，而短篇小说作者是最为此苦恼的一族。在这方面，作家们又是无处藏身的。可到了像门罗和威廉·特雷弗[2]那样最为精明的行家手里，根本不用费力。

门罗一直在讲的故事是这样的：一位春情萌动的聪颖少女在安大略省的乡间长大，家境平平，母亲多病或已去世，父亲是中

---

[1] 安德烈·杜伯斯（Andre Dubus II，1936—1999），美国短篇小说家、散文家。
[2] 威廉·特雷弗（William Trevor，1928—2016），爱尔兰小说家、剧作家，尤以短篇小说著称。

小学教师，后母问题多多；这位少女一得机会就从那片内陆腹地出走了，靠着奖学金或是决然自私地撇下了亲人。她早早就结了婚，搬到不列颠哥伦比亚省落户，生儿育女，而后婚姻破裂她也难辞其咎。她或许事业有成，成为一名演员、作家或电视主持人；她也曾数度沉浸爱河。当她免不了终归故里安大略省时，却发觉她年少的家乡景观已经令人不安地变了。尽管早先是她自己遗弃了这方土地，但她的回归没有受到热烈欢迎这一点却极大地打击了她的自恋情结——她曾度过年少时光的这方天地，正以老派的礼数和习俗，冲着她所做的现代抉择评头论足。只为了以完整独立的人格活着，她就招来许多痛苦失落和颠沛流离；她确曾造成了伤害。

就这么点儿故事。就是这么点儿涓涓细流滋养了门罗的作品长达五十多年之久。同样的要素不断改头换面地再现，就跟克莱尔·奎尔蒂[①]一样。门罗作为文字艺术家的写作生涯，之所以如此清晰耀眼、令人瞩目——可从她的《短篇小说选集》，尤其是近年出版的三本书里看见——恰恰就在于她对写作素材是熟悉的。看看她只用她自己的那一丁点儿故事都做成了什么——她越是回头去挖掘，就越能挖出更多的东西来。这可不是在练习场上打高尔夫球的球员。这是一位体操选手，身着普普通通的黑色紧身衣，独自一人在空荡荡的体操场上，战胜所有衣着俗艳、挥着

[①] 克莱尔·奎尔蒂（Clare Quilty），弗拉基米尔·纳博科夫于1955年发表的小说《洛丽塔》中的人物。

鞭子、驱象赶虎的长篇小说家。

"世间万象错综复杂——环环相套、层层相叠——看上去真是无止境的,"门罗对采访人说,"我是说,什么事情都不容易,什么事情都不简单。"

她说的正是文学的基本公理,正是其魅力的核心所在。不管出于什么理由——我能静心读书的时间支离破碎,当代生活里充满了各种让人分心的琐事,又或许是真的缺少引人入胜的长篇小说——我发现每当我需要读一点严肃作品、需要痛饮一杯似是而非而又复杂难解的烈酒时,我最有可能在短篇小说里撞见这样的作品。除《逃离》之外,近几个月来我所读到的最引人入胜的当代小说,就是华莱士的短篇小说集《遗忘》①和英国作家海伦·辛普森②令人惊艳的短篇小说集。辛普森的书写的是一连串有关现代母亲身份让人爆笑出声的故事,该书原先的书名为《嗨-是嘛-不对吧-别瞎掰了》③——你以为无须进行任何修改了吧。可该书在美国的包装出版商却还要加以改进,而这帮人搞出个什

---

① 书名为 *Oblivion: Stories*,其中收录了《美好的昔日霓虹》等八篇小说,该短篇集中译名为《永远在上》。——编者注
② 海伦·辛普森(Helen Simpson, 1959—),英国小说家。
③ 书名为 *Hey Yeah Right Get a Life*,含九篇短篇小说。书名连用了两个俚语:Yeah Right 是用正正得负的揶揄语气表示怀疑、不同意,Get a Life 有"干你自己的事儿去吧"("去你的吧")的意思。该书名取自故事里这位母亲的其中一个孩子顶撞她时说的话。

么样的书名来了呢？《开始好好过日子》[1]。想想这个差劲的分词短语，下回再听到哪个美国出版商硬说短篇小说集没销路，你就该明白个中缘由了。

七、门罗的短篇小说要比别人写的短篇小说更难以评论。

契诃夫以来，还没有哪位作家像门罗那样，在每一篇小说里都努力地去追求并且成功地完成了对人生的完整刻画。她一向很擅长去营造然后揭示顿悟的那种时刻。不过，要等到她的《短篇小说选集》（一九九六年）出版以后的三本集子里，她才突飞猛进到世界级的地位，成了悬念大师。她现在追寻的那些时刻已不再是灵光一闪的瞬间，而是命中注定、无可挽回、激动人心的行为。对读者而言，这就意味着你非得留意故事中的每一个转折，否则故事的含义将连猜都无从猜起，而且总是要等到最后一两页才全部明了。

在叙事野心不断增长的同时，她愈发没有兴致去卖弄才华了。她早期的作品也曾充斥着华丽的辞藻、离奇的细节、醒目的措辞。（读一读她一九七七年写的短篇小说《庄严的鞭打》[2]就知道了。）但随着她写的故事越来越像散文体的古典悲剧，好像不仅是她不愿在无关紧要的地方多费口舌，而且如若这般以作家的

---

[1] 书名原文为 Getting a Life。书名变成了分词短语，"get"变成了动名词"getting"，意思就全然不同了。

[2] 收录于短篇集《你以为你是谁？》中。

自我闯入纯粹的故事，就会引发不和谐，挫伤阅读的情绪——那可是一种审美和道德上的背叛。

读门罗的书，会使我进入那种静默反思的状态，去思考我自己的人生：想着我做过的抉择，我做过的和还没做的事情，我是什么样的一个人，以及必有一死的宿命。每当我讲小说是我的信仰时，我想到的为数不多的几位作家（有几位还在世，大多数已经过世了）里就有她。只要我全身心沉浸在门罗的故事里，我就会对其中完全虚构的人物肃然起敬、暗自鼓劲，就如同我认真为人处世的时候会给予我自己的那份一样。

悬念和纯粹，对读者来说是一份馈赠，可对要写书评的人来说就带来了不少问题。从根本上说，《逃离》太棒了，以至于我不想在此妄加评论。摘引几句话体现不出其高妙，写个梗概也无济于事。真要体会个中奥妙，就只有去读这本书。

为了尽我写书评的责任，我想用这样一句话给门罗上一部集子《恨，友谊，追求，爱情，婚姻》（于二〇〇一年出版）里的最后一篇做引入：一位患早期阿尔茨海默症的老妇人住进了一家护理中心，等三十天适应期过后她丈夫获得许可来探望她时，她已经从病友里找到了一位"男朋友"，对她丈夫不感兴趣了。

这作为一篇短篇小说的前提设定已是不错的了。但接下来的情节才是门罗式的独具一格：多年前，在六七十年代，这位名叫格兰特的丈夫，婚外情连绵不断。直到此刻，这个背叛者才首次尝到了被背叛的滋味。那么，到了格兰特对过去的出轨行为感到后悔的时候了吗？嗯，没有，完全没后悔。实际上，回想起那段日子时，他觉得那是个"幸福感暴涨"的时期。没有比背着他太太菲奥娜在外面风流快活，更让他觉得活得有滋有味的了。现在他到护理中心探访，眼见菲奥娜跟她的"男朋友"如此公然地相互体贴，对他又是如此冷漠，这当然让他有撕心裂肺的感觉。可当那位男朋友的太太决计把他从护理中心领回家时，格兰特更加受不了。菲奥娜伤心欲绝，格兰特替他太太伤心欲绝。

　　要给门罗的短篇小说写梗概，到此就遇上了麻烦。这麻烦就是，我想告诉你接下来又发生了什么。接下来，格兰特去见了那位男朋友的太太，问她能否带她先生回护理中心去探访菲奥娜。就是从这里你意识到，你原先以为的故事内涵——阿尔茨海默症、婚外情、黄昏恋所有这些暗含的东西——却都只不过是铺陈：这篇小说最精妙的场景是在格兰特和那位男朋友的太太之间发生的。在那段场景里，那位太太拒绝让她先生去见菲奥娜。她给出的理由表面上很实际，背地里既有道德考量又有些居心叵测。

　　写到这里，我想写个概要综述的企图完全失败了，因为如果你对这两个人物究竟如何，嘴上是怎么说的，内心是怎么想的，没有具体而生动的感受，那我实在无法解释清楚为何这个情节是如此杰出。那位名叫玛丽安的太太比格兰特更为心胸狭隘。她住在郊区一栋整洁无瑕的住宅里，如果她丈夫回到护理中心去住，她就供不起这套房子了。她在乎的是这栋住宅，不是罗曼史。经济上或感情上，她都没有像格兰特那样的优势，而她明显缺乏优越感这一点引出了一段经典的门罗式内省——格兰特开车回他自己家一路上的所思所想。

　　（他们的交谈）令他回想起跟自己家人的交谈。他舅舅、他的其他亲戚、大概甚至还包括他母亲，都像玛丽安那样想事情。他们相信，如果别人不这么想的话，那是因为那些人在自己骗自己——那些人太异想天开、不切实际，或者是太笨，就仗着自己受过良好教育、过着受保护的悠闲日子。那些人已经脱离了现实。受过良好教育的人、搞文学的人，还有一些像格兰特太太家里那样的信奉社会主义的有钱人，都已经脱离了现实。都是因为他们本不配得到的财富，或者天生的愚笨……

　　她现在大概在想，真是个蠢蛋。

　　碰上了这样的人，让他觉得无望，恼火，末了几乎是悲凉。为什么？因为他无法确信面对那样的人他是否还能坚守自己的立场？还是因为他担心最终被那些人说中了？

这段引文我很不情愿地就此打住。我想继续引述下去，不只是一两句，而是整段整段地引用，因为我发现真要想好好地介绍这篇小说——那"环环相套、层层相叠"的种种世事，那阶级与道德、欲望与忠贞、个性与宿命之间的交互作用——我能写出来的最低限度的概要,恰好就是门罗自己早已写在书页上的了。对文本唯一恰到好处的概述就是文本本身。

我能做的只剩复述我开头就提过的简单建议:读门罗去!读门罗去!

除此之外我必须告诉你——既然我已经开了头,就不得不讲给你听了——格兰特向玛丽安恳求未果,回到家后,录音电话里出现一条玛丽安的留言,邀请他参加在当地荣军会所举办的舞会。

再有:格兰特早就在那儿审视玛丽安的乳房和皮肤,他在想象里把她比作了一颗不太令人满意的荔枝:"那果肉带着说来也怪、并非天然的诱惑力,散发着化学制品的滋味和芳香,薄薄地包裹着那枚硕大的种子,那块果核。"

再有:数小时过后,格兰特还在那里思忖玛丽安的种种诱人之处时,他的电话铃又响了,他让留言机去接:"格兰特。我是玛丽安。我刚才到地下室把洗好的衣物放到烘干机里去的时候,听到电话铃响,可我赶到楼上时那人已经把电话给挂了。因此我想我应该告诉你我当时在家。如果那电话是你打的,如果你现在在家的话。"

故事到这还没完。这篇小说总长四十九页——到了门罗的手里,就是一辈子的长度了——接下来故事又峰回路转。不过瞧一瞧吧,作者已经挖掘出了多少世事间的"环环相套":作为恩爱丈夫的格兰特,作为背叛者的格兰特,如此忠心耿耿,以至于甘愿(事实上也真的)为他太太拉皮条的格兰特,鄙视正经家庭主妇的格兰特,自我怀疑的格兰特(自认得体的家庭主妇也有理由去鄙视他)。然而,玛丽安的第二个电话,才是真正能够衡量门罗特有的写作风格的一段。想得出这通电话的作者,不会对玛丽安的道德局限过于恼火,也不会对格兰特的不检点过于羞愧。你必须宽恕每一个人,对谁都不加责难。否则的话,你就会忽略了那些能够完全凿开生活的低概率偶发事件,比如,形单影只的玛丽安有可能会让一个自由派愚蠢男人倾倒。

而且这只是一篇小说。《逃离》里有多篇小说比这一篇还要好——更为大胆、更为血腥、更为深刻、更为广博——门罗的下一本书出版时,我很乐意立即给《逃离》写梗概。

或许,不过,等一等,偷偷给你看《逃离》一眼:要是那个对格兰特的自由倾向——诸如他的无神论、他的自我放纵、他的虚荣、他的愚蠢——感到反感的人,并不是某个心怀不满的陌生人,而恰恰是格兰特自己的孩子,又会如何呢?要是那孩子的评判,代表了整个文化、整个国家做出的评判(近来开始崇尚绝对性),又会怎样呢?

要是你给予你孩子的最大馈赠就是个人自由,而那孩子长大成人年满二十一岁的时候,用这份馈赠反过来跟你说:你的自由让我恶心,你这个人让我讨厌,那又该怎么办呢?

八、仇恨很有娱乐性。

这可是媒体时代极端分子们了不起的洞见。否则,又怎么解释有那么多令人讨厌的狂热分子当选、政治礼数崩坏瓦解、福克斯新闻台大行其道呢？先是那个名叫本·拉登的原教旨主义者送给乔治·布什一个仇恨大礼包，然后布什又以他自己的狂热主义进一步加深了那种仇恨，如今国内有一半人认为布什是在讨伐魔鬼，而另一半人（和全世界大多数人）认为布什就是魔鬼。现在很少有人对他人不抱任何仇恨，也绝对没有人不被他人仇恨。我一想起政治就心跳加速，就好像在读一本机场惊悚小说的最后一章，就好像在看红袜队和洋基队七战四胜冠军赛的第七场决战。就好像过日常生活就如亲历噩梦，而大家都以此为乐。

那么一种更好的小说能够拯救这个世道吗？一线希望总是有的（奇怪的事也的确会发生），但对此问题的回答当然几乎是否定的，不能。不过，好的小说能够拯救你的灵魂，这种可能性还是蛮大的。如果你对你心里萌生的仇恨感到不悦，或许你可以设身处地跟那个恨你的人将心比心一回；或许你应该考虑考虑是否有可能其实你自己就是那个魔鬼；如果对此难作想象，你不妨花几个晚上读读这位最为模棱两可的加拿大人写的东西。在她的经典作品《乞丐新娘》[1]里，女主人公萝丝在机场候机大厅远远望见了她的前夫，他冲她做了个幼稚的狰狞鬼脸，萝丝心想：

---

[1]《乞丐新娘》（"The Beggar Maid"）是艾丽丝·门罗第二次获得加拿大总督文学奖的短篇小说集《你以为你是谁？》里的一篇。篇名源于欧洲传说《国王和乞女》（*The King Cophetua and The Beggar-Maid Penelophon*）。

就在她已经准备好拿出她的善意,她疲惫而坦诚的微笑,还有那种不太自信能得体寒暄的神情主动示好上前的时刻,怎么还有人会这样恨她呢?[1]

此处此刻,正是作者门罗在直言告诫你我。

---

[1] 译文参考了十月文艺出版社的邓若虚译本。——编者注

亲属关系简史[1]

从前，有五兄弟住在一栋豪宅里。其中四位兄长[2]从小就在一起玩耍、打闹，一同挨过童年的病痛，惬意舒适地住在宅邸中家什华美的旧翼里。

小弟约瑟夫[3]比兄长们年幼许多。待到他进入青春发育期时，已经没有舒适的房间供他居住了，于是就给了他宅邸的新翼里几间四壁皆空的房间。约瑟夫是个古怪孤独、有点儿吓人的小孩，尽管他的兄长们都爱护他，却都庆幸跟他不再相干了。

约瑟夫期望能成为像兄长们那样的绅士，不过在宅邸简陋的新翼里生活可真是艰难。新翼推崇的是新教徒的勤劳精神，所以约瑟夫就干起活来了。

---

[1] 原载于 2003 年 3 月 24 日英国《卫报》，题为"当新翼脱离旧宅时：一则有关欧洲和美国的短篇小说"（When the new wing broke away from the old mansion: A short story about Europe and America）。

[2] 暗指欧洲各国。

[3] 暗指美国。

随着时间的推移，旧翼变得拥挤不堪——太多小孩，太多情妇。接踵而来的是自相残杀的苦斗、灾难性的债务和可怕的酗酒斗殴。一时间，好像大厦将倾，一切都将灰飞烟灭。

不过约瑟夫一直在努力工作，他的生意日益兴旺发达。这位古怪的小弟成了可以拯救整个家族的人。背着小弟，兄长们常常讥笑他的清教徒思想和他装饰新翼的俗艳格调。他们看着这个小孩子现在俨然以长兄自居的样子，心里颇为不悦。不过又无法否认是他们自己把日子搞得一团糟，因此对约瑟夫为他们所做出的贡献心存感激之情。

约瑟夫看不惯兄长们德行欠佳——搞情妇、乱花钱，但他仍然忠于家族，对兄长们以尊长之礼相待。

外加他的生意如此兴隆，就连他自己都开始放松了。他和他新交的女朋友（一位来自阿肯色州的大美人①）常开奢华派对，兄长们一般也都知趣地带几瓶葡萄酒来赴约。他们有的会抱怨派对品位庸俗，有的则担心约瑟夫私下里还是过于拘谨放不开，但他们都认他为一家之主，而且喜爱他新交的这位女朋友。

长达八年的寻欢作乐以后，约瑟夫也该成家了。他原以为自己会娶他聪明的好朋友艾伯丁②，可那艾伯丁，唉，一点儿也不性感。有天夜里，最后一次寻欢作乐的时候，他跟正在一心往上

---

① 暗指克林顿当政的八年。
② 暗指艾伯特·戈尔。

爬的邻居家里的放荡女孩乔治娜①调情，两人最后在她的多功能越野车后座里鬼混了一场。

第二天一大早，乔治娜的父母就带着五个律师登门，要求约瑟夫跟他们的女儿结婚。

"可我压根就不喜欢她！"他抗议道，"她被宠坏了，又笨又刻薄。"

乔治娜的父母对这栋豪宅觊觎已久，坚称结婚才是光彩得体的唯一出路。而约瑟夫向往着像兄长们那样做一个绅士，又对长达八年的派对极为后悔，就跟乔治娜结婚了。

豪宅上下大家都极不开心！尽管乔治娜自己行为并不检点，但她会对她的大伯们道德欠佳大惊小怪，并且极力刻意对他们态度粗鲁。她让父母和父母的律师们跟她一起搬进豪宅住下，一面责骂约瑟夫花钱太随意，一面把约瑟夫的钱抢过来，交给她的父母。

一时间看上去，这场婚姻既不幸福也长久不了。可有天夜里，一个穷街陋巷里来的流氓朝约瑟夫书房的窗户扔了块石头，敲碎了玻璃，着实吓坏了约瑟夫。他跑到兄长们那儿去时，发现他因为娶了乔治娜已经失去了他们的同情。他们跟他讲，他们为那块石头的事感到遗憾，不过砸破了一扇窗户实在无法跟许多年来他们在宅邸旧翼遭受的苦难相比。

---

① 暗指小布什。

尽管乔治娜既愚蠢又被娇惯得没有能耐为自己筹谋划策，但她父母可是非常精明的机会主义者。他们试图利用约瑟夫此刻的惊惧获得对整个家宅的控制权。他们跑到约瑟夫那里跟他说："战争之道是这样的。你是一家之长，现在乔治娜是你的妻子，只有她父母能够捍卫这栋豪宅。你必须学会去恨你那几个无能的兄长，转而信任我们。"

这些话传到了他兄长们的耳朵里，让他们气不打一处来。他们跑到约瑟夫那里跟他说："和平之道是这样的。你的太太是条母狗，是个荡妇。只要她还继续待在这栋房子里，我们就不认你这个兄弟。"

这位富有的小弟抱着头哭了。

穿灰色法兰绒套装的男人[1]

虚构类作品采用的经典场景之一,就是二十世纪五十年代的康涅狄格州近郊住宅区,像沙皇时期的圣彼得堡和维多利亚时代的伦敦那样,一方让人觉得安心的小天地。你只要闭上双眼,就能看见秋天落叶翻飞落在寂静街巷,望见头顶软呢帽的下班人流从纽黑文通勤车站鱼贯而出,听见当晚头一扎马天尼酒叮当作响,还能听到午夜过后的恶斗,嗅出急切或绝望的性爱。

这方小天地里的舒适和失意在《穿灰色法兰绒套装的男人》这部小说里都能找得到。这是斯隆·威尔逊[2]的长篇小说处女作[3],于一九五五年出版。它在当时非常畅销,很快就被拍成了

---

[1] 本文是作者为斯隆·威尔逊 1955 年出版的小说《穿灰色法兰绒套装的男人》(*Man in the Grey Flannel Suit*)于 2002 年重版写的导言。

[2] 斯隆·威尔逊(Sloan Wilson, 1920—2003),美国作家,著有十二部长篇小说,其中《穿灰色法兰绒套装的男人》和《畸恋》(*A Summer Place*)被改编拍成电影后广为人知。

[3] 实际上是威尔逊的第二部长篇小说。

电影，由格利高里·派克主演，不过随后几十年里少有重版。现在的人多半只知道这本书的书名，跟《孤独的人群》[①]和《组织人》[②]一起，成了二十世纪五十年代因循守旧这一社会常规的代名词。

或许你以谴责这种循规蹈矩为乐，或许你私下里对这样的行为规范有怀旧之情；不管是哪种情形，《穿灰色法兰绒套装的男人》给予读者的是醇正的五十年代滋味。主人公汤姆和贝琪·拉斯是一对颇具魅力的白人盎格鲁－撒克逊新教徒夫妇，他们分工极为传统，贝琪在家带三个孩子，汤姆每日通勤去纽约曼哈顿上极为枯燥乏味的班。拉斯一家恪守成规，但并不心甘情愿。贝琪对她家街坊四邻的沉闷无聊抱怨多多；她梦里想着要逃离那些拼命钻营的邻居（那些邻居们对现状也同样心怀不满）；她绝不是个超级妈妈[③]。当她女儿玩墨水把墙给弄脏了的时候，贝琪先是扇了她一巴掌，随后又陪她一起睡觉，晚上汤姆回到家发现母女俩"紧紧相拥"，脸上满是墨水。

跟贝琪一样，汤姆也因事业上的种种挫折而招读者的喜爱和同情。"穿灰色法兰绒套装的男人"是他害怕成为的对象，是他鄙视的对象；可是，他得养家糊口和维持近郊的家庭生活，而这

[①]《孤独的人群》是社会学家大卫·理斯曼等学者对二十世纪五十年代的社会分析，被认为是对美国人性格的里程碑式的研究。
[②]《组织人》作者为威廉姆·H.怀特，出版于1956年，被认为是最有影响力的管理学书籍之一。
[③] Supermom：指工作和家庭双肩挑的妇女。

让他觉得跟过去参加二战当伞兵的日子完全脱节，于是又有意识地在灰色法兰绒套装下寻求庇护。他在谋求联合广播公司一个薪俸优厚的公关职位时，听说公司总裁霍普金斯正在筹组一个精神健康问题全国委员会。汤姆对精神健康问题感兴趣吗？

"绝对有兴趣！"汤姆由衷地说道，"我一向就对精神健康问题很感兴趣！"这听上去有点儿傻，可他又想不出什么话来纠正。

因循守旧就像汤姆自开的一帖药剂，想要用来诊治他自己的精神健康问题。尽管他天性诚实，他却要使劲装得玩世不恭。"我生命的全部意义就是致力于精神健康问题，"有天晚上他跟贝琪开玩笑说，"我自己怎么都行，我可以奉献到底。"贝琪责备他玩世不恭的态度，跟他讲他要是不喜欢霍普金斯别给他干活就是了，汤姆回道："我爱他。我崇拜他。我把心都交给他了。"

《穿灰色法兰绒套装的男人》道义和情绪上的核心，就是汤姆四年多的服役经历。无论是他迎面杀敌，还是和一位失去双亲的意大利少女坠入爱河，军人时期的汤姆·拉斯都始终感到自己尽情生活。跟和平时期"紧张忙乱"的生活（贝琪就此哀叹"什么都不再那么起劲儿了"）相比，他对战争岁月的记忆构成了令他痛苦的反差。或许汤姆是因战争创伤而痛苦，或许正相反，他苦苦渴望战时才有的那种兴奋感和阳刚气。无论是哪种情形，贝琪的指责都没有冤枉他。"自打你回来后，"她说，"你真是无欲无求。你辛苦工作，但在心里你从没真正尽力过。"

汤姆·拉斯确实陷入了消费时代的困境。为了抚养三个孩子，他不敢冒险走上违反规范、愤世嫉俗、混乱无序的生活道路，也就是凯鲁亚克①开拓的、品钦跟随的那条颓废派道路。可消费主义的枯燥劳作，那种以众人欲求为自我之欲求的舒适规程，看来风险也不小。汤姆认定，一旦他踏上这台以单调劳作来换得享乐的"跑步机"，他会真的变成一个穿灰色法兰绒套装的男子，为了"住进更大的房子、喝上更好的杜松子酒"而机械地去追逐更丰厚的薪水。所以，在小说的前半部里，他在两个都不看好的选择之间辗转反侧，他的心情和说话的语气也在厌倦、狂怒和虚张声势之间飘忽不定，在玩世不恭、谨小慎微、刚正果决之间游移摇摆；而贝琪令人心酸地根本搞不懂她丈夫为何觉得不幸福，也跟着他一起辗转反侧。

这本书的前半部远比后半部好。拉斯一家的魅力，恰恰就在于他们的许多情感毫无魅力可言。书里先出场的那些配角，好像要映衬出拉斯夫妇的反复无常，大多比较有趣和引人注目：有一位总爱把椅背放倒平躺在他办公桌后的人事经理，一位不喜欢小孩的上门大夫，一位把拉斯家小孩教得规规矩矩的雇佣管家。这本书的前半部妙趣横生。让自己尽情享用威尔逊那老派的社会小

---

① 杰克·凯鲁亚克（Jack Kérouac, 1922—1969）：美国小说作家、诗人，"垮掉的一代"代表人物，代表作为《在路上》。

说叙事方式,就像开一辆古董奥兹轿车出去兜风那般——你会对那古董车的舒适、速度和驾驶性能啧啧称奇,从车身那一扇扇小小的车窗望出去,熟悉的景观也仿佛焕然一新了。

这本书的后半部属于贝琪——汤姆的贤内助。尽管这对夫妻历经三年青春爱恋、四年半战时的谎言和分离、九年"没有激情"的做爱和"除了担心别无任何真情实感"的养家糊口,贝琪对她丈夫始终不离不弃。她发起了一个家庭自强计划。她鼓动汤姆参与地方政治活动。她卖掉了那栋讨人厌的房子,率领全家逃出了那处沉闷无趣的流放地,住进了更高档的社区。她其实是自愿担负起了全职经营一个高风险企业的任务。最要紧的是,贝琪不断敦促汤姆要诚实。故事情节因此也就逐渐远离"一对颇有魅力但不尽完美的夫妇跟五十年代因循守旧的社会常规做斗争"这个主题,向"满心愧疚的丈夫顺从地接受卓越妻子的帮助"那条主线靠拢。尽管现实世界里确实有像贝琪·拉斯那样优秀的人,但这样的人在作家笔下很难被写成出色的人物。斯隆·威尔逊在为本书写的前言里感谢了他自己的贤内助、首任妻子艾丽丝("成就本书的许多想法都是她的"),使你不由得怀疑这部小说是否可以算作威尔逊给艾丽丝写的一封情书,一场对他俩婚姻的庆祝,甚至是为消除他自己对婚姻的疑虑、说服他自己坠入爱河所做的一回努力。这属于女性的后半部的确让人觉得有些蹊跷。毫无疑问,尽管拉斯一家矛盾重重,威尔逊从没让他笔下的人物接触到任何真正的不幸。

＊＊＊

《穿灰色法兰绒套装的男人》这本书的明显主旨之一就是，社会和谐取决于每个家庭的和睦。二战破坏了男女之间的关系从而让美国社会得病；它把上百万的男人送上远在海外的前线去杀戮、去目睹死亡、去跟当地的姑娘做爱，而上百万的美国妻子和未婚妻则守在家里翘首以待，心怀大团圆结局的信念并承受着一无所知带来的负累；现在只有诚实和坦率才能修复男女之间的感情纽带，才能治愈一个得了病的社会。就像汤姆的总结："我可能无法改变这个世界，但我能管好自己的生活。"

如果你相信爱情、忠贞、真理和公正，读罢《穿灰色法兰绒套装的男人》你可能热泪盈眶。但即使你被这本书深深打动了，你可能也会为自己抵不住如此煽惑而颇感恼火。就像法兰克·卡普拉[①]在他那些冒傻气的电影里那样，威尔逊想要你相信，只要一个人表现出真正的勇气和诚实，他就会在离家只需步行的距离以内找到一份完美的工作，当地的房地产开发商就不会去坑骗他，当地的法官就会秉公执法、毫无偏差，讨人嫌的反派角色就会被差遣到别处去，企业领导就会展现出他正派的作风和公民精神，当地选民就会投票支持交更重的税用于学龄少儿教育，海外的前女友就会知道自己的位置不会来找麻烦，原先靠马天尼酒来

[①] 法兰克·卡普拉（Frank Capra，1897—1991），意大利裔美国导演，曾三次获得奥斯卡最佳导演奖，代表作有《生活多美好》《一夜风流》等。

麻痹维持的婚姻也会得到挽救而持续下去。

不管你信不信这一套，这部小说的确成功地再现了五十年代的精神风貌——不自在地循规蹈矩，对矛盾冲突采取回避态度，对时事政治不闻不问，对核心家庭推崇有加，对阶级特权欣然受用。拉斯夫妇陷在灰色法兰绒套装的程度，比他们自己意识到的要深得多。最终将他们跟"沉闷无趣"的邻居们区分开来的，并不是他们的种种感伤或是反常的想法和行为，而是他们的种种美德。小说开头，拉斯夫妇也曾动过愤世嫉俗、抵制常规的念头，可到了小说结尾，他们兴高采烈地走上了致富之道。第四十一章里笑容满面的汤姆·拉斯，在第一章里满怀困惑的汤姆·拉斯眼里应该是一个自鸣得意的形象，是他害怕成为的对象，是他鄙视的对象。与此同时，贝琪·拉斯断然否定了那种认为近郊生活的痼疾可能有其系统性根源的观点。("大家如今过于依赖种种阐释，"她想，"而很少依靠自己的勇气和行动。")汤姆的困惑和不满并不出自战争造成的道德混乱，也不是由于他受雇于跟"肥皂剧、广告和摄影棚里喧嚷的观众"打交道的生意。汤姆的难处完全是他个人的麻烦，就像贝琪积极参与的活动完全局限于当地政治和家庭事务那样。由四年战争（或是在联合广播公司工作的四星期，在西港市一个沉闷街区承担母职工作的四天）激起的关于更深层的存在主义问题却被置之不顾：大概是那个年代自身无法避免的一种失落。

《穿灰色法兰绒套装的男人》是一本有关五十年代的书。前半部仍可作为消遣来读，后半部却可以让读者一窥即将到来的六十年代。毕竟，正是五十年代给予了六十年代他们的理想主义，以及不满的狂怒。

无有穷尽时[1]

[重读宝拉·福克斯的《绝望的人们》]

第一遍读来，这是一部悬疑小说。四十岁的索菲·本特伍德住在纽约布鲁克林区，有一天被一只曾喂过牛奶的流浪猫咬了一口，接下来的三天里她一直在胡思乱想被咬伤的后果：肚皮上挨几针？死于狂犬病？或许安然无恙？让索菲直冒冷汗的恐惧感正是这本书的引擎。就像在其他传统的悬疑小说中那样，最紧要的是生死攸关的问题和自由世界的命运。二十世纪六十年代后期，当自由世界主要城市的文明在垃圾、呕吐物、粪便、肆意破坏、欺诈、阶级仇恨的猛烈进攻下摇摇欲坠时，索菲和她的丈夫奥托仍是坚守都市绅士格调的先驱。奥托的老朋友、律师事务所同事查理·罗素从事务所辞职时，猛烈抨击了奥托的保守思想。"我

---

[1] 本文是作者为宝拉·福克斯1970年出版的小说《绝望的人们》(*Desperate Characters*) 于1999年再版时写的导言。

期待有谁能告诉我，我该怎么生活。"奥托说。索菲自己也在恐惧和因还未被感染而感到的奇怪失落之间游移不定。她被一种她无法确定自己是否应得的痛苦吓破了胆。她紧紧抓住特权的世界不放，即便正是那个世界令她喘不过气来。

一路读来，一页又一页，读者享受到的是宝拉·福克斯的优美行文。她笔下的句子，是一个又一个紧凑确凿的小奇迹，是一篇又一篇的微型小说。以下是被野猫咬伤的那一刻：

> 她脸上露出笑容，心想那猫每隔多久才会得到（或许从来就没有得到过）人类的爱抚。当那猫举起前爪用后腿站起来时，她笑脸依旧；即便那长长的利爪向她扑过来时，她也笑意尚存；一直要到那猫的利牙扎进了她的左手背，整只猫就那么挂在她身上，她差一点儿往前摔倒的那一刻，她才感到害怕，不过还足够清醒地意识到奥托就在近旁，在把手从那圈带刺铁丝网里抽回来时，忍住了要从喉咙里蹿出来的尖叫。

通过丰富的想象把一个充满戏剧性的时刻转化为一系列的形体动作——靠的是全神贯注的观察——福克斯在此给索菲复杂人格的每个方面都留下了笔墨空间：她的慷慨，她的自欺，她的脆弱，尤其是她作为已婚者的意识。《绝望的人们》是那种罕见的小说，对婚姻的双方、对爱恨、对男女都秉持着同样的公道。奥托是个爱妻子的男人。索菲是个周一一大早六点钟就喝掉一盅威士忌,并且一边冲刷厨房水槽,"一边孩子气地发出作呕声"的那种女人。奥托这人够混蛋的,在查理从事务所辞职时说什么"祝你好运多多,伙计";索菲这人也够混蛋的,事后去问奥托他为什么这么说;她这么做让奥托觉得愧疚,她自己也因使他难堪而感到羞愧。

一九九一年,我首次阅读《绝望的人们》时,就爱上了这本书。这部小说深深地打动了我,我觉得这本书明显要比福克斯同时代的作家约翰·厄普代克、菲利普·罗斯或索尔·贝娄写的任何小说都更为优秀。这本书在我看来显然是一部伟大的作品,才过了几个月,我就又读了第二遍,虽然通常情况下我不会这么急着去做的。从本特伍德夫妇身上,我看到了我自己不顺利的婚姻,这本书似乎在暗示对疼痛的恐惧要比疼痛本身更具有破坏性,我很愿意去相信这一点。读完第二遍以后,我真的确信这本书可以指导我的人生。

这本书当然没能指导我的人生。相反地,这本书变得愈发神秘——愈发不像生活训诫,而更像是在提供生活体验。先前没察觉到的隐喻与主题纵横交叠,逐渐融和并突显出来,就像看随机点立体图时图像逐渐浮现那样。比如,我看到这句描述黎明降临起居室的句子:"物件的轮廓在逐渐增强的光线里开始变得坚硬起来,影影绰绰间自有一种图腾般的威严。"在我重读第二遍带来的渐强光线里,书里的每一个事物也都同样地坚硬起来。比如,小说一开场,鸡肝就作为一种美味、一道有教养人家晚餐桌上的主菜——一种旧大陆文明的精华——被端了上来。("你弄些新鲜原料，自己处理加工，那才叫文明。"左翼人士莱昂稍后发表高见。)正是那鸡肝的气味，正是其浓烈的程度，把那只带来麻烦的野猫引到了本特伍德家的后门。一百页过后，索菲被那猫咬伤（所谓的"白痴事件"）之后，她和奥托开始反击了。他们仿佛置身于原始丛林，拿吃剩的鸡肝充作捕杀野生动物的诱饵。烹调肉食依然是文明的精华，可文明现在看上去是愈加野蛮的事情了！或者沿另一个方向去追寻食物的线索：某个周六早晨，只见索菲颤抖着想要花钱买一件厨具来振作自己的精神。她去普罗旺斯集市给自己买一只煎蛋锅，那是为做兼具法式休闲与格调的"朦胧居家梦"而买的道具。那个场景结束于那位长着诡异胡须的女售货员"像是要赶走巫婆似的"甩了甩手，索菲带着一件完全买错的东西匆匆逃遁了之。这件厨具是她绝望心态的象征，还显得有些滑稽：她买了一只沙漏形的煮蛋计时器。

尽管这个场景里索菲的手在流血，但是她第一个念头就是否认自己在流血。我第三次读《绝望的人们》是在我教授的一门小说写作课上，我将其布置为阅读材料。[1] 这一次，我开始更多地去留意这些否认。索菲基本上不停地在那里否认："没关系。""噢，那没什么。""噢，嗯，这没什么。""别跟我提那事儿。""那猫没病！""不过是咬伤，也就咬了一口！""我可不为

---

[1] 弗兰岑在他的大学母校教授创作写作课时曾两度使用该小说作教材，并在期末聘请福克斯和大卫·福斯特·华莱士到校共同评议学生的期末作文。

这等蠢事儿急匆匆到医院去。""没事儿。""好多了。""不会有什么事儿的。"这些听来绝望、不断重复的否认，体现了这部小说的内在构造：索菲从一处潜在的避难所逃遁到另一处，而每一处都无法给予她庇护。她跟奥托去参加一个派对，她跟查理偷偷溜出去寻求"非法刺激"，她给自己买了个礼物，她从几个老朋友那里寻求安慰，她主动跟查理的太太联系，她试着给她的旧情人打电话，她答应去医院，她逮到了那只野猫，她用几只枕头做了个"鸵鸟巢"，她试着去读一本法语小说，她逃到她心爱的乡间别墅去，她计划搬到另一个时区去，她动了领养孩子的念头，她断绝了跟一位老朋友的友情——这些都没能给她带来慰藉。她的最后一线希望是写信告诉她母亲自己被野猫咬伤的事。"要费点心机恰到好处地激起那老妇人的蔑视和嘲笑"——也就是说以这种方式把她的困境转化为艺术。但奥托把她的墨水瓶扔到了墙上。

索菲到底在逃避什么？在我第四次去读《绝望的人们》时，我希望能找到答案。我想要最终搞明白，这本书末尾处本特伍德一家的生活出现裂缝，该算是桩好事还是很糟的事？我想要"弄明白"那幕终场戏。但我还是没明白，于是我只能迁就这样的说法：优秀的小说总是"悲剧性"的，这种"悲剧性"体现在它拒绝就意识形态问题提供直截了当的答案，拒绝给追求舒缓身心的文化提供各种治疗方案，抑或拒绝给大众娱乐提供讨巧抚慰的种种梦境。我悟到索菲跟哈姆雷特很相似，后者是个自我意识过强到病态的人物，他（从一个幽灵那里）收到了一则极为令人不安又必然含糊不清的讯息，经过令心灵扭曲的苦思冥想试图判断那讯息的含义，最终把自己交给主宰命运的"神明"手中并接受了自己的宿命。对索菲·本特伍德来说，这个模棱两可的讯息不是幽灵的训诫，而是直接被野猫咬伤的那一口。这口咬伤意味着什么，其模糊性完全发自她自己的内心："只不过是她手上被咬了一口，她告诉她自己说，可她身体的其余部分好像也受了伤似的，这就让她搞不懂了。就好像那是个致命伤似的。"按她这样的思路引出的那一番扭曲心灵的苦思冥想，跟她心中的不确定性并无关联，而是源于她不愿去直面真相的心态。临近结尾处，她告诉神灵，"老天呀，如果我得了狂犬病，那我就跟外面的世界是平等的了"，可那不是天启。而是一种"解脱"。

* * *

一本书如果绝过版，不管间隔有多短，都会给最忠实的读者带来一种压力。就像一个男人可能为他妻子某些过于腼腆的举止会掩盖她的美丽而感到惋惜那样，或者像一个女人可能期望她丈夫对他自己讲的笑话（就算那笑话很好笑）不要笑得太大声那样，我颇为书里的某些瑕疵深感不安，担心那有可能让潜在的读者产生偏见而不去读《绝望的人们》。我想到的是开场段落的那种生硬感和无个性的叙事方式，过于简约的开场第一句，还有那老掉牙的词"餐饮"①：作为一名酷爱这本书的读者，我能领会这一段的相当正式且停顿的描写是如何为之后简短急促的对话（"那猫又来了"）做铺垫的；可要是有哪位读者读到"餐饮"那儿就不再读下去了该怎么办呢？我也怀疑"奥托·本特伍德"②这个名字首次读来可能会令人难以接受。福克斯通常对她笔下人物的姓名非常在意——比如"罗素"③这个姓跟查理坐立不安、贼头贼脑的活力很搭（奥托怀疑他真的在"窃取"④客户），而且就像查理的为人的确有缺陷那样，他的姓里也少了一个字母"l"⑤。我很欣赏"奥托"这个名字的老派意味，还隐约有些许日耳曼的味道，这样的名字安在奥托身上跟他凡事井然有序到强迫症地步的为人很般配⑥；可"本特伍德"⑦这个姓，即使读过多遍以后，还是让我觉得有点儿人造的味道，像是在看盆景。另外，这本书的书名确实很贴切，但不是像《蝗灾之日》⑧《了不起的盖茨比》《押沙龙，押沙龙！》那般的书名。这是个很容易被人忘掉或是

---

① 英文原文：repast。
② 英文原文：Otto Bentwood。
③ 英文原文：Russel。
④ 英文原文：rustling，和 Russel 谐音，原意"偷牲口"，转义"偷别人的客户"。
⑤ 英文姓氏罗素 Russell 一般以两个"l"结尾，可福克斯《绝望的人们》里的人物查理·罗素（Charlie Russel）姓的末尾少了一个"l"。
⑥ Otto 四个字母排在一起看上去像马鞍，"安在奥托身上"这句话中使用的动词为"saddle"，即装上马鞍。
⑦ Bentwood 是曲木的意思，故有盆景的联想。
⑧ 《蝗灾之日》是纳撒尼尔·韦斯特发表于 1939 年的小说，也是他生前的最后一部作品。

跟其他书相混淆的书名。有时候，我真希望这本书的书名能更强一些，正如饱尝婚姻滋味的人那样，我感到有些孤独。

随着时光的流逝，我一直不时地沉浸到《绝望的人们》里去，在那熟悉的美文里寻求舒适或慰藉。如今为写这篇导言，我又把它从头到尾读了一遍，让我惊讶的是，这本书读来还是那么新奇和陌生。比如，我之前很少注意后半部分里奥托讲的有关辛西娅·科恩费尔德和她那位无政府主义艺术家丈夫的逸事——辛西娅用吉露果冻和五分镍币做的沙拉对本特伍德夫妇笃信的食物、特权和文明之间的等式是一种怎样的嘲讽；打字机经改装后打出来的一派胡言微妙地预示了小说的结局；这则逸事要强调的是，《绝望的人们》应该放到当代艺术的大背景里去读，而当代艺术的目标就是要摧毁秩序和意义。还有查理·罗素这个角色——难道我此刻才真的看出这个人物的名堂来？我早先那几次读的时候，他一直就是一个典型的反派人物，一个叛徒，一个恶名昭彰的人。现在他对这部小说来说，在我看来几乎跟那只野猫同样重要。他是奥托唯一的朋友，是他打的那通电话导致了结尾处的家庭危机，是他用梭罗的那句名言引出了这本书的书名，是他给本特伍德夫妇下了如此判决——"他们被自省所奴役，与此同时他们的特权基础正在他们的脚下土崩瓦解"，这句话读来令人不祥地觉得正确。

不过，不断重读这么多年以后，我不知道我是否还想从这本书里获得新的见解。长期的婚姻所带来的一个严重危险就是，你对所爱之人的了解到了令你难以忍受的程度。索菲和奥托因相互了解过多而痛苦，而我眼下因为对《绝望的人们》所知甚多而苦恼。我在书上画线、在页边空白处写注解已经到了失控的地步。最近一次重读时，我找出了许多先前没加标记的有关秩序和混乱以及童年和成年的描绘，并当作至关重要的核心主题加以标记。由于这本书篇幅不长，而且我现在已经读过六遍了，我离把每一句都加上标记已经不远了，每一句都生死攸关，每一句都至关重要。如此非凡的丰富意涵，当然是对宝拉·福克斯写作天分的证明。整本书里很难找出哪个词是多余的或是随意选用的。对一位作家来说，要达到这样的严谨程度和这种专注于主题的密度不是轻轻松松就能做得到的事，而还要自己足够放松好让笔下的人物跃然纸上，几乎是不可能的，可这本书还就做到了，并超越了第二次世界大战以来美国其他所有的现实主义小说。

可是，这本小说的丰富性也充满讽刺，我对每个单句的含义体会得越好，就越难以说清这些局部意义对宏大的全局意义可能意味着什么。最终意义多到了泛滥的程度，变得有些可怕。就像麦尔维尔在《白鲸》里所说的"白鲸之白"，它像"乳白天空"①一样令所有意义消失殆尽。并非偶然，这也是心理疾病的一个主要症状。狂躁症、精神分裂症和抑郁症患者时常为如此信念所苦，他们相信生活里的每一点每一滴都绝对充满了意义——当意

---

① 南极的一种天气现象。当地面积雪而天空均匀地布满云层时，地面景物和天空均处于白茫茫一片云中的景象。这是极地的低温与冷空气相互作用形成的。

义泛滥到了如此地步，以至于光去追踪、解读、整理这些意义就占据了整个生活，日子也没得过了。就奥托的情况，特别是索菲（她被两位医生敦促去寻求精神治疗）的情况而言，读者并不是唯一感到不知所措的人。本特伍德夫妇具有高度文化修养，是完全现代化了的人物。令他们倒霉的也正是他俩完全有能力把自己当作多重含义的文本来解读。就算是最寻常的话语和最细小的事情，他们都会觉得是某种"兆头"，在残冬的一个周末里，最终因此倍受压抑不堪重负。这本书逐渐营造出来的巨大悬念，不仅仅是由索菲的恐惧带来的，也不只是由福克斯逐次封住每一条逃跑途径造成的，也不只是把婚姻关系里的危机跟商务伙伴关系里的危机和美国都市生活里的危机简单等同起来的产物。我以为，文学意义的沉重浪潮逐渐攀至顶峰，才是最主要的缘由。索菲有意识地、明确地把患狂犬病当作她情感上和政治上困境的隐喻；而奥托在他最后说的那句话里，即使他最终情绪失控，要叫喊出他是如何绝望，他也无法不去"引述"（在后现代的意义上）他和索菲先前有关梭罗的交谈内容，由此引出穿梭于整个周末的所有其他话题，尤其是查理在"绝望"问题上惹出的烦闷：跟只是处于绝望状态相比，如下情形要糟得多——心怀绝望，同时明白这种个人的走投无路是公众法律、秩序、特权和梭罗式解读上的许多严重问题共同造成的，同时还意识到你一旦情绪失控就证明查理·罗素说中了，尽管你打心底里明白他是错的。当索菲声明她希望患上狂犬病时，犹如当奥托掷出墨水瓶的那一刻，他俩似乎都对自己言辞和想法的重要性带来的令人难以忍受的、几乎扼杀一切的感觉奋起反抗了。难怪这本书的最后一系列动作都是无言的——索菲和奥托都"不再去听"电话里传出来的字句，他俩慢慢转过身来去读的用墨水写就的东西是暴力的、无声的墨渍。福克斯刚在一个残冬的周末以耀目之姿成功地在平淡无奇的事中找到了秩序，就马上（以完美的姿态！）又否定了这种秩序。

《绝望的人们》是一部反叛自身完美的小说。这部小说提出的问题是激进的和令人不悦的。在一个似乎患了狂犬病的现代社会里，意义——尤其是文学意义——又有何用？如果文明完全跟其对立面的无政府状态一样杀气腾腾，又何苦要去创造和维护这种秩序呢？何不就去患上狂犬病呢？何苦用书籍来折磨我们自己呢？在第六遍或第七遍重读这部小说时，书里的种种悬念、文明的种种悖论、我不够用的头脑，都让我感到一股直冲云霄的愤怒和沮丧；然后，不知从何而来，我悟出了小说的结局，我感受到了奥托·本特伍德把墨水瓶砸到墙上那一刻的感觉——突然间我跟这本书重入爱河。

图书在版编目（CIP）数据

更远之地 /（美）乔纳森·弗兰岑著；潘泓译. —— 上海：文汇出版社，2024.11. —— ISBN 978-7-5496-4348-6

Ⅰ. I712.65

中国国家版本馆CIP数据核字第2024X42K19号

Copyright © 2012 by Jonathan Franzen
Published by agreement with Writers House LLC through The Grayhawk Agency Ltd.
This simplified Chinese version of *Farther Away* is an edited version of the original English version.
Simplified Chinese edition © 2024 by Thinkingdom Media Group Limited.
All rights reserved.

版权登记图字 09-2024-0734

更远之地

作　　者/	[美]乔纳森·弗兰岑
译　　者/	潘泓
责任编辑/	何璟
特邀编辑/	肖思棋　白雪　袁悦
营销编辑/	张丁文　刘治禹
装帧设计/	几迟汐 和 at campus studio
封面摄影/	严明
内文制作/	田小波
出　　版/	文匯出版社 上海市威海路755号 （邮政编码200041）
发　　行/	新经典发行有限公司
电　　话/	010-68423599　邮箱/ editor@readinglife.com
印刷装订/	北京盛通印刷股份有限公司
版　　次/	2024年11月第1版
印　　次/	2024年11月第1次印刷
开　　本/	850×1168 1/32
字　　数/	206千
印　　张/	10.5

ISBN 978-7-5496-4348-6
定　　价/　59.00元

敬启读者，如发现本书有印装质量问题，请与发行方联系。